어어령차
수릿골

어여령차
수릿골

군포문인들 지음

토담미디어

책을 펴내며

(사)한국문인협회 군포지부가 생긴 지 어언 20년, 이제 성년으로 성장하여 회원 수도 증가하였고 지역문화예술단체로서의 막중한 책임도 지니게 되었습니다. 특히 책 읽는 도시를 표방하는 군포시에서 문학인들의 위상도 높아졌다고 보아야 할 것입니다.

21세기는 놀라운 과학문명의 힘으로 가능하지 않은 일이 없어지고 사람의 수명도 날로 늘어나고 있습니다. 그런데 정작 사람들은 자본이나 물질로부터 소외되어 절대적인 물질의 풍요 속에서 역설적으로 상대적 빈곤을 경험하며 자존감을 상실하는 불행을 맛보고 있습니다. 그러나 다행스럽게도 최근 소식에 의하면 대통령 직속 지역발전위원회와 한국지방행정연구원, 동아일보 미래전략연구소가 공동으로 조사한 '지역주민 삶의 질 만족도'에서 군포시는 전국 2위의 영예를 얻었다고 합니다. 특히 생활인프라, 산업, 복지, 교통, 문화의 5개 항목에서 지역주민들의 만족도가 높았던 것으로 발표되었습니다.

어느 도시보다 풍성한 인문학 강연이 거의 날마다 곳곳에서 열리고 있고, 가는 곳마다 공원과 도서관이 있으며, 주민들 스스로 독서 및 인문학 동아리를 만들어 책을 읽고 공부하는 일을 통해서 바람직한 자기실현을 하고 있습니다. 물론 관의 주도 아래 시작된 일이지만 점차 주민들이 스스로 역할을 찾아내고 서로가 가진 지적 자산을 나누고 소통하는 방식으로 발전하고 있습니다. 다른 도시에 비해 지역민의 이동이 적은 편이어서 오랫동안 몸담아 살고 있는 우리 고장에 대한 애향심도 깊습니다. 그러나 인위적으로 만들어진 신도시이다 보니 우리 고장에 대하여 이야기 할 것이 많지 않음도 사실입니다. 바로 이점에 착안하여 군포문인협회에서는 우리 고장의 이야기를 발굴하여 널리 알리는 것은 물론이고, 우리 고장을 무대로 하여 이야기를 새로 만들 뿐만 아니라, 우리 고장이 어떻게 발전하였으면 좋겠다는 꿈까지 꾸어본다는 취지 아래 군포를 스토리텔링하기로 하였습니다. 다만 그 준비 기간이 촉박하여 보다 풍성하고 알차게 만들기에는 역부족이리란 생각을 하였지만 회원들의 적극적인 호응으로 짧은 기간에 비하여 높은 참여가 이루어져 스스로도 놀라지 않을 수 없었습니다.

부족한 점이 있을지도 모르지만 이건 목표를 향해 내딛는 첫걸음입니다. 시작이 반이라는 말처럼 절반은 성공한 셈이지요. 왕성한 활동을 보여주고 있는 회원들은 말할 것도 없지만, 그동안 움츠리고 있던 회원들에게도 활발한 창작활동을 하는 동인動因이 되었으면 합니다.

사화집이 만들어지기까지 함께 편집하고 교정을 맡아준 편집위원들과 특별히 표지디자인을 해준 이미려 작가 모두 고맙습니다. 참여해주신 모든 작가 분들께도 머리 숙여 감사드립니다. 이번 사화집 제목 『어어령차 수릿골』은 힘찬 걸음을 내딛고자 우리 스스로 격려하는 함성을 의미합니다. 부디 이 책을 만난 모든 분들께서도 우리 고장을 위해 함성으로 힘을 보태주시기 바랍니다.

2015년 10월 수릿골에서
군포문인협회 회장 김영애

C)NTENTS

군포를 스토리텔링하다

흙담에 굴뚝

mÿ

달콤한 나의 도시, 군포

김수경 시인

　나는 결혼을 할 때까지 서울에서 살았다. 초중고를 거쳐 대학교 때까지 서울을 떠나 본 적이 없다. 어쩌다 연애를 해서 결혼하게 되었는데 신혼은 시댁에서 보냈다. 남편의 집은 서울시 송파구였는데 결혼 무렵 그 당시 신도시 중에 한 곳이었던 분당으로 이사를 갔다. 나는 그곳에서 아이를 낳았다. 천당 밑에 분당이라는 별칭이 붙을 만큼 분당은 살기 좋은 곳이었다. 아이를 키우기엔 복잡한 서울보다 더 없이 좋았다. 시집살이만 없었다면 그야말로 천당이었다.

　아무튼 이후 시댁에서 마련해준 평촌 신도시로 분가를 했다.

　그 무렵 친정엄마는 자꾸만 시골로 들어간다고 잔소리를 하셨는데, 나 역시 서울에서 멀어지는 것이 싫었다. 하지만 시댁에서 나온 해방감과, 세 식구의 새로운 보금자리는 서울에 대한 미련을 떨쳐내기에 모자람이 없었다.

　시련이 왔다. 남편이 주식으로 돈을 날리고 IMF와 겹치면서 헐값에 집을 팔게 되었다. 남는 돈으로는 평촌에 집을 구할 수가 없었는데 부동산에서 산본을 권했다. 산본? 중개업자는 군포에 있는 신도시라고 설명했다. 나는 군포시를 그때 처음 알았다.

12

2년만 살고 나올 생각으로 들어간 산본에서 10년을 살았다. 산본은 나에게 눈물이자 사랑인 동네다. 산본으로 이사 간 후 얼마 안 되어 안양 호계사거리에서 산본으로 향하는 도로에서 갑자기 눈물이 났다. 운전하다 말고 울었다. 산본 지하철 고가 밑에서 눈물을 펑펑 쏟은 기억이 아직도 선연하다. 내가 왜 이런 동네까지 밀려왔는지 정말 내 팔자가 서러워서 울었다. 금정동 고가 밑은 산본 신도시와는 너무 달랐다. 항상 외각도로에서 산본IC로 들어오곤 했던 내 눈에 그 곳의 풍경은 너무나 낯설었다.

　　그런 산본이 지금은 달콤한 나의 도시, 나의 고향, 친정 같은 곳이 되었다. 눈물로 들어와 사랑이 퐁퐁 넘치는 도시로 남은 것이다.

　　아이를 어린이집에 보낸 후에 집안을 정리하고 베란다로 가면 한 눈에 수리산이 들어온다. 봄, 여름, 가을, 겨울, 그리고 봄…, 영화의 제목처럼 계절은 변하고 다시 돌아왔다. 베란다에서 바라보는 수리산은 아름다운 나의 정원이었다. 돈을 지불하고 얻은 정원이 아닌 산본이란 동네가 나에게 선사한 선물 같은 정원, 숨 막히게 예쁜 정원이었다.

　　파릇파릇 올라오는 새싹과 여린 잎들이 진저리 치는 봄, 속 깊은 색을 꺼내 보이는 여름과 다채로운 색감으로 사방을 물들이는 가을, 그리고 너무도 환하고 투명한 설경, 이 모든 것은 공짜로 얻은 것들이다. 소리들은 또 어떤가. 아침이면 사계절 다른 새소리가 들려온다. 냄새는 어떤가. 수리산의 온갖 냄새는 그 자체로 향수다. 나는 이곳에서 차를 마시고 책을 읽고 많은 생각을 했다.

　　서울, 분당, 평촌에 이어 살게 된 산본은 서울, 분당, 평촌에서는 느껴보지 못한 사색의 시간을 내게 주었다. 세상을 다시 보게 만든 곳에서 나는 꿈꿔왔던 문학에 몰두했다.

다시 꺼내든 시집은 눈물로 두 눈을 맑게 만들었다. 한 줄의 문장이 주는 감동 때문에 책을 그만 덮는 일이 많아졌다. 한 장 넘길 때마다 끝이 보이는 시집이 아쉬워 한 줄 읽고 다시 접고, 한 참을 끌다, 다시 시집을 펼치는 것이 일상이 되었던 시간.

점점 커가는 아이와, 다시 시작된 남편의 늦은 귀가는 책을 읽는 시간을 더 길게, 더 많이 주곤 했다. 이때부터 내가 바가지 긁는 아내에서 차분히 기다리는 아내로 변했던 것은 아닐까 하는 생각이 든다.

산본에서 문학을 공부하며 정말 많은 문우를 만났다. 지금도 내가 알고 있는 대부분의 사람들이 문인들이다. 좋은 선생님과 좋은 문우들 덕분에 다시 학교로 돌아갔다. 문창과에서 공부하며 얻은 동기들 역시 내겐 너무 소중한 사람들이다.

군포에는 유달리 문인들이 많이 사는 것 같다. 군포시는 '책 읽는 도시'다. 정책적인 영향도 있겠지만 이 도시에는 다른 곳엔 없는 어떤 기운이 있지 않을까하는 생각이 든다. 산책로가 멋진 수리산과, 반월호수, 갈치호수, 공방, 도서관, 술집(?)이 적절하게 배치되어 있어서 도시 자체가 문학적이라고 할 만하다.

학교를 졸업한 후에 지역 신문의 기자로 입사해서 군포에 대해 알아갔다. 지역을 대표하는 분들과 군포에 애정이 많은 여러 부류의 사람들을 인터뷰하고 만나며, 군포와 나도 하나가 되어 갔다. 이젠 언제 어느 때라도 문학을 이야기 하고, 한 잔의 술을 나눌 수 있는 벗들이 군포 도처에 있다. 누구와 만나도 다툴 일 없고, 누구와 만나도 웃음이 떠나지 않는 사람들이 살고 있는 곳이 군포다.

군포문인협회는 비교적 일찍 들어갔다. 2003년에 가입했으니 10년이 훌쩍 넘었다. 그때 막내로 선배들의 귀여움을 많이 받았는데 지금 생각해보면 그때가 호시절이었다. 이제는 어딜 가도 막내는 꿈도 꾸지 못한다.

　문인협회에서 사무국장을 맡아 2년을 보냈는데, 그 시간이 꽤나 알찼다. 여러 가지 행사준비와 문학지 발간, 시화전 등은 혼자 할 수 있는 일이 아니다. 회원들의 도움 없이는 모든 게 불가능했는데, 많은 분들이 자원해서 도와주었기 때문에 큰 어려움 없이 일을 진행해 나갔다. 지금도 여전히 그 분들에게 감사한다.

　가을이다. 예전엔 겨울이 오는 가을이 참 싫었다. 지금은 가을이 좋다. 가을을 사람으로 치면 중년 정도 될 것 같은데, 가을의 단풍도 곱게 든 때가 있는 반면 참 밉게 단풍이 들 때가 있다. 또 어느 곳의 단풍은 너무나 아름다운데 어느 곳은 별로인 곳이 있다. 그러고 보면 나이가 들어가도 아름다운 사람이 있고 그렇지 못한 사람이 있다. 한 그루의 나무만으로는 또 그 절정을 이룰 수가 없다. 어우러짐이 없는 자연은 자연이 아니듯 사람도 어우러짐이 없이는 빛을 발할 수 없다.

　이보다 더 좋을 수 없는 가을처럼 늙어가고 싶다. 주변과 어우러져서 어여쁜 빛이 우러나오는, 그래서 더 아름다운 가을의 단풍 같은 사람이 되고 싶다.

　정원 같은 동네, 호수의 물빛이 아름다운 동네, 작은 도서관이 많은 동네, 술친구가 많은 동네, 꽃 같은 문인들이 많은 동네인 군포는 '달콤한 나의 도시'다.

'숲의 왕'으로 사는 법

김영래 소설가, 시인

수리산에 기대어 산 지도 어느덧 19년째. 나는 산본에서 11년을 살았다. 어려서부터 워낙 많은 이사를 하며 살았던 터라, 한 장소에서의 11년이라는 것은 어딘지 남의 이야기처럼 느껴진다. 돌이켜보니, 초등학교를 졸업하는 데만도 다섯 번의 전학을 해야 했던 기억이 있다.

산본으로 옮겨오고부터는 사는 게 조금씩 달라졌다. 무엇보다, 내가 원했든 원치 않았든 간에 너무 오랫동안 지속된, 거의 자폐에 가까운 삶이 변하기 시작했다.

1997년 1월에 산본에 왔을 때 나는 늘 그렇듯 혼자였다. 나에겐 단 한 명의 친구도 없었다. 여행도 혼자 했고, 술도 혼자 마셨다. 내가 일말의 소속감을 느끼며 나가는 모임도 없었다. 그런데 그해 봄이었던가, 나는 신문에 조그맣게 난 기사 하나를 보았다. 우리 지역에 환경운동연합이 창립된다는 기사였다. 웬만해선 어느 단체에도 발을 들여놓지 않던 내가 제 발로 찾아가 그곳 사람들을 만났다. 내가 잘 할 수 있는 게 글 쓰는 것뿐인지라 글품을 팔았다. 그 인연은 지금까지도 이어지고 있다.

그해 5월엔 아들이 태어났다. 그리고 여름, 글을 쓰겠다고 학교를 때려치우고

'방구들 귀신'(우리 엄마가 붙여준 아주 적절한 나의 별명이다)으로 살아온 지 17년 만에 시인으로 등단을 했다. 〈동서문학〉에서 알게 된 이경희 시인께서 나를 어여삐 봐주셨는데, 그분도 산본에 사신다고 했다. 그러더니 군포문인협회에 좋은 분들이 많으니까 언제 시간 나면 같이 가자고 하셨다. 그게 인연이었다. 그해 겨울에 나는 문협 모임에 처음 얼굴을 내밀었다.

그날, 얼굴이 불콰해지는 일이 있었다.

첫날인지라 일찌감치 출석을 했는데, 삐쩍 마른 노인 한 분이 진즉에 와서 앉아 계신 게 아닌가. 인사를 드리고 한 귀퉁이에서 입을 다물고 있자니 그분이 이리 오라고 하신다. 한두 잔 술에 벌써 얼굴이 벌게진 노인이 묻는다.

"그래, 무슨 일 해요?"

"직장은 안 다니고… 그냥 집에 있습니다."

"집에서 뭘 해요?"

"책 읽고… 공부를 하지요."

"아니, 공부는 하는데, 그래도 하는 일이 있을 게 아녜요?"

"뭐, 읽고 쓰고 공부하는 일밖엔…."

그때 나는 장편소설을 쓰고 있었지만, 그런 이야기를 자랑스럽게 떠벌릴 건 아니기에 최대한 진실을 담아 과장 없이 대답을 올리고 있었다.

그런데 노시인껜 내 대답이 시건방지게 들렸던 것 같다. 젊은 친구가 뭘 하느냐는 물음에 아무것도 안 한다면서, 집에서 공부를 하고 있다니, 이 얼마나 오만방자한 대답인가(그런가? 사실 나는 지금도 잘 모르겠다). 마치 선가에서 스승뻘 되는 스님이 '요즘 무슨 공부를 하나?' 하고 물으니, '공부는 무슨. 그냥 앉아 있습니다.' 하는 식의 대답이 돌아온 격이라고나 할까.

내겐 그런 의도가 전혀 없었건만, 그 얼굴이 뻘건, 삐쩍 마른 노인께선 자꾸만 그런 식으로 듣고 불쾌감을 감추지 못하는 것 같았다. 그러면서 연신 몰아붙이듯이 술을 권하신다. 한 잔 두 잔 석 잔……. 무조건 원샷이다.

"들어요. 쭈욱. 자, 한 잔 더!"

슬슬 짜증이 나던 차에 다른 사람들이 오고, 나는 슬그머니 자리를 옮겨 앉았다.

군포문협과의 만남은 이렇게 시작되었다. 그리고 여러분들도 짐작하겠지만, 바로 그 노시인이 김동호 선생님이시다. 벌써 17년 전에 일어난 일을 더듬어보는 내 기억이 얼마나 정확한지 자신할 수 없다. 대충 그와 같았다. 그나저나 선생님은 그 일을 기억하실는지.

언젠가 한 시인이 이런 말을 한 적이 있다.

"군포문협 사람들은 다 좋아. 술맛이 나거든. 왜 그렇지? 수리산이 있기 때문인가? 산 기운을 받아 맑고 순한 걸까?"

시인의 이름은 밝히지 않겠다. 요즘은 모임에서 보기 힘들어졌다. 수리산 기운을 받지 못해 맑고 순해지지 못한 탓인지.

*

산본에서의 날들은 아름다웠다. 걸으면서 일하는 습관을 붙인 건 그때부터였다. 4단지에서 시작해 수리사나 수리산 능선으로 이어지는 길들은 내 모든 갈등과 갈증의 해우소와 같았다. 나는 걷고, 걷고, 또 걸으며 『숲의 왕』을 썼다. 산본에서 모두 여섯 권의 책이 출간되었다. 이쯤 되면 내겐 그곳이 명당이라 아니 할 수 없을 듯싶다.

4단지 뒷산에는 유난히 할미꽃 군락지가 많다. 요즘은 시골에서도 잘 접하기 힘든 광경이다. 철을 바꾸어 그 길을 따라 걸으면 웬만한 꽃들을 다 만날 수 있다. 나는 특히 수까치깨라는 특이한 이름을 가진, 아주 평범하게 생긴 꽃을 좋아한다.

수까치깨(사진 참조하시길. 꽃술이 까치수염처럼 생기고 잎이 깻잎을 닮아 이런 이름이 붙지 않았을까, 혼자 유추해본다)는 한풀 꺾인 더위가 아직은 묵직하게 느껴지는 늦여름에 꽃을 피운다. 꽃자루가 아래로 향해 있어 몸을 최대한 숙이지 않으면 볼 수가 없다. 양지꽃 정도의 크기인데 색깔은 엷은 노란색.

한 번은 이런 꿈을 꾸었다. 어딘가를 여행 중이었던 것 같다. 나는 어느 농가의 들머리에서 '수까치깨'라는 공동체가 있다는 팻말을 보았다. 그 흔하디흔한 야생초의 이름을 공동체에 붙인 사람들은 어떤 이들일까? 나는 몹시 궁금했다. 꿈속에선 그 공동체를 찾을 수 없었지만 가슴이 따뜻해지는 꿈이었다.

수까치깨

살면서 복을 지은 바도 별로 없는데 올해는 웬 복이 많아서 두루미천남성이라는 꽃을 수리산에서 처음 보았다. 어떤 곤충의 모습을 의태擬態한 듯한 식물 특유의 앙증맞고 범상치 않은 자태에 며칠 동안 황홀했던 기억이 새롭다.

*

수리산 이야기를 좀 더 할까 한다.

수리산에는 우리가 인근에서 접하기 힘든 많은 새들이 서식한다. 물론 산자락 이쪽과 저쪽의 식생이 많이 다르므로 새들의 서식지도 다르기 마련. 산 전체를 잘 아우르며 꾸준히 발품을 팔아야 만날 수 있다.

늦은 봄 한밤중이면 '쪽쪽쪽쪽…' 하고 연거푸 울어대는 쏙독새. 아주 가끔 소리로만 접할 수 있는 수리부엉이. 점점 그 개체수가 많아지고 있는 호반새. 파랑새. 말똥가리, 황조롱이, 붉은배새매 같은 맹금류들도 흔하게 접할 수 있다.

뻐꾸기 종류는 모두 찾아온다. 검은등뻐꾸기, 벙어리뻐꾸기, 두견이, 매사촌.

딱따구리 종류도 풍부하다. 오색딱따구리, 큰오색딱따구리, 청딱따구리, 쇠딱따구리. 그런데 딱 한 종류가 빠졌다. 크낙새 다음으로 큰 딱따구리인 까막딱따구리가 바로 그것이다.

대형 조류인 만큼 까막딱따구리에겐 숲의 규모가 커야만 한다. 그런데 수리산의 품 정도면 녀석의 욕구를 채워줄 수 있지 않을까 하고 나는 생각한다. 요즘은 전국의 산에서 까막딱따구리의 개체수가 많이 늘어난 것 같다. 윤기가 나는 까만 깃에 정수리의 빨간 무늬가 인상적인 새다. 강원도나 경상북도, 또는 충청북도의 산림청에 협조를 구해 너덧 마리쯤 수입을 해서 수리산에 풀어놓으면 참 좋을 텐데 하는 생각을 혼자 하곤 한다. 숲의 연결고리가 끊긴 이곳까지 새가 저 혼자 오긴 불가능하므로 사람의 도움이 필요한 까닭이다. 물론 자연의 일에 인간이 관여하지 않으면 않을수록 좋다는 건 알지만, 때로는 자연이 스스로 해내

지 못하는 일을 인간이 도움의 손길을 건네는 것도 틀린 일만은 아닐 것이다. 그 동안 생태계의 고리를 끊은 자로서 참회하는 뜻으로라도 말이다.

이 글을 쓰고 있는 지금, 충북 증평의 들판엔 밤이면 늦반딧불이들이 날아다닌다. 지금쯤(8월 말에서 9월) 갈치저수지 부근이나 속달동의 임도에서도 반딧불이들의 황홀한 비상을 볼 수 있을 것이다. 반딧불이는 다슬기가 있어야만 살아갈 수 있다. 그리고 다슬기는 1급수의 깨끗한 물에서만 산다. 수리산이 살아 있다는 증거다.

수리산 일대를 반딧불이 보호구역으로 정하고, 한여름을 전후로 반딧불과 함께하는 작은 축제를 열어보는 것은 어떨까.

나의 작은 희망이다.

끝나지 않은 전쟁

김용하 시인

애국에 불타던 형형한 눈빛
속달동 새벽길을 달려
송악산 적진을 향해
생명을 불사른 이희복 용사여

고향의 숲 속에 아카시아 향이 짙네요
언제 오시려고 소식이 없나요?
뜨거운 애국심 강산에 묻었으니
평화통일의 나무로 자라
조국강산을 영원히 지키소서

28만여 군포시민이 오늘 모여
그대 주고 간 사랑과 용기를 배워
이 나라를 영원히 지키려 하오
임들의 소망이 하늘에 닿아

조국평화통일은 이루어질 것입니다

—「육탄 이희복 용사의 뜻을 기립니다」 전문

시청 뒤 수리산 한얼공원 이희복 용사의 추모비 참배해 보셨습니까? 늦지 않았습니다. 이제 가시면 됩니다. 이희복 용사는 군포 속달동에 출생신고를 하신 분, 우리시의 시민으로 사시다 나라를 위해 군 입대를 하신 자랑스러운 국군, 이희복 용사, 세상의 부귀영화를 세상의 것으로 고스란히 돌리고 혈혈단신 군포를 떠나신 장한 입대 장병, 꽃으로 피어 열매를 맺고 싶은 욕망을 버리신 그 용기 가상합니다. 군포의 자랑이 되시어 군포의 어버이로 존귀한신 명예와 천군만마 거느리고 한얼공원 산자락에 추모의 열기로 돌아오시어 의롭게 살아가는 용기를 가르치며, 우리 동네에 충혼되시어 함께 삽니다.

오늘 당신의 추모비 한얼공원에 올라 수리산 병풍을 두른 산자락 아래 아늑한 군포 시가를 바라보니 석양의 붉은 노을이 자연의 성스러운 가슴이 되어, 시가지를 포근히 감싸 아름다운 세상이다. 이희복 용사의 애국애족하는 마음은 그 아름다움을 뛰어넘어 국민의 안녕을 지키려던 어린영웅, 죽어도 살아도 의미 없는 내 이 나이에 누구를 위해 불 속에 뛰어들라 하면 뛰어들까? 용기 없어 부끄러운 나, 어린영웅의 추모비 앞에서 얼굴이 붉어진다. 광복군이 자진해 싸우던 후예인 우리국민, 이희복 용사도 자진해 적진에 포탄이 되어 시신 수습이 어려웠다는 후일담에 한없이 고개가 수그러든다. 말로 무슨 말인들 못하겠나?
몸으로 실천하기 어려운 성경말씀 낙타가 바늘구멍으로 통과하듯 어렵지 않을까 싶다. 몸에 폭탄을 품어 적진에 뛰어들어 자폭하신 용기를 배우는 산교육의 장으로 군포시의 위상을 심어 주신 이고장의 수호신, 이희복 용사여! 당신은

24

군포의 자랑스러운 영웅이시고 나라의 영웅이시다.

　전쟁을 모르는 이 시대를 사는 젊은이와 어우러져 살다보니, 북한이 문제를 일으킬 때마다 느끼는 감정, 전쟁은 파괴요, 인간이 만들어낸 최악의 폭력으로 전쟁의 혹독한 대가는 인간에게 고스란히 되돌아온다. 가정이 무너지고, 가족이 흩어지고, 불구자로 전쟁의 천형을 평생 안고 살아야하는 비극, 수많은 고아들, 집 없이 떠도는 인생, 죽고 배고프고 사람의 기본적인 의식주가 무너져 짐승 한 가지의 생활에서 절망과 폐쇄된 인간성은 십 수 년이 지나야 겨우 안정을 찾게 되는 긴 수난의 연속이요, 긴급한 상황에서 인간이기 위한 것은 아무 것도 없이, 그 시절을 살았던 아픈 경험을 떠 올리며 전쟁은 없어야 한다는 것이 나의 생각이다.

　6.25전쟁 발발하기 전 1950년 5월 개성 송악산. 38선은 송악산마저 남북으로 갈라놓아 남쪽 봉우리에는 국방군 초소가 있고 북쪽 봉우리에는 인민군 초소가 있어 남북의 치열한 공방전이 하루는 국군이 주둔하고, 하루는 북에서 주둔하기를 거듭 24번 번복을 헤아렸다니, 얼마나 치열한 공방전이었나. 송악고지에 공산 괴뢰군이 불법 침입하여 개성이 위태로워, 서부덕 이하 9명의 용사가 화랑정신을 본받았는지 자진하여 조국애와 민족정기에 불타는 정열로 몸에 포탄을 지니고 적의 지하 참호 속에 뛰어들어 장렬하게 숨진 육탄 10용사 중 장한 이희복 용사가 계시다. 당시 서부덕을 공격대장으로 김종해, 윤승원, 이희복, 박평서, 황금재, 양용순, 윤옥춘, 오제룡 등 9명의 용사를 지원 순으로 뽑았다. 1950년 5월 4일 정오 용사들이 적진에 포복으로 접근하는 동안 아군은 지원 사격을 가했지만, 이들이 적진지로 몸을 던지는 순간, 하늘을 뒤엎는 폭음과 포연 속에 적 토치카는 박살나고. 대기 중이던 공격부대는 주요 고지를 탈환했다. 이에 앞서 박창근 하사는 적 토치카를 파괴하기 위해 단신 돌진하다 순국하신 분으로 한국전사

에 빛나는 육탄 10용사, 적을 죽이지 않으면 내가 죽는다. 절대적이다. 총칼아래 떨어지는 목숨들 아직 피어날 꽃봉오리들⋯⋯ 6.25발발 한 달 전의 이야기다.

6.25전쟁이 치열했던 8월 "어머니! 나는 사람을 죽였습니다. 돌담 하나를 사이에 두고 10여 명은 될 것입니다. 작은 다리가 떨어져 나가고, 팔이 떨어져 나갔습니다. / 어머니! 전쟁은 왜 해야 하나요?/ 어제 내복을 빨아 입었습니다. 물내 나는 청결한 내복을 입으면서 저는 왜 수의壽衣를 생각해 냈는지 모릅니다. 어쩌면 제가 오늘 죽을지도 모릅니다. 하지만 저는 살아가겠습니다. 꼭 살아서 가겠습니다. / 어머니! 상추쌈이 먹고 싶습니다. 찬 옹달샘에서 이가 시리도록 차가운 냉수를 한없이 들이켜고 싶습니다. / 아! 놈들이 다가오고 있습니다. / 다시 또 쓰겠습니다. 어머니 안녕! 안녕! 아, 안녕은 아닙니다. 다시 쓸 테니까요. 그럼⋯." (「다부동 구국전투사 전문」 중에서)

6.25 당시 동성중학교 3학년 재학 중에 참전했던 이우근, 학도의용군으로 참전하여 다부동에서 치열한 전투가 이어지던 1950년 8월11일에 숨을 거뒀다. 이날 전투에서는 제3사단 학도의용군 71명 중 이우근 학도병을 포함한 48명이 전사했다. 삼중 스님은 참전비가 이루어지기를 기원했던 소망을 이루신 제막식에서 울먹이며 이우근 학도병의 수첩에 적힌 어머니에게 쓴 편지를 읽으신다. 전쟁의 실체가 고스란히 들여다보여 목이 메인다.

제막식에서 삼중스님은 아래와 같이 말씀하셨다.

피우지도 못한 꽃다운 14살, 15살, 16살, 17살 어린 소년들의 봉안제입니다. 그들이 누구입니까? 지금처럼 떵떵거리면서 잘 살고 있는 당신들을 위해 목숨을 내던진 어린 생명들입니다. 14살이라면 어떤 나이입니까? 집에 있는 내 아이들을 생각해 보십시오. 바로 내 자식들이 자신들의 키 만 한 총대를 끌면서 전쟁터에서 총을 쏘았습니다. 이런 어린 병사들에게 정부에서는 무엇을 해주었습니까? 시신은 물론 위패조차도 모시지 않았습니다. 수천의 소년병 목숨을 빼어간 6·25 전쟁터는 이미 63년이나 지나갔건만 지금까지도 영혼들이 '엄마'를 울부짖으면서 떠돌고 있을 것입니다. 살아남은 자들의 한심스러운 역사입니까? 소년지원병 박태승 회장의 애끓는 노력으로 오늘에서야 위패 봉안 제를 올리려 합니다. 어떤 공식적인 사과문도 없이 정부 책임자들은 행사에 나타나지 않으니 이 얼마나 통탄할 노릇입니까?

6·25전쟁을 아예 잊어버렸는지 우파에서나 좌파에서나 아무렇게나 떠들어댄다. 이 시대에 살고 있는 대한민국과 한국인이 필요로 하는 전쟁의 참상과 교훈에는 절대로 잊힐 수 없는 영령들이 존재하고 있다는 것을. 2012년 6월18일 오후 2시, 위대한 영령들이 살아 숨 쉬는 국립서울현충원 육탄10용사비 앞에서 백선엽 장군과 한민구 장군과 더불어 추모식을 봉행하며 쓴 소리로 현 사회를 비판했다.

이희복 용사의 전적을 조사하다 생각한다. 이 시대에 나라 없는 나 인권유지 가능할까? 불안하다. 아직 전쟁은 끝나지 않은 휴전이다. 휴전의 뜻을 알아야한다. 부정부패로 나라의 기강이 무너져 약해진다면 전쟁의 소용돌이에 휘말리는 것은 당연한 일이다. 전쟁은 파괴다, 사람도 건물도 인간성도 다 파괴된다. 공들여 가꿔 온 역사를 단번에 파멸되고 다시 서기까지 수대의 인력이 희생되고, 경제적 지원이 쌓여야 되는 엄청난 과제와 맞물린다. 한얼 공원에서 내려와 스스로 심각하다. 휴전이라는 무거운 뜻, 국민의 운명이 걸려 있다는 것, 우리의 처신에 따라 무서운 결과가 기다린다는 것, 우리는 강해져야 산다는 것을 다짐해 본다.

다음 인용문을 본다.

> 나는 일선 사단장(백선엽)으로 전쟁을 맞았다. 나는 늘 내가 거느린 수많은 장병에게 손을 들어 싸움터를 가리켰고, 그들은 아무 말 없이 내가 지시하는 전쟁터를 향해 달려 나갔다. 그리고 그들은 죽어갔다. 무명의 용사로 몸을 땅에 묻었고, 엊그제 교문을 나선 교복 차림의 학도병으로 미처 피우지 못한 생명을 마감했다. 내가 60여 년 전의 전쟁을 회고하면서 먼저 떠올린 것은 이들의 희생이다. 오늘날의 대한민군은 그들이 던진 생명의 대가다. 자신의 생명을 던졌던 수많은 영령과 내 전우, 미군을 비롯한 유엔 16개국의 숱한 참전 용사와 우방 정부의 정책결정자들이 60년 전 공산주의 침략군에 온몸으로 맞섰다. 나는 늘 그들과 함께 있었고, 때로는 작게, 때로는 크게 전쟁 국면을 체험하면서 그 흐름을 지켜봤다. 전쟁터에서 쓰러져 간 수많은 내 전우와 같이 나도 시대와 국가가 부르면 다시 전선에 나서야 하는 군인이다. 전쟁을 기억함으로써 이 땅의 안보가 더욱 굳건해져 더 영광스러운 대한민국의 길이 열릴 때 그들 영령은」 저 하늘 위에서 환한 웃음으로 우리를 지켜볼 것이다.
>
> — 백선엽 장군의 「내가 물러서면 나를 쏴라」 중에서

평안남도 강서군 덕흥리에서 1920년에 태어난 백선엽 장군은 6·25전쟁터를 누비면서 여러 전투를 승리로 이끈 기념비적인 공로로 역사에 영원히 남았다.

우리가 추구하는 행복, 우리 스스로 지키려는 강한 의지가 절대 필요하다. 단

합하고 서로 격려하며 낙오자 없는 밝고 명랑한 생활을 이끌어 정의의 참뜻을 실현하는 사회, 이웃 사랑을 실천해 불행한 사람이 없는 사회를 구축하는 마음이 중요하다. 전쟁을 배제하고 자체의식을 정의감으로 무장하여 의식구조를 가꿔 불의를 걷어내고 평화를 구축한다는 사명감을 가져야 된다. 부강한 나라로 발전하여 기강을 바로 세우고, 국력을 정비하여 위용을 과시하며 군림하는 강한 나라로 바로 설 일이다.

군포시 대야미동, 제2의 고향

김인수 수필가

    나는 군포 지역에서 태어난 원주민이 아니다. 이 지역에 살기 시작한 것은 34년 전인 1975년 이른 봄부터다. 서울 한복판인 종로구에서 태어나 26살이 될 때까지 서울에서 만 살아 왔기에 농촌이나 농사에 대해 전혀 모르는 그야말로 '서울 촌뜨기'였다. 나의 두 형님들은 부친(김익달 : 학원사 대표)의 사업인 '주부생활사'와 '학원인쇄소'를 물려받아 출판업에 종사하게 되었다. 하지만 나는 3살 때 앓은 소아마비로 몸이 약해 맑은 공기와 푸른 자연환경 속에서 살면 건강해질 수 있다는 부친의 생각 때문에 지금의 대야미동으로 오게 된 것이다. 벼와 보리, 사과나무와 배나무, 고추 잎사귀, 고구마 덩굴도 구별하지 못했던 내가 1971년 건국대학 농과대학 원예학과를 졸업하고 일본 오사카에 있는 깅끼(近畿)대학 농과대학에서 2년간이나 조경학을 공부해야 했다. 일본유학을 마친 후 서울 여의도 시범아파트에서 3년 간 살다가 결혼과 함께 1974년 이른 봄, 경기도 화성군 대야미리(지금의 군포시 대야미동) 지역에 터 잡고 살게 되었다.

    '농촌이 잘 살아야 국가가 잘 산다'는 박정희 전 대통령과 똑 같은 신념을 가졌던 부친은 셋째 아들인 나를 농과대학을 보내고 다시 일본 유학까지 시켜 대야미 소재 '밀알농장'의 운영을 맡긴 것이다. 당시 부친은 〈학원〉〈여원〉〈주부

생활〉〈진학〉 등 국내 유수의 잡지들을 창간했으며 국내 최초로 대백과사전을 발간한 대한민국 출판계의 선구자였다. 1964년에는 농촌잡지인 〈농원〉을 발간 하면서 국민훈장 동백장과 서울시문화상 등 국가로부터 수많은 공로상을 수여 받은 분이다. 따라서 새마을운동 지도자를 양성하며 전국적으로 알려졌던 김용 기 장로의 '가나안 농장'과 같은 시범농장을 본인이 직접 만들기 원하셨다. 임 야가 10,000평, 논이 3,000평, 밭이 3,000평 모두 16,000평 규모의 땅을 구입하여 110평 규모의 우사와 싸일로, 3채의 농가를 한꺼번에 건축했다. 낙농담당, 원예 담당 그리고 농사담당 3명의 전문 관리인을 채용하고 대규모 초지를 조성하고 정부로부터 융자를 받아 젖소 20마리를 구입했다. 또한 약 3만 그루의 정원수 묘목을 심기 위해 매일 10명 이상의 일꾼들을 고용한 기업농의 면모를 갖추고 밀알농장은 출범했다.

당시만 해도 우유를 짜는 젖소 한 마리가 2~3백만 원을 호가하는 황금알을 낳 는 오리와 같은 존재였다. 매일 2~300Kg 정도의 우유를 착유해 해태유업에 납품 했다. 옥수수나 콩, 목초 등을 7,000평이 넘는 면적에 직접 재배했으며 착유기를 사용하고 2,000평 규모의 방목장을 갖춘 기업낙농 형태로 주변 소규모 낙농인 들로 부터 많은 부러움을 샀다.

나는 이곳에서 신혼살림을 시작했고 큰 딸아이도 이곳에서 낳고 키웠다. 서울 여의도 시범아파트에서 대야미로 이사하기 직전 아내와 심한 부부싸움을 했다. 농촌에서 갓 난 첫 아이를 키워야 한다는 사실을 받아 드릴 수 없었던 아내의 반 대는 이혼을 감수해야 할 만큼 심각했다. 시장을 보려면 아이를 등에 업고 안양 역전까지 시외버스를 타고 가야하는데, 버스도 1시간에 한 대 꼴이었으며 포장 이 안 된 신작로를 먼지 풀풀 날리며 달리는 시골길이었다. 도시에서 누릴 수 있 는 쇼핑과 문화적 교육적 혜택이 없음은 물론 대야미 마을과도 떨어져 있어 처음에는 무서움을 느낄 정도로 외롭고 한적한 산속의 농가주택이었다.

다행히 1975년도에 국내에서 처음으로 만들어진 전철1호선이 군포역과 연계되어 서울 영등포는 30분 시청 앞까지 50분이면 왕복할 수 있어, 서울을 다녀 올 수 있는 기회가 많아 졌다. 어쩌다 전철 막차를 놓치고 통행금지에 막혀 돌아오지 못해 어쩔 수 없이 외박이 되어 버리는 날엔 아내가 단단히 화가 나곤 했다. 야단을 피하기 위해 영등포역까지 택시를 타고 와 총알택시를 바꾸어 탄 후, 군포 구사거리에서 내려 대야미까지 한밤중에 2시간 반을 걸어 새벽 2시가 넘어 집에 온 적도 있었다.

주말이 되어 일가친척들이 자동차를 타고 몰려와 하루 종일 놀다가 저녁 때 서울로 돌아 갈 때면 아내는 눈물을 보이며 서울로 다시 이사하자고 졸라대곤 했다. 세월이 흐르면서 다량으로 식재한 정원수 묘목들이 점차 크게 자라나기 시작했다. 특히 봄에 활짝 핀 목련나무와 벚나무, 모과나무 장미꽃들이 온 동산을 뒤 덮을 때면, 농장을 지나가는 버스 승객들은 환성을 올리며 저 동산에서 사는 사람은 정말 행복할 것이라며 부러워했다. 뿐만 아니다. 한 밤 중 보름달이 하늘 한 가운데 떠오르는 밤이면 산책로의 좁은 숲속길이 다 보일 정도로 온 세상이 하얗게 빛난다. 나는 아내와 함께 뒷산을 함께 산보하면서 '달아 달아 밝은 달아' 'Moon river' 등 달에 관한 노래를 부르며 서로의 마음을 달래기도 했다.

자연에서 자란 우리 큰 딸 지윤은 맑은 공기와 푸르른 대자연과 함께 아주 건강하게 자라나 성인이 된 지금도 너무나 건강한 육체와 정신력을 소유하고 있다. 새벽 아침, 꿩들이 짝짓기 하느라 시끄럽게 울어 대고 다람쥐는 물론 쪽제비까지 부엌으로 먹을 것을 찾아 기어들어 오곤 했다. 무엇보다 대야미 지역에는 어디나 독을 가진 뱀이 많아 농사짓다 하루에도 2~3차례 뱀을 보게 되는데 이것은 대야미 주민들의 좋은 몸보신 꺼리가 되었다. 뱀을 술에 담가 먹거나 탕을 해

먹는 것으로 알았는데 껍질을 벗겨 석쇠에 구워 먹는 것을 보고 놀라기도 했다. 어느 날 아내가 아침에 문을 열고 나오는데 문지방 기둥 위에 몸을 칭칭 감고 있는 굵은 능구렁이를 보고 기절한 적도 있었다.

어느새 대야미리大夜味里는 우리에게 밤의 정취를 가장 감미롭게 맛 볼 수 있는 아름답고도 소중한 농촌 마을이 되어 있었다. 이러한 행복감은 도시화 되고 아파트 단지가 들어선 지금의 대야미동洞에서는 가질 수 없는 서글픔이 있다.

1970년 초 대야미리里는 100여 가구의 초가집으로 이루어진 작은 농촌 마을로 대부분 논농사를 지었으며 부업으로 자급자족을 위한 밭농사를 짓는 농민들이었다. 밀알농장이 낙농 전문경영을 하자 이곳에서 일하면서 젖소 관리에 대한 지식을 쌓게 된 대야미 주민들은 정부 융자를 얻어 젖소를 한두 마리씩 구입해 독립적으로 낙농을 시작했으며 점차 그 규모를 키워, 한 때는 젖소를 키우는 대야미리 농가가 20여 가구를 넘기도 했다.

지금 대야미동에 거주하고 있는 50대 이상의 중년 노인층의 원주민 대부분은 밀알농장에서 일한 경험이 있다. 약 6,000평의 임야를 목장용지로 개발해 옥수수를 대단위로 심고 늦은 여름 30여명의 주민들이 함께 모여 옥수수를 낫으로 베고 이것을 경운기 모터를 이용한 대형 커터로 잘라냈다. 벨트를 이용해 싸이로에 넣고 서너 명씩 어둡고 습기 찬 엔시레지로 들어가 발로 꼭꼭 밟아 공기를 차단시키는 작업을 매년 행사처럼 진행해왔다. 마치 대야미 온 동네 사람들이 한데 모여 축제를 벌이는 것처럼 밤새우며 막걸리와 빵으로 끼니를 때우면서 남녀가 하나가 되어 소리를 하며 작업을 하던 그 시절을 아직도 잊지 못하고 있다.

1976년 안산에 대규모 공단이 설립된다는 계획이 발표되자 농지 한 평에 3~4,000원 하던 땅 값이 하룻밤 사이에 10배가 올라 3만 원을 호가하는 부동산 붐이 일어났다. 그러나 정부는 땅값의 폭등을 막기 위해 보름 후 대야미와 안산 주변 전역을 그린벨트로 묶어 버렸다. 부동산 값은 다시 원점으로 폭락했으며 오히려 거래조차 완전히 사라져버려 이곳 주민들에게는 더욱 힘든 상태가 되어 버렸다.

나는 대야미에서 몇 십 년을 살면서도 속달동을 거쳐 경치 좋은 갈치저수지 주변에 이어 수리사에 오르는 길을 거의 가본 기억이 없었다. 당시에는 버스가 없어 경운기를 타고 가거나 걸어서 가야 했기 때문이다. 2시간에 1대 정도 있는 납닥골 까지 가는 마을버스가 생긴 것도 1995년 이후인 것으로 기억한다.

자동차를 마련한 이후부터 나는 시간이 있을 때 마다 아내와 함께 갈치저수지 까지 차로 운전한 후 그곳에서 수리사 까지 걸어서 왕복하는 약 3시간 정도의 산책을 즐겼다. 봄 안개 낀 갈치 저수지, 새파랗게 자라난 보리밭 뒤로 목장에서 풀 뜯는 젖소들의 한가로운 모습들, 늦은 가을 도로 양편으로 노랗게 익어 고개 숙인 벼들이 수확을 기다리고 있는 풍경들은 무척 평화로웠다. 길 가 양편으로 흐르는 작은 개천은 맹꽁이가 알을 낳는 서식지였다. 수리사로 올라가는 길 양쪽 개천은 장마철이 되면 큰 물줄기들을 쏟아 내는 작은 폭포로 변한다. 이 아름다운 천연의 계곡 길도 이제는 콘크리트 포장이 되어 예전의 자연스런 아름다움을 잃어 버렸다. 주말이면 수리사로 올라가는 수많은 자동차들이 내뿜는 매연과 잡음으로 한적하게 걸어 올라가는 등산객들의 귀와 코를 힘들게 하고 있다.

수리사 역시 지금은 크고 화려하게 개축이 되어 옛 모습을 다 잃었지만, 10 여년 전까지 만해도 사람들의 발길이 별로 찾지 않는 암자와도 같은 작은 절이었다. 꺼멓게 탄 사찰 나무 기둥들과 대웅전 지붕 위 낡은 기와 돌 사이를 비집고 삐죽삐죽 말라빠진 건초들은 옛 신라의 정취를 풍기는 고색창연한 운치 있는 사찰로 보이게 했다. 멀리 바라보이는 겹겹이 둘러 싼 수리산 구릉이 서로 마주 치며 계곡을 이루는 장관을 볼 수 있어 좋았다. 맑은 공기와 푸른 산림의 틈새로

펼쳐진 산들의 장엄한 기氣를 한껏 받아들여 더욱 건강해진 느낌으로 산을 내려
오게 된다.

1990년 이후 산본 신도시가 생겨나고 대야미리도 군포시로 편입되어 대야미
동으로 바뀌었다. 어느 덧 초가집들이 다 없어지고 크고 작은 아파트단지들로
변모하기 시작했다. 이제 대야미동에서는 논이랑을 갈던 황소의 목에 매달려 울
리던 워낭소리도 더 이상 들을 수 없다. 그 많던 논들도, 목장들도 대부분 사라
지고 지금은 자급자족을 위해 짓는 채소농사나 정원수 재배를 위한 밭뙈기들만
군데군데 남아 있을 뿐이다.

이러한 개발로 인한 부동산 값의 상승으로 대야미지역은 더 이상 과거 농촌마
을의 정취를 간직하기 어렵게 되었다. 그러나 아직도 수리산 주변의 산림과 반
월호수, 갈치호수, 그리고 문화재인 수리사에 이르기까지 우리가 앞으로 꼭 보
존하고 가꾸어야 할 아름다운 환경자산들이 너무도 많다.

대야미에 있는 정난정 선생 묘역

내 손으로 직접 만들어 운영해 온 '밀알농장'도 일손 구하기가 힘들어지고 땅과 하천 오염방지법이 강화되면서 수익성이 적어져 낙농을 포기할 수밖에 없었다. 1997년 향나무, 벚나무, 느티나무, 밤나무 군락 등 주변의 수려한 자연경관을 이용해 가든 식당인 '향나무집'을 오픈해 6년간 직접 운영했으나 몇 년 전 임대해 준 '온누리 장작구이' 가든 식당이 지금도 성업 중에 있다.

농장 운영은 그만뒀지만 그동안 가꾸어 온 각종 정원수와 꽃나무 등이 활짝 피는 계절에는 군포시민들 뿐만 아니라 안양, 수원, 안산에서도 한번쯤 찾아와 구경하는 군포시의 명소가 되어졌다. 나의 땀방울이 깃든 터전에서 이제는 나무들이 그 주인노릇을 하고 있다.

나의 결혼생활도 밀알농장에서의 삶도 모두 같은 35년이 흘러 어느 덧 지난 11월 28일에 회갑을 맞이하기도 했다. 지금까지의 두 가지 삶, 모두가 나에게 축복이었다. 앞으로도 군포시에서 살아 갈 모든 주민들에게도 나와 같은 축복이 풍성하게 함께 있었으면 좋겠다. 군포시는 나에게 제2의 고향이다

아구랑연가

곽현정 시인

    승환 씨가 태어난 1962년 군포는 산과 논, 작은 하천이 흐르는 전형적인 농촌이었다. 지금은 인구 30만에 육박하는 수도권 신도시로 우뚝 섰지만 당시에는 인구 일만 명도 되지 않는 조용하고 평화로운 면소재지의 시골이었다.

    승환 씨는 지금의 군포시가 시흥군 남면으로 불리던 시절 태어나 군포의 변화하는 모습과 삶을 함께했다. 승환 씨가 나고 자란 삶의 이야기가 고스란히 담겨 있는 곳은 군포1동, 지금의 우리은행이 있는 자리로 당시에는 '아구랑'으로 불린 마을이다. 조선 중엽 흰 개 2마리가 입을 벌리고 이곳 언덕을 넘어 갔다고 하여 '아구랑'이라 불렸는데 개가 입을 벌리고 있는 지세 때문에 '아구랑'이라 했다고도 한다.

    아구랑 일대를 비롯하여 발이 닿은 모든 곳이 그의 놀이터였다. 밤바위산에서 돌을 가지고 놀았고 복숭아밭, 호두밭, 산으로 논으로 해가 질 때까지 마을 곳곳을 누비고 다녔다. 정신없이 놀다가 출출한 허기를 느끼면 남의 밭에 들어가 참외나 수박 등을 서리해 먹었고 운이 좋은 날은 산토끼를 사냥해 먹기도 했다.

    많게는 십여 명 적게는 대여섯 명이 항상 뭉쳐 다녔는데 모험심과 호기심으로 똘똘 뭉친 개구쟁이 군단(유년시절의 젖과 꿀)이었다. 가끔 동네를 벗어나 원정을 가기도 했는데 아침 일찍 집을 나서 야목(지금의 구반월 근처)을 지나 걷고 또 걸어 4시간을 가다보면 바닷가 갯벌에 도착한다.(지금의 소래포구쯤으로 추정된다)

산이나 들과는 달리 바다가 주는 감동은 특별했다. 드넓은 수평선 너머에는 미지의 세계가 존재할 것 같은 신비로움이 있었고 파도는 청량했다. 또 말캉말캉한 갯벌을 밟는 느낌은 부드럽고 따뜻했다. 왕발게, 망둥어 따위를 잡고 다시 4시간을 걸어 어둑어둑 어둠이 내릴 때쯤 겨우 집에 도착했다. 종일 굶어 비어 있던 속을 채워줬던 건 역시 남의 밭의 무와 고구마였다.

저녁 늦게까지 돌아오지 않는 아이들로 동네는 발칵 뒤집혔다. 걱정으로 노심초사하던 엄마에게 흠씬 두들겨 맞고 눈물콧물이 범벅된 채 먹었던 늦은 저녁은 꿀맛이었다. 그 후에도 개구쟁이 모험단은 여전히 눈만 뜨면 모였고 새로운 놀이를 모의했고 함께 하는 모든 것이 즐거웠다.

지금의 법해사가 있는 당말 터널 위쪽은 온통 산이었는데 거기에 땅굴을 파고 서너 명씩 들어가 숨어 있다가 깜박 잠이 들어 밤이 되어서야 겨우 집에 갔던 일도 있었다.

또 겨울이면 논에 물을 대 얼려 만든 스케이트장을 열기도 했다. 10원정도의 입장료를 받았는데 나름 경쟁이 치열했다. 스케이트장은 여러 개 만들어 졌고 서로 꼬마손님들을 유치하기 위해 남의 스케이트장에 밤이면 몰래 인분을 쏟는 악행을 저지르기도 했다. 비록 놀부에 버금가는 못된 짓을 저지르긴 했지만 그때 했던 스케이트장 운영의 경험이 지금의 사업가로 성장하는데 밑천이 됐는지도 모르겠다.

승환 씨를 포함한 개구쟁이 모험단은 날마다 새로운 장난과 놀이에 열중했고 어느새 중학생이 됐다. 승환 씨 표현으로는 못된 짓이 점점 늘어났다고 한다.

그날의 닭서리는 두고두고 이야기 거리가 되었다.

승환 씨와 친구들은 전날 모의한 닭서리를 감행하기 위해 사건 현장에 모였다. 마을에서 닭을 꽤 여러 마리 키웠던 그 집 담장에 옹기종기 모여 앉았다. 승환 씨는 슬쩍 고개를 대문 안으로 들이밀고 마당을 살폈다. 마당 귀퉁이에 위치한 닭장 안에는 통통하게 살이 오른 십여 마리의 닭이 꾸벅꾸벅 졸고 있었다. 시간은 9시를 훌쩍 넘겼고 드디어 닭장 주인집 불이 꺼졌다. 승환 씨와 친구들은 하루 종일 이 어둠을 기다렸다.

"야 30분만 더 기다리자."

서리라면 자신만만한 승환 씨지만 이번 건은 참외나 수박 서리와는 차원이 다른 모험이었기 때문에 특별히 신중을 기했다. 그러나 곧 닭기름이 좌르르 흐르는 닭다리를 뜯고 있을 생각을 하니 저절로 입가에 침이 흘렀다.

"지금까지 기다렸는데 더 기다리라고?"

대기하던 친구 중 누군가 볼멘소리를 했다.

"주인이 잠이 들어야 될 것 아냐 망치고 싶지 않으면 조금만 더 기다리자"

눈앞에 있는 닭다리를 놓치고 싶지 않은 마음은 모두 같았다. 며칠 동안 동선을 짜고 역할을 나누는 정성을 들였는데 조급하게 움직여 물거품으로 날려 버릴 수는 없었다. 모두 군소리 없이 30분을 기다리자는데 합의했다.

승환 씨와 친구들은 다시 나란히 담장에 기대앉았다. 밤하늘의 별은 유난히 총총 빛났고 어디선가 불어온 바람에서는 타다만 짚불 냄새가 풍겼다. 기다리는 시간은 더디 지났지만 마침내 30분이 지나자 각자 맡은 동선대로 움직이기 시작했다.

두 명은 망을 보고 나머지 다섯 명이 마당을 지나 닭장 안으로 들어갔다. 모두 일사분란하게 움직였다. 그들은 작전을 수행하려 적진에 몰래 침투하는 비밀요

원처럼 은밀하고 민첩했다. 승환 씨의 등줄기를 타고 굵은 식은땀이 흘렀다. 마치 100미터 달리기를 앞두고 출발 직전의 준비자세로 선 듯 한 긴장감으로 심장이 요동쳤다.

"성냥! 성냥 꺼내서 켜!"

누군가 성냥에 불을 붙였다. 타닥 성냥불이 켜지자 닭장 안이 아늑하게 밝아왔다. 그리곤 이내 성냥불을 닭의 부리 앞으로 들이 밀었다. 어디서 누구에게 전해들은 정보인지 출처를 알 수는 없었다. 닭이 유황 냄새를 맡으면 기절하거나 죽는다는 것이다. 유황을 구할 수 없었던 승환 씨는 번뜩이는 아이디어를 냈는데 그게 바로 성냥이었다.

성냥에 묻어 있는 성분이 분명 유황의 황과 같은 것으로 확신했다. 그것이 유황이 아니라고 하더라도 그들에게 다른 방법은 없었다. 닭장 안에서 성냥에 불을 붙여 닭의 부리에 가져다 대기 전까지 승환씨는 이 성냥불 제안으로 무리들에게 천재 소리를 들었다.

"어 이상하다 닭이 멀쩡한데?"

승환 씨와 친구들 코에는 분명 황의 알싸한 냄새가 나는데 닭은 잠에서 깨어났을 뿐 전혀 기절하거나 죽을 기미가 보이지 않았다.

"양이 너무 적어 그런가보다 더 켜봐."

승환 씨는 닭과 좀 더 거리를 좁혀 성냥불을 그었다. 타닥 순간적으로 황냄새가 밝은 불빛으로 승화한다. 하지만 여전히 닭은 멀쩡했다. 심지어 좀 멀리 떨어져 있는 닭은 아직 잠에서 깨지도 않았다. 얼마나 성냥불을 켜 댄 걸까 닭장 안엔 타다만 성냥개비들이 즐비했고 성냥 통은 어느새 바닥을 보이고 있었다.

"야, 안 되겠다. 그냥 잡아서 가자."

성냥 통을 집어던진 승환 씨와 친구들은 서둘러 닭을 잡기위해 움직였다. 그 사이 모두 깨어난 닭들은 갑작스런 움직임에 푸드득 날갯짓을 하며 놀라 비명을 지르기 시작했다.

'*꼬꼬댁 꼬꼬댁 꼬꼬꼬꼬 꼬꼬댁*'

부리를 틀어막을 수도 없고 닭들은 점 점 더 목청을 돋웠다. 닭장에 들어갔던 다섯 명 중 세 명이 겨우 닭의 날갯죽지를 잡아든 순간 집 주인집 문이 벌컥 열렸다. 닭보다 더 놀란 승환씨와 일행은 순간적으로 닭장 문을 박차고 내달렸다.

"이놈들아 거기 안서냐. 이놈들!"

주인집 아저씨의 고함소리와 꼬꼬댁 거리는 닭의 울음소리와 놀란 아이들의 뜀박질이 뒤섞여 마당은 순식간에 아수라장이 되었다. 승환 씨는 뒤도 돌아보지 않고 달렸지만 뒤를 쫓는 사람이 주인집 아저씨가 아닌걸 알 수 있었고 안도했다. 승환 씨가 만나기로 약속한 또 다른 친구 집에 도착하자 뒤를 이어 친구들이 속속 도착했다. 그 중 두 친구는 맨발이었다. 벗겨진 신발을 다시 신고 뛰지 못할 만큼 급박했음을 짐작할 수 있었다.

승환 씨와 두 명의 친구 손에는 날갯죽지가 죽 처진 닭 세 마리가 훈장처럼 들려 있었다. 다섯 명의 친구들은 아직 도착하지 못한 두 명의 친구를 기다렸지만 그들은 끝내 나타나지 않았다. 나중에 들으니 너무 놀란 나머지 실패를 직감하고 그냥 집으로 달려가 숨어버렸다고 했다.

시간은 벌써 10시가 넘었고 친구는 주무시는 어머니를 깨워 요리를 부탁했다. 아닌 밤중에 홍두깨 같은 아들과 아들친구들의 행동과 난데없는 닭의 등장에 어머니는 많은 것을 물을 법도 했지만 대강 몇 마디 면박을 주시곤 바로 가마솥에 물을 끓이셨다.

닭이 백숙으로 변신하여 승환씨와 친구들의 앞에 놓였을 때는 자정이 가까워 오고 있었다. 그 사이 친구 한명은 졸음과의 사투에서 장렬히 전사하여 잠의 나락으로 깊이 빠져 든 상태였다. 자정까지 버틴 승환씨와 친구들은 잠들어 있는 친구를 깨우지 않았다. 그날의 닭다리는 진정한 승자만이 맛볼 수 있는 희열 그 이상의 맛 이었다. 목구멍을 부드럽게 타고 흐르는 닭 국물에서 은근한 유황의 냄새가 배어 나오는 듯 했다.

승환 씨는 40여 년이 지났지만 그날의 닭고기 맛을 잊을 수 없다고 했다. 그날의 닭서리 외에도 친구들과 어울려 다니며 싸움도 하고 나쁜 짓을 참 많이 하고 자랐다며 한참을 감회에 젖기도 했다. 친구들과 노는데 정신이 팔려 집에 들어가지 않았던 날도 많았는데, 그때마다 엄마가 "집이 여관이냐?"며 혼내던 기억마저 지금은 그립다고 했다.

그는 군대를 제대하고 산업일꾼으로 쿠웨이트에 다녀온 걸 빼고는 군포를 떠난 적이 없다. 젊은 시절 다니던 건설회사가 부도가 나 군포역 앞에서 토스트와 호떡 파는 장사를 하기도 했다. 나고 자란 동네에서 사람들의 눈을 의식하지 않고 쉽게 할 수 있는 일은 아니었다. 그럼에도 '나의 한계를 실험해 보고 싶었다.'던 승환 씨는 그때의 힘들었던 기억은 나중에 사업을 시작 하는데 많은 도움을 줬다고 했다.

온통 산과 들과 밭이었던 군포가 사통팔달 교통의 요지가 되고 경제적으로도 눈부신 발전을 이루었다. 예전만큼은 아니지만 수리산, 오봉산 등 여전히 자연과 함께 살아 갈 수 있어 좋다고 했다. 많은 사람들은 원하든 원하지 않던 다양한 이유로 고향을 떠나 살게 된다. 그래서 얼마쯤 그리움과 외로움을 본능처럼 끌어안고 살아간다.

승환 씨는 그런 외로움이 없다고 한다. 초등학교동창회장을 맡고 있는 그는 언제든 보고 싶은 친구를 만날 수 있다. '그래서 인간 되겠냐?'던 어른들의 꾸지람을 먹고 자란 그 시절의 악동들이 지금은 서로의 부모님들께 설날마다 세배를 다닌다고 한다. 승환 씨는 언제나 군포와 함께 할 것이다. 고향을 떠나지 않는다는 게 떠돌이 인생으로 살아온 나로서는 쉽게 짐작할 수 있는 느낌이 아니지만 어렴풋이 알 것 같다. 나에게도 이곳은 제2의 고향 같은 곳이니 말이다.

군포문협 20년을 회고하며

박현태 시인

 군포문인협회가 발족할 당시는 산본 신도시 주민 입주가 한창이어서 매우 어수선한 시기였다. 이웃에 누가 사는지 그 분이 무엇 하는 사람인지 도무지 낯선 사람들이 모이고 모여 도시가 이루어지고 있을 때였다. 나도 그런 사람 중 하나로 1993년 이사를 하고보니 한 사람의 지인도 없었다. 그때 사람들은 산본 신도시를 '베드타운'이라 불렀다. 이주민 다수가 서울로 출퇴근하는 직장인들이 많았고 그러자니 일상의 일들이나 친교 관련 모임도 산본에서는 이루어지질 않았다.

 그러던 중 군포시청 공보실 백실장이라는 분이 연락을 했고 차를 한잔하면서 문인협회를 태동시키자는 의견을 모았다. 시 공보실에서 수소문하여 얻어진 명단이 바로 군포문인협회를 발족시키는 발기인이 되었다. 기억나는 대로 적어보면 김상일 김순덕 김용하 박현태 이영옥 이옥분 임헌영 전현하 정진숙 채찬석 홍사안 홍순창 등이 떠오른다.

 이리하여 1995년 상반기에 (사)한국문인협회 군포시 지부가 결성 발족을 하게 되었다. 초대 지부장에 원로 평론가인 김상일 선생을 만장일치로 추대하여 협회 일을 진행하던 중 일신상의 일로 인하여 그만 두시고 필자가 바로 이어받아 지

44

부장을 하게 되었다.

군포문인협회 첫 사업으로 협회 기관지를 발간키로 했다. 시당국의 지원 하에 년 4회를 발간하는 계간 〈시민문학〉을 발간키로 하고 서둘러 원고를 모으고 편집회의를 하여 그 해1995년 겨울 창간호를 발간하였다. 창간호 머리 선언문 제목을 '시민의 시대, 문회의 시대를 열어갈 견인차'라 일컫고 당당한 포부를 선포했다.

창간사에서 '우리는 지금 세계화 속의 지방자치라는 새로운 역사의 장 앞에 서 있다. (…중략…) 인간을 인간답게 살도록 만드는 영혼의 단련술로서의 문학은 한국병을 치유할 수 있는 유일한 가능성으로 정신문화의 권능을 회생시켜야 할 새로운 역사적 전환점에서 우리는 계간지 〈시민문학〉을 발간하기로 한다.' 라고 선언했다.

위 창간사를 다시 읽으니 새삼스럽기도 하고 웃음이 나오기도 한다. 열혈 청년들이 토하는 열변같이 느껴지기도 하고 약간의 치기와 당시의 순수가 금석지감으로 다가 오기도 한다. 되짚어 보니 주마등같이 지나간 일들이 20년이란 세월 저쪽으로 부터 되살아온다. 어제 같은데 20년의 세월이 흘렀고 조그만 신도시가 30만이란 도시가 되었고 우리 군포문인협회도 회원이 70여명으로 늘어났다. 외형만이 아닌 세태도 문화도 참 많이 바뀌고 변하여 그때의 일들이 호랑이 담배 먹던 시절의 이야기 같기도 하다.

당시 우리 군포시는 막 출발한 지방자치시대 새로 태어난 유년의 신도시였기에 기존의 토대가 적었고 경험의 축적도 별로 없는 신생도시로 여러 가지 핸디캡을 가지고 있었다. 그런 중 문화단체로 처음 태어난 문인협회는 시 당국으로서는 낯설고 성가신 존재로 여겨지기 시작했다. 우리가 중심상가에 둥지를 틀고 시작한 사업은 여러 가지였다. 〈시민문학〉을 계간으로 하겠다는 것도 경제적

지원이 어려운 형편인데 '주부 글짓기 교실' '어린이 글짓기교실' '시민백일장' '어린이 시화전' 등 시가 경제적으로나 장소라도 제공해야 할 일이 한두 가지가 아니었다.

당시 보다 적극적으로 일을 추진한다는 게 밖에서 보기에는 적잖이 불안해 보이기도 하여 시당국과 갈등을 빚기도 하였다. 아니나 다를까 계간으로 하자고 했던 〈시민문학〉을 딱 두 차례 지원해 주고는 중단을 시켜버렸다. 당시 시장에게 마구 대들기도 한 기억이 난다. 사실 당시의 시지원이란 거의 없었다. 그런 가운데도 군포문인협회가 여러 일들을 할 수 있었던 것은 똘똘 뭉쳐 스스로 자생 하려 했기 때문이기도 했다.

수리샘 수강생들과 어린이 글짓기교실 수강생들에게도 최소의 강의료를 받게 되었다. 그런데도 수강생이 밀릴 정도로 인기가 있었던 것은 지금 생각해도 신선하다. 그렇게 2~3년이 지나면서 한국문단에 중견 원로이신 분들이 속속 이사를 오셔서 합류가 시작되었고 군포문협은 한층 활력을 얻게 되었다. 원로 시인 박정희 김동호 이경희 소설가 박순녀 평론가 신동한 조병무 김우종 수필가 윤모촌 선생 등이 자리를 채워줌으로써 명실상부하게 (사)한국문인협회 군포지부가 전국에의 주목을 받는 지부가 되었다.

이듬해 경주에서 열린 한국문인협회 가을 세미나에서 지부장 자격으로 불려 나가 만장의 박수로 치하를 받은 기억도 난다. 11년 가까이 문협 일을 맡아 하면서 온갖 일들이 있고 많은 술자리의 일화들도 스쳐지나간다. 당시는 매월 한 차례 술 마시는 날을 정해 회포를 풀고 우정을 다지는 기쁨도 누렸다. 매년 첫눈 오는 날 술 한 병씩을 꿰차고 8단지 팔각정 번개팅을 하던 추억도 새삼스럽다.

오늘, 우리 문협이 든든한 토대 위에 우뚝 서고 날로 아름다워 지게 된 것은 당시 우리들이 무조건 부닥치고 저돌적으로 밀고 나간 힘들이 있어서 가능했다고 본다. 그 중에도 주부글짓기교실(지금 수리샘) 2개소, 어린이 글짓기교실 4곳, 시민 백일장 년 2회, 어린이 시화전 년 2회, 문인협회 월보 등을 추진했다. 지금 산본도서관 각 동 주민자치센터에 장소협의를 하느라고 애를 쓴 것을 생각하면 또 시당국이나 담당자들께 당한 일들을 떠올라 씁쓸하기도 하다. 특히 군포 학원연합회에서 글짓기교실의 운영을 방해하던 일도 생각나 새삼스럽다.

그랬다. 우리 그때는 빈 뜨락에 한 포기 묘목을 심는 심정으로 열정적으로 또는 무모하게 밤낮없이 매달렸다. 당시만 해도 국가나 국민들이 문화예술에 이해나 배려가 부족한 시대였다. 고도성장이란 기치 아래 신도시를 만들고 공장을 짓는 일에 전력투구를 하는 시대라서, 문화예술은 사치와 한가함으로 치부되던 시대였다. 그러나 일각에서 문화의 시대가 도래하고 있다는 예감 또한 만만치 않았다. 나는 시 당국에나 주요 인사들에게 끊임없이 21세기 문화시대의 도래를 들먹였다. 그렇게 해서 이듬해 군포 예총도 설립했다. 군포예총의 발족이나 초창기 군포 예술제 '태을제'에 대한 일화는 여기에 말할 수 없지만 참 많은 애환이 있었다.

나라의 역사나 지방의 시사나 아직은 정치권력과 경제 위주로 기록되고 회자되고 있지만 문화예술 또한 시민들의 삶에 가장 가까운 일상이기에 우리 군포 문인들도 문화와 문학에 대한 애정과 열정이 남 달라야 마땅하다 하겠다. 직업을 예술로 하는 경우 숙명 또는 천형이라 하는 데, 문인 또한 이와 다르지 않을 것이다. 근년 부쩍 늘어난 신간 발간 소식을 접 할 때마다 반갑고 이번에 사화집을 발간하는 문협 집행부의 노력을 격려하는 돈독한 우정의 협회가 되기를 원한다.

산본리 91번지

ㅎ정순 수필가

군포가 좋다는 큰딸에게 왜 좋은지 물어봤다. '책 읽는 군포라 좋아, 수리산 자락에 도서관이 있어 좋고, 공원 옆에도 도서관이 있어 좋고….' 줄줄이 읊어댄다. 큰딸은 아무리 바쁜 때라도 책을 읽고 있지 않으면 마음이 불안하다니 사방 천지 책 읽는 분위기를 조성해주는 이 도시가 좋을 것이다. 먼 거리에 있는 도서관에서 대여한 책을 집 가까운 도서관에 반납해도 되니 편리하기까지 하다. 이 부분에 대해서는 동료들에게 자랑까지 했다나. 의욕만 있다면 누구든 언제든 원하는 책을 맘껏 읽을 수 있다.

책을 즐겨 읽던 딸은 국어교사가 되었다. 활자 중독인 나의 영향도 조금은 받았을 것이다. 제자들에게 어떻게 책을 읽힐까 늘 고민하는 딸이다. 수험생이던 그해 여름이 좋았다는 말까지 덧붙인다. 큰딸 교사임용시험과 작은애 수능시험을 준비하던 그때, 나는 점심시간에 맞춰 도시락을 싸들고 중앙도서관에서 공부하는 두 딸을 찾아가곤 했었다. 도서관 드나드는 걸 즐겼기에 그 정도 뒷바라지는 내게도 기꺼운 일이었다. 옆에 있는 산림욕장에서 소풍이라도 온 듯 돗자리 펴고 앉아 희희낙락하며 도시락을 비우던 달콤한 추억을 들춰내니 내 마음도 뿌듯하다. 어렸을 때 여기 살았던 게 좋았던 건 아니고? 하니 그건 어느 시골 풍경이나 다 비슷하다나.

내 본적은 군포시 남면 산본리 91번지다. 지금은 사라졌지만 마음속에는 생생하게 살아있는 주소다. 사실 수리산을 제외하고는 고향의 자취가 어디에도 남아있지 않다. 누추한 초가와 뒷길 따라 흐르던 시냇물도 없고 집 앞에 커다랗게 펼쳐졌던 포도밭도 없다. 소꿉친구 혜숙이와 해란이도 만날 길이 없다. 엄마한테 포도밭길 두 바퀴를 숨이 끊어지도록 쫓겨 뛰다가 주저앉아 매를 맞았던 기억은 어제 일처럼 선명하건만. 엄마가 집을 비운 사이 한 솥단지의 개떡을 포도밭 건너편에 사는 혜숙이네 쌍둥이 오빠한테 몽땅 꺼내주었다고 그렇게 혼이 났었다.

양계에 실패한 어머니는 고향에서 버틸 힘이 없어 막일이라도 한다며 서울로 가셨지만 나는 결혼 후 서울에서 살아갈 길이 막막해 고향으로 되돌아왔다. 친정부모의 노후를 위해 마련해 놓은 집을 관리해주며 살기로 했다. 아이는 산으로 들로 돌아치며 망아지처럼 뛰어놀았다. 계곡에서 가재 잡고 산소에서 미끄럼을 타대던 어린애가 벌써 서른두 살 어른이 되었다. 이웃했던 이들을 만나면 여전히 그 시절 이야기를 하며 향수에 젖는다. 돌미나리와 냉이를 뜯으며 수다 삼매경에 빠지고 여름이면 계곡에 발 담근 채로 수제비를 끓여먹으며 지상 낙원을 누렸다.

그렇게 정든 이웃들은 신도시 건설로 인해 뿔뿔이 흩어졌다. 고향에 안착해 천년만년 살고지고 심정이었는데 동네가 통째로 헐리다니, 통곡할 일이었다. 평화롭던 마을, 산본리는 아수라장으로 변했다. 조용한 날이 없었다. 보상 시비에다 인척들끼리의 땅 싸움 돈 싸움에 투기꾼들까지 난리 북새통이었다. 허겁지겁 빠져나와 세 번 이사하는 동안 세련되고 거대한 신도시가 완성되었다. 그야말로

상전벽해였다.

신도시는 낯설었다. 좀처럼 정이 들 것 같지 않았다. 열 평 남짓한 아파트서부터 육 칠 십 평대 아파트까지 적나라하게 드러나는 빈부의 차. 단칸방에 세 들었던 사람들이 거실까지 갖춘 두 칸 방도 좁다고 불평을 해댔다. 나부터도 그랬다. 혹한의 겨울에 꺼진 연탄불을 살리기 위해 번개탄 연기에 눈 매웠던 불편함은 까맣게 잊은 듯 난방 잘되고 온수 잘 나오는 24평 아파트가 비좁게 느껴지고 갑갑했다. 상대적 빈곤감이 문제였다. 신도시라는 방대한 규모 탓인지 지인들도 제법 몰려들었다. 내 동창이나 남편 후배들이 대형 아파트에 입주했고 친목을 도모하자고 여기저기서 불러댔다. 너른 곳에 다녀오면 반 토막 집에 잘못 들어온 듯 우리 집이 더욱 궁색해보였다. 모두가 고만고만한 시골살림일 때는 남부러울 게 없었다. 문만 열면 광활한 논밭과 하늘이 한눈에 들어왔다. 한 지붕 아래 일곱 가구가 도탑게 잘 지냈다.

한동안 사무치게 고향을 그리워했다. 고향에 살면서 고향을 그리워하다니. 고향의 흔적을 더듬는 버릇도 생겼다. '저 단지가 아마도 우리가 살던 자리 같아. 배 밭이 있던 곳은 산본 도서관이 세워진 저기일 걸?'

당시 딸애 유치원 원장님께서 그 시절의 일화를 들려주어 한바탕 웃은 적도 있다. 운전을 시작한지 얼마 되지 않아 서툴 수밖에 없는데 좁은 시골길에서 소와 봉고차가 대치하는 상황이 되었단다. 원장님은 후진 못한다고 소가 물러가야 한다며 우기고 소 임자는 소는 뒷걸음질을 못한다고 버텼다고 한다. 원생들 기다리는 동안 냉이와 쑥을 캐던 그 때가 참 재미있었다고 한다.

아파트 생활이 닭장 속에 갇힌 듯 갑갑하여 시골 동네를 찾아 뜰 생각도 했었는데 애들 학교와 남편 직장 문제로 떠나지 못한 채 오래 살다보니 적응이 되었는지 살만해졌다. 시나브로 좋아졌다.

마음이 어수선할 때나 헛헛할 때는 수리산길을 걷거나 공원을 산책한다. 책갈피 속으로 도망치기도 한다. 집 근처에 시청이 있다. 관공서는 무턱대고 피하고 싶은 곳이었는데 지금은 편하게 드나든다. 로비의 밥상머리 카페가 나를 유혹하기 때문이다. 책들이 가득한 청사 로비라니, 얼마나 멋지고 감동적인가. 여성회관에서 그림을 배우다가 지루해질 때도 살그머니 빠져나와 그곳으로 간다. 즐비한 책들을 눈으로 훑기만 해도 지적 쾌감에 휩싸이며 자극을 받는다.

가끔 누군가로부터 어디 사냐는 질문을 받을 때 '군포'라고 하면 의외로 모르는 사람이 많다. 거기가 안양 옆인가? 재차 묻는다. 난 군포 옆에 안양이 있다고 말한다. 과천 근처냐고 물어오면 군포 근처에 과천이 있다고 말해준다.

큰딸이 좋다는 군포가 나도 좋다. 수리산이 안아주니 좋고 추억이 많은 고향이라 좋고 '책 읽는 군포'라 더더욱 좋다.

떠날 수 없는 곳

이용태 수필가

깊어가는 가을 아침, 창가에 앉아 바라보는 수리산이 새삼 정겹다. 짙은 가을로 변해버린 고운 빛깔이 화사한 햇빛을 뚫고 능선 따라 조용히 나려와, 산 아래 학교운동장을 옆으로 끼고 교회십자가를 살며시 넘어서 아파트 깊숙이 다가 서 있다.

조상 대대로 살아온 충청도에서 태어나 서당도 소학교도 중학교도 사범학교도 충청도 땅에서 다녔다. 알량한 대학공부만 서울에서 했을 뿐, 충청도가 고향인 여인과 만나 충청도에서 결혼까지 했으니 나는 완전한 충청도 사람이다. 그런 내가 지금은 경기도 땅 산본에서 스무 해 넘게 살고 있다.

사범학교를 졸업했지만 젊어서 일찍 교직을 접고 아이들 남매와 우리 네 식구, 고향땅을 떠나 서울에서 환갑 진갑 넘기면서 근 삼십년간 작은 사업을 기반으로 사남매의 교육을 위해 열심히 살았는데 내가 서울사람이라 함은 몰라도 어쩌다가 경기도 한쪽에 위치한 소도시, 산본 사람이 되고 말았다.

이십여 년 전, 신도시 아파트 분양 바람이 한창일 때도 나는 서울을 떠나려 생각조차 하지 않았다. 그러나 결혼 전 내 뜻에 따라 교직을 사직하고 결혼 후 가사와 자녀교육에만 헌신했던 아내의 생각은 달랐다. 분당, 평촌, 산본, 중동, 일산 5대 신도시 아파트 분양이 시작되자 기어이 새 아파트를 분양 받아 살기를 원했다.

첫 번째로 당첨되기 바랐던 분당신도시에서 낙첨되고 다음의 평촌 신도시도 허사였지만 세 번째로 위치도 모르는 낯선 산본 신도시에 당첨의 행운(?)을 안고서 아내는 너무나 기뻐하였다. 사남매가 졸업한 서울 혜화초등학교의 담장 옆 연탄 때던 한옥에서 20여년 살다가 생활하기 편하다는 새 아파트로 옮길 수 있다는 것이 이만저만한 기쁨이 아니었을 것이다. 더구나 네 번째의 중동신도시나 다섯 번째의 일산신도시로 가지 않은 데 대한 다행스러움도 있었을 것이고. 하여튼 이는 아파트 당첨자를 추첨하기 위한 기구인 뺑뺑이의 조화로 완전히 우리의 당초 의사와는 상관없이 결정된 것이니 이를 운이라 하기에는 너무나 짓궂다. 뺑뺑이 운이 조금만 다른 조화를 부렸다면 다른 신도시 백성이 되어있을 수도 있지 않은가. 왜 하필 산본이 당첨되어 산본 사람이 되었느냐 말이다.

아내의 뜻에 따라 1994년 10월, 결국 산본에 둥지를 튼 나는 이곳에 좀처럼 정을 붙이지 못했다. 아침 일찍 서울에 있는 직장으로 출근하고 저녁 늦게 귀가하다 보니 이곳 사람을 만나 정을 들이고 사귀거나 이 고장 어디를 다니며 알아보고 즐길 짬이 없었다. 기껏해야 단지 내 경로당을 기웃거리거나 가까운 수리산 자락에 오르는 것이 전부였다. 짬이 나면 아내와 함께 서울에 나가 친지를 만나고 쇼핑을 하였다. 더러는 가까운 외지의 온천을 찾거나 맛 집을 찾아 즐기고, 가끔 시간이 여유로울 때는 국내외 여행을 다닌 것이 고작이었다

아내가 갑자기 떠나고, 마음의 안정을 찾지 못해 서울 직장마저 거둔지도 벌써 6년이 넘는다. 모든 것을 다 잃은 삶의 허무가 온 몸과 마음을 사정없이 묶어버렸다. 아내의 빈자리가 이토록 가슴 아프게 하리라고는 미처 몰랐다. 어딘가 마음을 잡아 머물게 하지 않는다면 하루하루가 견디기 어려운 일상이다. 홀로된

고통의 첫해를 어찌어찌 넘기고, 이듬해부터는 내가 할 수 있는 일을 이리저리 찾아보고 사람들을 만나 사귈 수 있는 장을 만들려 노력하며 마음 담아 쉴만한 곳을 찾아 이곳저곳 발길을 옮겼다.

세월이 약이라 했든가? 마음의 아픔이 조금은 덜한 것 같은 이제, 산본 사람이 된 것을 후회하지 않으려 한다. 뺑뺑이(?)가 이곳으로 삶의 터를 정해준 것이 오히려 다행스럽고 고맙게 생각된다. 아내가 나에게 남겨준 더없는 선물인 것만 같다. 생각보다 산본에는 편하고 즐겁게 쉴 곳이 많다. 남녀노소 정다운 사람들이 많고, 마음과 몸을 조금만 수고롭게 하면 할 일도 많다. 이제 산본 어디를 가나 나를 반겨주는 것 같다. 숲길을 거닐어도 좋고, 재래시장이나 큰 마트를 기웃거려도 좋다. 흥미진진한 전설을 안고 있는 노랑바위를 찾아도 마음이 편하고. 거닐다가 기웃거리다가 찾다가 싫증나면 노을 짙은 반월호숫가 맛집을 찾아 다정한 사람들과 소주잔 기울이며 이야기를 나누면 마음이 가볍다.

봄에는 벚꽃이 흐드러지게 피었다가 눈처럼 하얗게 날리는 도시, 특히 군포 8경중 하나인 금정역 일대의 벚꽃이 펼치는 아름다움은 환상적이며 남녀노소 인산인해 속에 가끔은 날리는 꽃잎 속에 나를 감춘다. 늦봄 철쭉동산에서 붉게 타오르는 철쭉 사이로 넘치는 인파의 물결이 경이롭고 뜨거운 여름날 밤꽃 향기 그윽한 밤바위에 올라 엄마 품의 아기처럼 수리산에 감싸 안긴 산본 신도시를 한눈에 바라보면 가슴속까지 시원하게 더위를 날린다.

아름다운 가을 단풍을 즐기려, 대아미역에서 느긋한 걸음으로 갈치호수를 옆에 끼고 산새소리 벗 삼으며 호젓한 고갯길 넘어 당숲을 찾아간다. 고운 색채의 향연이 노목과 어우러져 오래된 동양화 같은 아름다움이 나를 기다려 반긴다. 눈 내리는 겨울, 천년의 시간이 머무는 한적한 수리사修理寺를 찾아 풍경소리에 지그시 눈 감으며 두 손 모으면 속세의 번뇌에서 빠져 나온 듯 마음이 한없이 평화롭다. 왜 일찍 봄, 여름, 가을, 겨울, 이 좋은 곳을 찾아 아내와 함께 즐기지 못했는지, 내가 한없이 밉다. 멋진 풍광을 찾아 즐기기를 너무나 좋아하던 아내였는데.

도서관에서 노인복지관에서 많은 사람을 만난다. 너무나 고맙고 정다운 사람들이다. 남녀노소 가림 없이 가족과 같은 정을 서로 주고받을 수 있는 것은 문학 속에 녹아있는 아름답고 열정적인 그들의 심성 때문이리라. 문인들이 많이 살아, 문학적 정서가 짙게 깔려있는 이 고장의 너그러운 사랑이 나에게 담아주는 큰 행운이기도 하다.

경로당이나 공원 등 안전관리가 필요한 곳을 찾아 점검하는 노인재능나눔사업에서 활동하고 더러는 지역신문의 시민기자일도 하면서 많은 사람을 만난다. 모두가 다정하고 알뜰히 챙겨주는 고마운 분들이다. 할 일을 찾으면 일이 생기고 또한 정 많은 사람들도 만나는 여유로움이 생겨 슬픔과 외로움을 달래주고 잠재우는가 보다.

"일하고, 베풀고, 배워라." 이는 사람들이 흔히 말하는 노년의 좌우명이지만 나에게는 하나의 준엄한 명령이다. 건강이 허락하는 한 나에게 내린 준엄한 명령에 기꺼이 따를 것이다. 전과는 사뭇 달라진 지금의 이런 내 모습을 아내가 본다면 얼마나 좋아할까, 생각만 해도 가슴이 아리다.

몇 년 전 주거를 옮기려고 서울에 집을 마련하고 현재 사는 집을 팔았다가 아내가 끝내 떠나기 싫다하여 적지 않은 손해를 감수하면서 판 집을 도로 사는 해프닝을 벌이기도 했다. 이제 아내는 떠나고 없다. 외로움을 덜 수 있을까 하여 다른 집으로 옮기고 싶어도, 오라고 서두르는 아들딸네 집으로 가거나 아니면 고향집으로 내려가고 싶어도 나는 이 집을 떠날 수가 없다. 나는 아내의 숨결이 느껴지는 이 집에서 아내의 뜻에 따라 살아야 한다. 이 집을 떠나는 것은 아내를 배신하고 아내 옆을 영영 떠나는 것 같기 때문이다.

아내가 처음부터 정들어 끝내 떠나기 싫어하던 산본, 나도 이제 더욱 정들이려 노력하고 있다. 아니! 가슴 벅차게 정 들어가고 있다. 내가 이곳을 떠날 수 없게 발목 잡는 정답고 고마운 사람들이 너무나 많다. 비록 마음 한쪽이 텅 비어있다 해도 남은 한쪽만이라도 이곳 산본이 안겨주는 자연의 아름다움과, 주위환경의 평화로움과, 특히 이웃들이 쏟아주는 깊은 정에 감사하며 그리고 이에 보답하며 마음속 아내와 함께 살 것이다. 비록 뺑뺑이가 정해준 터전인 타향 땅일지라도 뜨거운 사랑을 담으며 여생을 보내려 다짐해 둔다.

처음 내가 군포에 왔을 때

이형철 시인

  아마도 1987년 초쯤이다. 그때 나는 군포시로 이사를 왔다. 주변은 모두다 시골집 분위기였는데 그나마 산본 시장 앞 주변에만 구 주공아파트가 있었다. 내가 이사 온 집은 15평의 전세 아파트였다. 그것도 2층으로 된 연립 아파트였다. 겨우내 잠을 자고 있는 대단지 비닐하우스 근처에는 개를 사육하는 사람도 많았고 비닐하우스에서 주거하는 사람들도 있었다. 비닐하우스는 안의 가축들이 먹을 게 없어서 그랬는지 군데군데 찢겨 흉물스럽게 흩날렸다. 나는 그 비닐하우스 안에서 사람이 살고 있으리라고는 생각도 하지 않았다. 집도 아닌 초라한 비닐하우스 속에서 술에 취해 잠들어 있는 사람도 있었다.

  나도 한번은 호기심에 비닐하우스 속으로 들어서는 순간 헉, 하며 숨을 쉴 수가 없었다. 온기라고는 찾아 볼 수 없는 냉한 곳에서 눅눅한 이불이며 옷가지들에서 뿜어져 나오는 퀴퀴한 냄새 때문에 숨을 쉴 수가 없었다. 새카맣게 파리가 날아다니는 부엌에서는 초등학교 다니는 아이들이 앉아 있었다. 정말 돈이 없어서 그런 것 같지는 않아 보이는데 말이다. 아마도 아파트 분양권 딱지라도 받기 위한다는 소문이 틀림이 없었다. 그때 이지역의 주소는 경기도 시흥시 군포읍 산본리라고 불리었다. 지금의 산본중학교 근처는 완전한 마을이 형성되었다.

동네 입구를 따라 몇몇 집을 지나면 바로 도로변 이었다. 그 집들은 모두 초라한 시골집이었다. 집집마다 돼지, 오리, 닭, 토끼, 개를 키우느라 돼지똥냄새 개똥냄새 오리똥 냄새가 안 풍기는 집이 없었다. 친구 집을 찾아가면 손님이라도 맞이하듯 소리 없는 냄새가 코끝에서 진동하고 있었고, 그리고 앞마당의 논에는 퇴비로 쓰기 위하여 두엄이 작은 산처럼 쌓여 있었다. 그것도 비가 많이 오면 두엄에서 흘러내리는 짐승의 배설물들, 더러운 줄도 모르고 그냥 그런 환경 속에 묻혀 살아야 했었다.

내가 살던 집은 바람이 불면 집으로 들어오는 근처의 가축들 분변 냄새로 악취가 심했었다. 아내는 더 이상 이 지역에서 못살겠노라며 엄살도 부리고, 당장 일년 이내 다른 지역으로 이사를 안가면 헤어지겠다고 엄포를 놓기도 했다.

수리산의 봄은 또 다른 빛깔로 변하기 시작했다. 숲길로 향하는 입구에 다다르자, 야산아래 연둣빛이던 어린잎들이 수분과 양분을 가득 싣고 나무에 물오르는 생명 현상들이 신비스럽게만 보였다. 달궈진 여름의 아침 햇살에서는 된장국 냄새가 은근히 풍기는 것만 같았다. 수리산 중턱에는 평온함이 역력히 보였다. 아련하게 보이는 풍경 사이로 제법 큰 사찰이 눈에 들어 왔다. 사찰 주변에는 많은 소나무들, 활엽수와 잡목들, 마치 줄자로 일정한 간격을 맞추기라도 한 것처럼 보였다. 깊어가는 가을날에는 단풍색의 안정된 통일감과 낮은 산 사이에 서 있는 우거진 나무 빛깔이 너무도 고왔다. 여름내 햇살에 달궈진 잎사귀는 제법 꺼끌꺼끌 두꺼웠다. 결실의 계절인 가을은 모든 것이 중후해진다고나 할까.

군포에 갑자기 신도시 건설 붐이 일어나면서 아파트가 들어서고 시청이 들어서고 도로가 여기 저기 뚫리고 대형마트가 생겼다. 단 몇 년 몇 개월 사이에 세상은 완전히 바뀌기 시작했다. 천지개벽이라도 된 듯이 높은 산이 없어지고 건물이 들어서더니 갑자기 주변의 모습은 완전하게 달라졌다. 1단지, 2단지, 3단지, 무려 14단지까지 길게 형성된 아파트가 가득 들어찬 신도시가 건설되었다. 다행히 그 주변을 수리산이 에워싸고 있어서 신선한 공기를 공급하고 있었다. 변화는 여기에서 끝난 것이 아니다. 이제는 아름다운 철쭉 동산에서 책을 읽는 도시까지 여기도 저기도 살기 좋은 도시로 거듭나기 시작했다. 곳곳에 도서관도 있고 쉼터도 있고 인간이 살아가는 기본적인 요소는 모두 다 갖추었다. 이제는 즐기면 된다.

분변 냄새가 심하다는 아내의 목소리는 진즉 사라진지 오래되었다. 오늘도 나는 수리산의 둘레 길을 걸으면서 야생화의 아름다운 빛깔을 바라본다. 숲에서 뿜어 나오는 향기를 마시며 오솔길을 걷노라면 삶의 새로운 아이디어도 자꾸만 떠오른다. 지혜롭게 세상을 살겠다는 것이다.

새삼, 군포의 옛 생각을 떠올려 보니 날로 발전하는 군포가 자랑스럽다.

숯고개 넘어 꽃가마 타고 시집 왔지

최남희 시인

7년 전이었다. 지역신문의 문화전문기자로 일하던 그 해, 나는 군포의 구석구석을 무던히도 쏘다녔다. 숲속이나 한적한 길가를 돌아나가면 숨어있는 오솔길들을 찾아다니기도 하고, 대야미 지역의 오래된 마을길을 탐험하며 수백 년 터를 지켜온 기와지붕이라든지, 수수깡에 입힌 황토벽이 앙상하게 드러난 옛 농가 터 들을 열심히 찾아 다녔다. 군포에 그런 곳이 있을까 싶게 시간의 흐름이 덧입혀진 풍경은 군포의 숨겨진 보물들이었다. 그 여정 속에서 태어난 것이 지금의 '군포 수릿길'이다.

오솔길과 함께 내가 관심을 갖고 있던 또 하나의 주제는, 우리 지역의 오래된 삶이 깃든 이야기를 캐내는 일이었다. 대야미 지역에 아직도 남아 있는 집성촌이나 종가의 이야기, 이곳에서 터 잡고 오랫동안 살아오신 분들의 이야기를 통해 지금은 사라진 옛 군포의 모습을 찾아내 기록으로 남기고 싶었다. 그렇게 군포의 아름다운 길 시리즈와 함께 군포의 옛이야기가 지면에 선보이기 시작했다. 그 분들의 기억의 숲에 저장된 생생한 이야기들을 불러내는 일은 마치 보물 찾기를 하는 듯 정말 즐거운 작업이었다.

이 이야기는 당시 오랫동안 이 지역에서 살아오신 몇 몇 어르신들을 인터뷰한

60

내용 중의 일부이다. 주출동 할아버지(현재 79세)와 김순녀 할머니(현재 74세) 두 내외분이 오순도순 살고 계시는 속달동 수리사 가는 길 초입의 오래된 농가 툇마루에서 그 처음 이야기는 시작된다.

아주 옛날에 대대로 주씨와 윤씨가 배포한(터를 잡은) 자리거든, 여기가. 지금이야 개발이 되구 그래서 좋아졌지만 그 때는 아이구, 말도 못했어. 사람 못 살 산골짜기였지. 저기 산본하구 안양 넘어가는 쪽을 숯고개라구 했어. 거기가 어디냐하면 지금 여기서 산본 8단지 쪽으로 넘어가는 곳이야. 저쪽 서해바다 안산가는 쪽은 바람개비고개라구 했지. 바람이 항상불고 비가 올라믄 거기서 꺼매지면 이쪽이 비가 왔어.

옛날 살아가시던 이야기 좀 해달라고 청했더니, 시원시원한 성격에 말솜씨가 좋으신 할머니가 먼저 말문을 여셨다.

그러니까 여기가 주 씨가 피란 나왔던 자리래요, 옛날에. 그 숯고개 너머로 말을 타고 오다가 너무 험해서 말을 내려서 왔대. 근데 지금은 아주 (다니기가) 수월해졌지. 내가 시집을 일쩍 와서 그런 이야기를 많이 알아. 6.25때 난리가 나서 젊은 사람들은 나라에서 다 피란 시켰어. 인민군하고 중공군이 나오면 다 잡혀가니까 국민병으로 내보냈지. 우리 할아버지도 국민병으로 가서 한 해 겨울 고생하시고 봄에 돌아오셨어. 여름에 농사짓고 가을에 다시 군인으로 가셨지. 그때 백마고지에서 막 싸우셨는데, 같이 군인 갔던 옆집 사람은 전사를 했어. 우리 집 양반은 손가락 하나 안 다치고 잘 돌아왔어요. 정화수 떠 놓고 매일 정성을 드렸어. 그 효과가 있구나 했지.

눈을 가늘게 뜨고 할머니의 이야기를 들으며 고개를 끄덕이시던 할아버지는 군대얘기가 나오니까 갑자기 할 말이 많아지시는 듯 했다.

그땐 다치면 '천만 원 벌었다'고 그랬지. 다치면 집으로 돌아갈 수 있으니까 좋아서 그런 거야. 같이 군대 갔던 친구가 다치게 되었는데 '출동아, 나 천만 원 벌었어!' 그러면서 얼마나 좋아하던지! 죽을 지경인데도 살아서 집에 돌아간다는 생각에 기분이 좋아서, 아픈데도 싱글벙글 하는 거야. 그랬는데 그 친구는 그만 다시 또 폭격에 맞아서 결국은 죽고 말았어. 나도 집에 오고 싶어서 다쳐보려고 했는데 잘 안되더라고, 허허.

할머니의 이야기보따리가 다시 풀려나왔다.

내가 서울서 살다 열여섯에 시집을 와서 60년이 넘게 여기서 살았어. 치마저고리곱게 입고 군포역에 내리니까 가마가 기다리고 있데. 꽃가마를 타고 숯고개를 넘어 시집을 온 거야. 와보니 아주 산골인거야. 살림은 가난하고. 그래도 어떻게 해. 그때는 다 그렇게 사나보다 했지. 처음 해보는 농사일에 짐승도 치고, 안 해본 게 없어. 고생도 고생도 참 많이 했네. 농사를 지어서 쌀 한말을 이고 숯고개를 넘어 철길을 쭉 타고 가면 안양역 뒤가 시장이었어. 거기서 이고 간 쌀을 팔아서 석유를 병에 사들고 돌아오면 저녁때가 다 되었어. 그렇게 살았지. 옛날에는 이 동네가 서른 가구도 안됐어. 저 윗동네까지 해야 서른 집이 되었을까? 여기는 주 씨, 윤 씨가 많고 주 씨네는 지금도 스무 집 쯤 돼. 저 윗동네는 박 씨, 김 씨, 정 씨가 살았었지.

도회지에서 살다 이 산골로 시집을 온 새댁의 삶이 얼마나 고달팠을까. 서투른 농사일에 이런 저런 집안일에 눈만 뜨면 쉴 새 없이 할 일이 밀려드는 농촌의 아낙으로 까마득한 세월을 살아온 옛일을 떠올리자니 감회가 새로우신 가보다. 아련해지는 눈빛 사이로 잠시 생각에 잠긴 할머니의 추억이 다시 솔솔 피어나왔다.

각 집이 돌아가며 품앗이로 일을 했지. 두레라고 했어. 혼자선 일 다 못하니까 다들 그렇게 했어. 그 땐 이 동네에 개울이 많았지. 여기서 반월 학교로 가려면 열두 개울을 건너야 했거든. 개울이 꼬불꼬불해서 돌로 노둣다리를 놓고 그리로 건넜지. 지금은 개울을 쭉 새로 내서 개울이 하나인 것 같지만, 옛날에는 사방으로 개울이 있었어. 그게 1977년이던가, 홍수가 나서 개울이 다 넘치고 물난리가 나서 싹 쓸어가 버렸지. 개울 옆에 우리 농토가 있었는데 다 떠내려가 버렸지 뭐야, 글쎄. 정말 대단한 물난리였지.

1977년의 대홍수로 안양천 일대가 범람하여 이재민이 숱하게 발생한 이야기는 당시 언론을 통 해서도 떠들썩하게 보도된 바 있다. 지금 대야미 수리사 방향에서 반월호수 쪽으로 마을길을 따라 쭉 고르게 흐르는 개울이 예전에는 열두 굽이로 마을을 굽이쳐 흘렀다는 사실이 퍽 신기하다.

농토가 무너져 당장 농사도 못 짓고 애들 학비가 없어서 막막한 거야. 그래서 나는 품앗이하고 영감님은 돈 벌어 오라고 군포로 내보냈어요. 다행히 '국제전선'에 취직이 돼서 7년 동안 일하다가 다시 들어오셨는데 그만 중풍에 걸리신 거야. 나는 그동안 젖소도 기르고, 사슴도 기르고 닥치는 대로 일을 했지. 그런데 영감님이 아프니까 혼자서는 힘이 들어서 목장도 그만 뒀어.

당시 서울에서 농촌으로 시집을 오신 할머니는 생활력이 남달리 강하셨던 것 같다. 어렵고 힘든 살림살이에 주저앉지 않고 할 수 있는 일이라면 뭐든지 썩썩 해내며 집안 살림을 이끌어 오신 여장부의 삶이 엿보인다. 하지만 고생스런 삶 속에서도 무럭무럭 커가는 아이들과 사이좋게 어울리는 이웃과의 즐거운 일상이 있어 힘을 내어 살아갈 수 있었다고 하신다. 당시 마을 사람들의 재미있는 풍습 이야기로 이어졌다.

힘들어도 옛날에는 인심들이 좋았잖아. 모 내는 날은 큰 가마솥에 밥을 해서 동네 사람이 그 집에서 다 함께 먹었지. 정월 보름날이면 동네 총각들은 재미로 양동이를 들고 다니면서 오곡밥을 훔쳤어. 그걸로 사랑방에 모여 밥을 비벼먹곤 했지. 처녀들은 동이에 물을 떠놓고 바가지를 엎어 놓고 또아리를 두드리며 노래 부르고 놀았어. 그걸 두드리면 장구 소리가 나거든. 명절 때와 모낼 때는 농악을 돌았지. 우리 영감님도 꽹과리를 두드렸어. 그리고 배운 청년들이 구락부를 만들었는데, 명절 같은 때면 마차를 이어놓고 거기서 연극도 하고 그랬어. 종이로 갑옷도 만들어 입고, 우리 영감님은 여자 분장을 했었지. 시골이라도 그런 재미가 있었지.

지금 뵈어도 할아버지는 체구가 자그마하고 곱상하니 젊을 때는 여장을 해도 어울렸을 듯하다. 할머니는 고생이라고는 모르고 살아온 부잣집 맏며느리처럼 얼굴이 훤하고 이목구비도 큼직한 서구적인 외모를 지닌 미인이시다. 시원시원하고 무엇 하나 맺힌 곳 없이 선하고 어진 모습이, 그 모진 세월을 온 몸으로 이겨낸 분이라고는 믿기지 않을 정도이다. 이야기가 깊어지던 어느 결엔가 이웃에 사는 육촌 조카분이 놀러왔다가 이야기를 거든다. 부근에서 아름다운 정원과 자연식단으로 유명한 식당 '운향'(현재는 운영하지 않음)을 운영하는 주명덕 씨이다.

> 어렸을 때 동네 윗산에 인골(사람의 뼈)이 많았어요. 아이들이 그걸 뻥뻥 차며 갖고 놀기도 했죠. 6.25 전쟁 때 수리산 숲속에 중공군이 숨어 있어서 폭격을 하고, 미군과 터키 연합군하고 전투가 벌어졌는데 중공군이 많이 죽고, 터키군도 몇 몇 죽었다고 해요. 그 당시 산에 올라가면 참호가 많이 있었어요. 그때 석중이란 친구가 불발탄을 갖고 놀다가 손가락이 다 잘리기도 했었어요.

수리산이 6.25 당시 격전지였다는 이야기는 전에도 들은 적이 있어서 찾아보니 실제 6.25 전쟁사에서 1951년 1월 31일 수리산에서 미 제25사단이 중공군 제150사단 예하 연대를 공격하여 2월 2일 정상 탈환한 기록을 찾을 수 있었다. 중공군에 대한 대대적 수색작전인 '선더볼트 작전'의 일환이었다. 수리산 이야기가 나오자 가만히 기억을 더듬던 할아버지를 통해 수리산에 대한 새로운 사실을 알게 되었다.

수리산 꼭대기가 옛날에는 더 높았는데, 미군들이 통신대 만드느라고 다 까버려서 낮아졌지. 다이나마이트 터뜨려서 다 깎아 냈어.

맞아요. 작은아버지. 60년대인가 미군들이 기지를 만들고 4~5년 있다가 미군들이 나가고 비어 있었는데, 67~8년도쯤인가 한국군이 그리로 들어왔죠. 그전에는 산이 더 높았어요.

노인네들 하는 얘기로 옛날에 천지개벽할 때 홍수가 져서 수리가 앉을 만큼 남기고 전부 물에 잠겼는데, 수리가 하나 앉아서 수리산이 된 거라고 해.

이런 저런 옛이야기를 하다 보니 지나간 세월, 힘들었던 시절들이 눈앞에 스쳐 가는 지 노부부의 표정이 잠시 숙연해진다.

사람이 일평생 사는 게 별별 일들이 다 있어. 일이 많아서 힘들고 고되었지. 이제는 그럭저럭 살만해서 맘이 편해. 자손들도 다 잘 되었구.

이어지는 할머니의 혼잣말에 말이 없어지신 할아버지가 문득 고개를 옆으로 돌리신다. 언뜻 보니 눈가에 살짝 물기가 돈다. 세월이 많이 흘러 이제는 편안하고 안정적인 삶을 살고 있음에도 예전 고생하던 일들이 생각나 목이 메이시는 듯하다.

우리는 고생했지만 자식들은 다 잘됐어. 자식 친구들도 늘 우리 집에 드나들면서 친정집 같대. 살면서는 고생했지만 생각하면 참 이 곳이 좋아. 이웃 간에 인정도 많고.

마치 '그리고 그들은 그 후로도 쭉 행복하게 살았대요.' 하는 동화의 해피엔딩처럼, 할머니의 마지막 말씀과 넉넉한 표정이 이 이야기의 끝을 장식한다. 그 모진 세월을 이겨내고 지금은 옛말하며 사이좋게 해로하시는 두 내외분의 모습이 양지쪽 툇마루에 내린 가을 햇살보다 더 포근하다.

7년이 지난 지금도 두 어르신은 그 집을 지키며 건강하게 살아가고 계시다. 당시에 대야미 둔대 노인정에 할아버지를 뵈러 가면, 할아버지와 칠십이 넘으신 친구분들끼리 서로 아이들처럼 이름을 불러 가며 정답게 지내시던 모습이 생각난다.

아파트가 빼곡히 들어선 신도시 군포의 배경에는 이런 옛 시절의 이야기가 든든히 자리하고 있다. 아파트 현관문을 나서면 바로 길 건너에 수리산이 보이고, 오솔길 따라 걷다보면 오래된 자연마을의 정원으로 들어설 수 있는 곳. 그 풍경 어느 하나를 베어내면 바로 시가 되고 예술이 되는 곳, 내가 사랑하는 군포의 모습이다.

군포를 스토리텔링하다

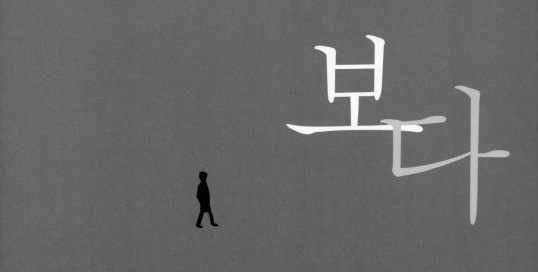

보다

갈치호수.

mij

얼씨구! 수리산자락에 살어리랏다

김 선 수리샘문학회 회원

산본에서 산 세월이 어느덧 20년 가까이 되어간다.

아이들 모두 독립시키고 복잡한 서울에서 벗어나고자 찾아다니다 만난 곳이 이곳이었다. 수리산 밑에 자리 잡은 이곳이 한 눈에 마음에 들어 결정했다.

처음에 이곳에 왔을 때는 지금의 중앙도서관자리에 버스종점이 있었다. 소음과 매연으로 조금은 불편했다. 그러나 수리산의 산책로가 너무 좋았고, 서울에서 살던 곳에 비하면 별 거 아니다 싶어 참기로 했다.

그런데 버스종점이 이사 가면서 도서관이 들어섰다. 이렇게 좋을 수가 없었다. 소음과 매연이 없어졌을 뿐만이 아니고, 손자들 돌보던 일도 끝나서 한가해진 내 시간을 주체하기 힘들었는데, 내가 즐기는 책을 쉽게 빌려볼 수 있다는 것이 나에게는 너무나 큰 횡재였다. 즉시 생쥐가 먹을 것 담긴 방구리에 드나들 듯이 도서관을 드나들었다. 이곳에 살게 된 것이 백번 잘한 일이라 생각했다.

좋은 일은 거듭 일어났다. 우연히 당동노인복지관에서 들어가 본 시니어문학 강의의 선생님 권유로 수리샘문학회라는 모임에 참가하게 되었다. 이 모임의 장소가 중앙도서관이다. 우리 집 바로 앞이다.

처음에는 내가 감히 그런 모임에 끼일 수 있을지 전혀 자신이 없었다. 글을 쓸

줄도 써보지도 못한 내가 어찌 이런 자리에 들어갈 수 있을까 생각했다. 그래도 내가 살아오면서 겪은 수월치 않게 어려웠던 세상과 세월에 대해서 하고 싶은 말도 많고, 이것들을 쓰고 싶다는 욕망이 항상 내 속에서 꿈틀거리고 있었기에, 한번 배워보고 싶다는 일념으로 쭈뼛쭈뼛 모임에 발을 드려 놓았는데, 생각 밖으로 젊은 분들이 격의 없이 따뜻이 맞아 주었다. 비슷한 연배분들도 몇 분 계시어 곧 나는 편안하게 자리 하나를 차지 할 수 있었다. 이곳에서 나는 또 새로운 존경할 만한 분들을 사귀게 되었다. 나이 들면 친구를 사귀기 힘들다고 하는데 나는 이렇게 좋은 친구분들을 만나는 행운까지 누리게 되었다.

이곳에서 듣는 강의는 나를 옛날의 학창시절로 되돌려주었다. 저명하신 시, 소설작가님들의 강의를 듣는 것만 해도 감회가 새롭다. 다는 이해하지 못하지만 간간히 신선한 감응을 일으켜 준다. 이 나이에, 내가 이때까지 알지 못 했던 일들을 새로 배운다는 것이 너무 감격스럽다. 몇 마디만 알아들어도 어디냐는 생각으로 열심히 귀를 기울인다. 아마도 이것이 내 한계이리라. 이미 녹슬고 무디어진 내 머리를 굴리는 일이 어찌 쉬운 일이겠느냐 만은, 그래도 내가 이런 기회를 가질 수 있는 이 시대가 세상이 고맙다. 슨 녹을 벗기기는 어려울 것이나 더 녹이 스는 것은 막을 수 있지 않을까 하는 희망을 가져본다.

이곳에서 만나는 젊은이들은 나를 펑펑했던 사십대 오십대로 되돌아가게 한다. 이들이 젊음과 재치로 쓰는 글들을 읽는 것 또한 나에게는 신선한 충격이다. 이들이 쓰는 글들은 곧 내 아들딸들인 세대들이 하고 싶은 말일 것이며 쓰고 싶은 글일 것이리라. 참으로 놀랍도록 모두들 매끄럽게 거침없이 잘 쓰고 있다. 나는 나이만 먹었지 이들과 견준다면 발자국도 떼지 못하는 어린애 같다. 하지만 그래도 부끄럼을 무릅쓰고 기어서라도 따라가 보련다. 이런 사이에 끼어 앉아 있다는 것만 해도 나 스스로 뿌듯하다. 나도 써보리라 다짐하며 지금도 컴퓨터

앞에 앉는다. 써놓고 보면 실망스럽지만 쓰고 싶은 욕망을 채우는 것만 해도 대단하지 않느냐고 스스로 격려한다. 쓰다보면 어느 날인가 좋은 글을 쓸 수 있겠지 하는 기대를 안고….

읽는 책에 대한 정보도 다양하게 얻어 들을 수 있다. 혼자 닥치는 대로 읽던 재미위주의 책읽기를 반성하는 계기도 되었다. 독서 모임에도 들어가 다른 사람들의 책 읽은 소감을 듣는 것은 너무나 많은 공부가 된다. 그러나 또한 어려운 학술적인 책읽기에는 내 한계도 많이 느낀다. 특히 현세의 철학자와 인문학자들의 주장을 접할 수 있다는 것이 내게는 너무나 큰 놀라운 충격이다. 나 혼자로는 알지도 못했을 것이고 혼자서는 읽을 엄두도 이해할 수도 없었을 책을 다른 분들의 소감이랄까 해설이랄까를 들으면서 아주 조금은 이해할 수 있었다는 것이 굉장한 수확이라 생각한다. 그래서 다시 더 배워보자는 의욕도 생긴다. 대충 빨리 읽는 습관에서도 벗어나야겠고 앞으로는 정독하는 습관을 들여야 하겠다.

이런 모임에 다니다보니 새로 사귄 친구들의 권유로 군포시에서 하는 인문학 강좌도 가끔은 듣게 되었다. 솔직히 나는 인문학이 무엇인지 몰랐다. 아직도 정확히 인문학이 무엇인지 잘은 모른다. 대충 이런 것인가 보다 생각할 뿐이다. 그래도 듣다 보니 새로운 것을 많이 배우고 깨우치게 된다. 그리고 지금의 시류를 조금은 느낄 수 있다. 신문이나 TV뉴스만으로는 역시 내 나이는 시류를 따라잡기 어렵다. 그래서 힘이 닿는 한 부지런히 쫓아 다녀보련다.

내 나이 벌써 팔십하고도 중반에 들어서려한다. 옛날 같았으면 뒷방차지 아니면 고려장될 나이이다. 세상이 좋아져서 이 나이에도 공부할 수 있고, 새로운 친구도 사귈 수 있고, 젊은이들과 교류할 수 있고, 여기저기 갈 곳도 많으니, 이 아니 복 받은 일이 아닌가.

특히 군포시 산본의 수리산자락, 꽃이 흐드러지게 피고 지면, 녹음방초 우거지고, 단풍이 곱디곱게 물들고, 눈꽃이 눈부시게 피어나는 곳에서 맑은 공기 마시며 사니 이 보다 더한 풍요가 있으랴.

얼씨구! 수리산자락에 살어리랏다.

느린 우체통

김 영 애 인

— 이 편지가 일 년 뒤에 너에게 들어가겠지.

"오빠, 이거 뭐야?"

지수가 방문을 열고 엽서 한 장을 들고 있는 손만 들이민 채 흔들었다.

"뭔데?"

"희은 언니가 보낸 엽서야."

"희은이가?"

지수가 손에 들고 있던 엽서를 건네주었다.

지난해, 철쭉축제 때 사랑의 편지 쓰기, 느린 우체통 행사장에서 희은이 쓴 엽서가 오늘 배달된 것이다. 내가 쓴 엽서는 어디로 배달되었을까. 그때 희은은 새로 이사 간 집 주소를 기억하지 못한다며 학교 주소를 불러주었던 것 같다. 그렇다면 내가 쓴 엽서는 희은의 학교로 배달되었을까.

희은네가 갑작스런 아빠의 죽음으로 외갓집 근처로 이사를 가고 이사 간 집 근처 고등학교에 진학하면서 우리는 거의 매일 맞부딪히던 사이에서 어쩌다 안부 문자나 주고받는 사이로 바뀌었다. 그것도 보통은 희은이 먼저 카톡을 보내는 일이 많았는데 언제부터인가 엄마는 희은의 카톡에 예민해지기 시작했다.

"희은 엄마한테 한마디 해야겠다. 한참 공부에 집중해야할 때인데 딩동 거리는 통에 제대로 집중을 할 수 있겠니."

나도 희은의 잦은 카톡이 부담스러울 때도 있었지만 그래도 이모저모로 어려운 시기를 넘기는 오랜 친구를 모른 체 할 수 없었다. 가족처럼 가깝게 지내던 희은네와의 관계를 생각해서라도 그렇게 야박한 모습을 보일 수는 없을 터인데, 엄마가 낯선 사람처럼 느껴지기도 했다. 엄마의 눈치를 보느라 희은에게 띄엄띄엄 답을 보내자 희은의 카톡도 뜸해졌다.

그런데 그날은 중학교를 함께 다닌 친구를 철쭉동산에서 만나기로 했는데 너도 아는 사이니 함께 보고 싶다는 카톡을 보내와 철쭉동산 벽천분수광장에서 만나기로 했다. 지난해 늦가을에 이사를 했으니 희은을 보는 것이 근 6개월만이었다. 나는 희은과의 약속시간보다 10여분 먼저 도착했다. 철쭉축제가 한창인 벽천분수광장 앞은 폭포와 꽃을 배경으로 사진을 찍거나 천체망원경으로 흑점을 관찰하는 사람들과 건널목과 본부석이 가까운 곳이라 교통안전을 담당한 사람들이며 오가는 많은 사람들로 붐볐다. 희은은 아직 도착하지 않았다.

지석: 어디야?

희은: 지금 막 상록수에서 출발했어.

지석: 수리산역으로 갈게!

복잡한 철쭉동산보다는 수리산역으로 가서 기다리는 게 나을 것 같아 카톡을 보내고 곧바로 수리산역으로 향했다.

— 오늘은 즐거웠어. 고마워, 지석아.

반년 만에 수리산 역에서 만난 희은은 나를 올려다보았다. 반 년 동안 내 키가 훌쩍 커버렸고 희은은 키가 전혀 크지 않았다. 그래도 많이 성숙한 '여자의 향기' 같은 것이 느껴지는 것은 무슨 이유일까. 함께 자라면서 성격 좋은 희은은 스스럼이 없어서 이성이라기보다는 동성 친구처럼 편안했었는데 어려운 일을 겪은 탓일까. 조금 깊어지고 조용해지고 새삼스럽게 낯을 가리는 것처럼 서먹했다.

"친구는?"

"철쭉동산으로 온다고 했어."

그러나 그날 희은의 친구는 철쭉동산에 오지 않았다. 처음부터 희은의 친구하고는 약속이 없었던 것 같았다. 나는 이런 앙큼한 희은의 거짓말이 기분이 좋았다. 꽃이 만발한 동산을 걸으며 같이 셀카도 몇 장 찍었다. 찍은 사진을 보니 배경이 된 꽃도 예쁘지만 희은이 더 예뻤다. 동산 위로 올라 갈수록 사람들이 줄었다. 희은은 나무의자에 앉아 자기가 다니는 고등학교 이야기를 했고 새로 사귄 친구들 이야기도 했다.

나는 이야기를 들으면서 희은의 왼쪽 귓바퀴에서 까만 점을 발견했다. 아무렇지도 않은 척하는 희은의 이야기는 사실은 좀 어둡고 답답한 이야기였다. 그런데 오랫동안 가깝게 지낸 친구지만 귀 뒤로 머리를 넘기는 순간 처음으로 그 점을 보자 희은의 비밀이나 알게 된 것처럼 재미있고 신선했다. 그랬다. 희은은 이미 전에 알고 있던 그 희은이 아니었다. 왜 이렇게 오늘은 달라 보이는 거지. 눈이 부시다는 것이 이런 것일까. 처음 만난 아이처럼 눈이 부셔 제대로 바라볼 수가 없었다. 나는 순간 무릎 위에 놓인 희은의 손을 잡았다. 그리고 말했다.

"희은아, 너 귓바퀴에 점이 있네?"

"너도 목덜미에 사마귀처럼 생긴 검은 점 있잖아."

희은은 내가 잡은 손가락을 까닥거렸다.

"어떻게 알았어?"

내가 흰운동화를 신은 희은의 발을 툭 찼다.

이번에는 희은이 아무 말 없이 웃으며 내 발을 툭 찼다. 대화가 끊겨 잠시 머쓱한 기분이 드는데 내 입에서 나도 예상치 못한 말이 터져 나왔다.

"우리 사귈까?"

이런 말을 할 생각은 추호도 없었는데. 희은은 내 얼굴을 빤히 쳐다보더니 깔깔 소리내어 웃었다.

"야, 새삼스럽게 무슨, 가족끼리도 사귀냐."

"너희가 이사를 가서 자주 못 보다가 오랜만에 봐서 그런가. 오늘 니가 평소와 다르게 느껴져서 해본 소리야."

그러나 이렇게 딴청을 피우는 희은의 반응에 나는 무안해져 기분이 가라앉았지만 곧 2차 시도에 들어갔다.

"그래도 우리 한 달에 한 번 날짜 정해놓고 만날까?"

엄마의 염려 따위는 염두에도 없었다. 희은의 말처럼 가족 같은 사이였는데 희은네가 어렵게 되어 이사까지 가게 된 이때에 희은네에 대해서 모른 척하는 엄마의 이기심이 조금은 무섭게 느껴졌는데 '가족'이라는 희은의 말이 마음에 걸렸다.

"그건 좋겠다."

희은은 잡힌 손을 빼며 의자에서 일어나 하늘을 향해 두팔을 흔들며 웃었다. 하늘에는 가볍게 흰 구름이 떠 있었다. 그때 발 아래로 꽃 한 송이가 툭 떨어졌다. 바닥에는 제법 많은 꽃들이 떨어져 있었다. 나는 싱싱해 보이는 꽃 하나를 주어 희은의 머리에 꽂아주고 나란히 서서 환하게 웃으며 셀카를 찍었다. 희은은 얼른 볼 옆에 손으로 V자를 그리며 말했다.

"크크크, 이렇게 머리에 꽃을 꽂으니 맛이 간 여자 같다."

속마음을 드러내버려 민망스러우면서도 무언가 빛나는 제단을 쌓는 순교자가 되어버린 것 같았다. 둘이 함께 보내는 몇 시간 동안에도, '어디니? 왜 안 오니? 오늘 수학학원에 가는 날이지?' 등등 엄마의 카톡은 계속되었지만 무시했다. 철쭉동산에서는 신나의 '철쭉 꽃비가 내리면'이 반복해서 흘러 나왔다.

바람의 향기 불어와 철쭉 꽃비가 내리면
잊혀져가는 추억이 있네
빨간 우체통 그곳에 감춰 놓았던
그 옛날의 사랑이 그리워지네
나 그곳에 가리라 철쭉꽃이 곱게 물드는
산본 가는 전철을 타고 옛사랑의 추억을 찾아서
이렇게 그리운 밤에는 철쭉 꽃비가 내린다
수리산역 모퉁이 돌아서 나 그곳에 가리라

사랑의 향기 불어와 철쭉 꽃비가 내리면
잊혀져가는 추억이 있네
낡은 사진첩 그곳에 간직해 놓은
그 옛날의 사랑이 그리워지네
나 그곳에 가리라 철쭉꽃이 곱게 물드는

산본 가는 전철을 타고 옛 사랑의 추억을 찾아서

이렇게 그리운 밤에는 철쭉 꽃비가 내린다

수리산역 모퉁이 돌아서 나 그곳에 가리라

아래로 내려오니 철쭉 동산 인도를 따라 여러 가지 문화체험 부스들이 늘어서
있었다. 이곳저곳 기웃거리며 걷는데 빨간 우체통이 서있는 부스 앞에서 희은이
발걸음을 멈추었다.

"우리 이거 해볼까?"

"뭔데?"

"엽서쓰기, 너는 나한테 쓰고 나는 너한테 쓰는 거지."

"직접 말로 하지, 엽서는 무슨."

"일 년 뒤에 보내주는 거래, 재미있겠다."

희은은 책상 위에 놓인 시화엽서를 둘러보았다. 나도 희은의 어깨 너머에서
시화엽서를 들여다보았다. 희은이 고른 엽서는 앙상한 나뭇가지 그림이 있는 시
였다.

하늘, 하늘이 열리자

천장에 붙어있던 헬륨 풍선들이

먼저 도망갔다

일제히 새떼들이 날아오르기 시작했다

대체로 하늘을 벗어났지만

몇몇이 스스로 날개를 꺾고 되돌아왔다

— 「책을 하늘에 펼치다」중에서, 조수림

시도 그렇지만 그림도 쓸쓸해보였다. 희은의 마음이 이런 기분일까. 나는 귀여운 동시 엽서를 골랐다.

무슨 좋은 소식
전해줬기에
채송화네에서
나팔꽃네에서
꿀차 대접받고
나오는 걸까?
해바라기네 꽃잎 마루에서도
한참 앉아 있다가 나오네.

— 「꿀벌 우체부」, 박소명

부스 안에는 우리말고도 어린 아이를 데리고 나온 부부와 할머니가 엽서를 쓰고 있었다. 그 옆에 우리도 나란히 앉았다.

희은에게

오랜만에 만나서 그런가
너, 많이 예뻐졌다.
앞으로도 계속 예뻐져라.
갈수록 예뻐지는 너를
곁에서 오랫동안 지켜볼게, ㅋㅋㅋ

철쭉동산에서, 지민이가.

"희은아 주소 불러줘."

"몰라, 이사 간지 얼마 안돼서 기억 못해. 그냥 학교로 보내."

엽서를 대충 쓰고 난 나는 희은이 쓰고 있는 것을 넘겨보려 했더니 손으로 가리며 말했다.

"저리 가, 일 년 뒤에 봐."

궁금했지만 희은의 말대로 희은이 엽서를 쓰는 동안 내가 쓴 엽서를 먼저 우체통에 집어넣었다. 떨어져서보니 고개를 숙인 채 눈을 내려뜨고 진지하게 엽서를 쓰고 있는 희은의 모습이 예뻤다. 얼른 핸드폰 카메라로 사진을 찍었다. 하기는 엽서를 쓰고 있는 다른 사람들, 아이들이며, 할머니까지 모두 예뻤다. 모두가 뭔가 모르게 간절한 표정으로 열중하는 모습이었다. 좀 더 뒤로 물러나 부스 안 풍경을 찍었다. 엽서를 다 쓴 희은은 상기된 표정으로 일어나 나오더니 부스 앞 빨간 우체통에 엽서를 집어넣는 시늉을 하며 인증 샷을 찍으랬다.

밤늦게 폐막행사인 철쭉 별빛 콘서트가 끝나고 하늘에는 형형색색의 폭죽이 하늘에 솟아올랐다가 사라져갔고 사람들도 집으로 돌아가기 위해 우르르 동산을 빠져나갔다. 우리도 인파에 섞여 동산을 빠져나와 수리산역으로 갔다. 늦은 시간이지만 희은을 혼자 보내는 것이 걱정스럽기도 하고 그래도 남자인 내가 바래다주어야 할 것 같아 개찰구 앞으로 가자 희은은 굳이 따라 들어오지 못하게 했다. 할 수 없이 개찰구 안으로 사라져가는 희은에게 손을 흔들어 주고, 혼자 철쭉동산을 지나 집까지 걸어갔다.

동산에는 아직도 청사초롱 불이 밝혀져 있었고 간간이 사람들의 웃음소리며 말소리가 인도 아래까지 들렸다. 대형트럭이 지나갈 때면 인도에 늘어선 텅 빈

부스의 천막이 펄럭거렸다. 아마도 철 이른 더위 탓에 미리 핀 꽃들이 소리 없이 떨어지고 있었다. 스피커에서는 낮에 들었던 '철쭉 꽃비가 내리면'이 들렸다. 노랫말 때문이었을까. 혼자 돌아가던 희은의 뒷모습이 내내 마음에 걸렸다.

지민: 어디쯤 가고 있어? 도착하면 연락해.
희은: 마을버스 기다리는 중.

아직도 집을 향해 가고 있을 희은을 생각하며 집으로 들어가지 않고 집 근처 놀이터에서 잘 도착했다는 희은의 카톡을 기다리며 좀 전에 들었던 노랫말을 흥얼거렸다.

이렇게 그리운 밤에는 철쭉 꽃비가 내린다
수리산역 모퉁이 돌아서 나 그곳에 가리라

— 일 년 동안에 얼마나 많은 일들이 생길까

지난 일 년 나는 엄마의 눈을 피해 희은과 매일 일상적인 문자 메시지를 주고받았다. 한 달에 한 번씩 만나자는 약속은 지켜지지 않았다. 처음에는 한 달에 한 번이었다가, 보름에 한 번으로, 그러다가 매 주말이면 희은이가 수리산역으로 왔다. 나는 늘 개찰구 앞에서 희은을 기다렸다. 개찰구에서 계단을 올라오고 있는 희은을 기다리노라면 갑자기 주변이 환해지면서 희은이 나타났다.

눈이 마주치면 흰 이를 드러내며 웃는 희은의 얼굴은 날마다 더 예뻐지고 있다. 수리산역에서 8단지 중앙도서관까지 오고 가는 길은 둘이 꼭 손을 잡고 걸었다. 이렇게 손만 잡아도 가슴이 따뜻했다. 도서관에서는 함께 공부를 하고 함께 이어폰을 끼고 음악을 들었다. 함께 듣는 노래 말들은 하나하나가 다 새롭게 들렸다. 물론 그렇게 환한 느낌의 배면에는 그림자처럼 미안하고 죄스러운 느낌이 어룽거렸다. 교통사고로 갑작스럽게 아빠를 잃고 낯선 동네로 이사를 간 희은을 먼 곳까지 오게 한다는 것이며 수리동까지 온 희은을 집으로 데리고 가지 못한다는 것은 희은에게 미안한 일이었고 철저하게 나를 관리하는 엄마에게 희은과의 일은 위반사항에 해당하는 죄스러운 일이었다.

예전처럼 희은네와 관계를 유지한다면 희은을 집에 데리고 가면 엄마가 반가워하면서 맛있는 식사나 간식을 준비해주고 일을 하느라 바빠진 희은 엄마를 대신해서 둘을 데리고 나가 영화를 보여준다거나, 미술관에 데려간다거나 할 수 있는 일이 많았을 터이지만 그즈음 엄마는 희은네를 걱정하는 말 한번 한 적이 없었다. 희은네 일이 안타깝기는 하지만 그 일이 아들에게 어떤 불리한 작용이라도 할까 걱정되었던 것 같다.

지금 어디니? 모 하고 있니? 데리러 갈까? 엄마의 조급증은 시도 때도 없었다. 그렇다 해도 모든 아이들은 기어코 할 짓은 하고야 만다는 사실을 청소년 시절을 생각한다면 다 경험한 일이련만 엄마는 그 사실을 잊고 있는 것 같았다. 결국 엄마 대신에 희은이를 데리고 영화도 보러 가고 미술관도 가고 콘서트도 가고 밥도 같이 먹었다. 그렇게 봄이 가고 여름이 가고 겨울이 가는 동안 우리는 고등학교 2학년이 되었다. 엄마의 조급증은 더 커졌다. 고등학교 3학년 과정까지 선행학습으로 이미 다 끝나야 한다는 것이고 그러려니 학원 일정이 더욱 바빠졌지만 바쁘더라도 희은을 만나는 일을 미룰 수는 없었다. 희은은 이미 나에게 특별한 존재였다.

4월 13일 일요일에도 희은과 나는 중앙도서관에서 공부를 하다가 저녁 6시경에 수리산역에서 헤어졌다. 희은은 개찰구 안으로 들어가면서 한 번 더 뒤를 돌아보며 말했다.

"잘 있어. 지석아."

"잘 가. 희은아."

청바지에 남색 후드티를 입은 희은의 등에는 주황색 백팩이 흔들렸다.

"가면서 카톡해."

희은은 한 번 더 나를 돌아보며 하얀 이를 드러내고 웃었다. 나는 희은을 향해 손을 흔들었다. 이것이 희은의 마지막 모습이었다.

> 희은: 수학여행 신청서를 내는데 안 가고 싶어
>
> 지석: 애들 다 가는데 너만 안 가려고?
>
> 희은: 친한 애들도 없어서 재미없을 거 같아
>
> 지석: 가서 친해지면 되지.

지난 달에 주고받은 카톡이다. 희은은 그때까지도 친구를 제대로 사귀지 못한 것 같았다. 오랫동안 함께 같은 동네, 같은 학교, 같은 학원을 다니면서 친한 친구들이 정해져 버린 다음에 같은 학교 출신이 없는 희은이가 친구를 사귀기란 쉬운 일만은 아닌 듯 했다. 그리고 그동안 자라온 동네를 떠나온 희은에게 새로 이사 간 지 얼마 안 된 동네의 풍경과 낯선 아이들에게 쉽사리 정을 붙이지 못하고 있는 것 같았다. 그러니 더욱 수학여행을 가야 친구들과도 친해질 거라는 생각에서 한 말이었다. 그냥 내버려두었더라면 희은은 진짜 수학여행을 가지 않았을 수도 있었지 않았을까. 그랬더라면, 그랬더라면. 그러나 그러지 못했으니 어찌하겠는가.

희은이 수학여행을 떠나는 날 밤에 나는 수학문제를 풀고 있었다. 엄마는 가볍게 두어 번 내 방문을 두드리더니 딸기가 담긴 접시를 들고 들어와 책상 위에 올려놓으며 말했다.

"아들, 딸기 먹고 하세요."

딸기접시를 책상에 올려놓고도 엄마는 나갈 생각이 없는지 어깨와 뒷목을 주물러주었다.

"어깨가 많이 뭉쳤다. 책상에 오래 앉아만 있어서 그런가보다."

하필 이때 '딩동' 하며 카톡이 들어왔다.

"누구니?"

희은의 문자일거라는 생각에 얼른 핸드폰을 집으려는데 엄마가 매처럼 빠른 눈으로 문자를 읽더니 내 핸드폰을 뺐었다.

"뭐야, 희은이가 왜 문자를 해?"

희은: 안개가 걷혔어.

희은: 지금 배에 탔어, 곧 출발할 거 같아.

"이건 무슨 소리야? 어디를 간다는 거야? 니들 서로 연락하니?"

"아니, 지난주에 우연히 중도에서 만났는데 수학여행 간다 하더라고."

"그래? 어디로?"

"제주도, 인천에서 배타고."

"비행기도 아니고 무슨 배를 탄데? 경비 아끼느라고 그러나?"

"아, 이제 그만 나가세요. 문제 풀고 자야 해요."

"알았어, 나가긴 나가는데 너 희은이랑 문자 주고받지 마라. 내가 희은이를 아는데 그 애가 여간이 아니더라. 너, 여친 만나고 그럴 때가 아닌 건 알지."

"그만 하고 나가세요, 지금 무슨 생각을 하시는 거예요."

엄마는 문을 닫고 나가려다 말고 한마디 더 보탰다.

"친구도 처지가 비슷해야 해. 아빠 돌아가시고 희은이나 그 엄마가 예전 같지 않다더라."

엄마의 말을 수긍할 수가 없었다. 그야말로 가족처럼 이웃에서 함께 나눈 시간이 얼마인데 엄마의 태도가 저렇게 돌변해도 되는 걸까. 함께 여행도 가고 생일도 챙기고 엄마들끼리 정보를 공유하며 학원이나 특별활동도 함께 시킬 때는 카풀을 한다 하며 잘도 어울려 서로의 아이들을 챙기더니 어떻게 저런 소리를 할 수 있는지 엄마는 참 알 수 없는 사람이란 생각이 들었다.

엄마가 방에서 나간 후에 희은에게서 원래 출발하기로 한 시간보다 안개 때문에 많이 지연되었다는 문자가 오더니 곧 밤바다와 밤하늘을 배경으로 펼쳐지는 폭죽놀이 사진이 올라왔다. 사진 속 희은의 표정은 밝고 환했다.

― 노란 리본은 바람에 나부끼고

4월은 더없이 잔인한 달.
죽은 땅에서도 라일락을 키워내고,
추억과 욕망을 뒤섞으며
봄비로써 잠든 뿌리를 뒤흔드노라.
― T. S. 엘리엇의 황무지 중에서

아침이 밝았고 전 날과 비슷한 일상이 시작되었다. 학교에 등교하면 핸드폰은

담임이 걸어가기 때문에 그날 벌어진 일에 대한 소식은 교무실에 드나드는 애들이 선생님들이 검색하는 인터넷 뉴스로 알게 되었다. 배가 암초에 걸려 기울고 있다는 소식에 이어 수학여행가던 학생 전원이 구조되었다는 소식이 전해졌다. 나는 점심시간이 지난 후에 담임선생에게 가서 사실대로 말하고 핸드폰을 돌려받았다. 핸드폰 전원을 넣으니 희은이 보낸 문자들이 떴다.

> 희은: 수업중이겠네. 우리가 탄 배가 사고가 난 것 같아.
>
> 희은: 움직이지 말고 제 자리에 있으래.
>
> 희은: 해경이 왔데. 곧 구해주겠지. 너도 열심히 공부해.
>
> 희은: 구명조끼를 입었는데 자리에 있으라는데 자꾸만 몸이 쏠려.
>
> 희은: 진짜 죽을 것 같아, 배가 너무 기울어졌어.
>
> 희은: 물이 차올라, 무서워.
>
> 희은: 지석아, 내가 말 못하게 될까봐 미리 말하는데 나, 너 사랑해.
>
> 희은: 엄마하고 니가 너무 보고 싶어.
>
> 희은: 너무 무서워.

'너무 무서워.'가 끝이었다. 이런 카톡을 보내오는 동안 나는 아무 것도 모르고 있었다는 사실이 끔찍하고 미칠 것 같았다. 지켜주지 못하고 상황이 다 끝나도록 모르고 있어야 했다니. 엎어진 배는 서서히 침몰해버렸다. 어떻게 이런 일이 있을 수 있단 말인가. 구명조끼도 있고 해경도 왔고 심지어는 선장까지 다 빠져나간 배에 가만히 있으라는 말만 믿고 있던 숱한 사람들, 살아남은 자들의 애곡은 끊이지 않았고, 노란 리본이 거리에서 바람에 흔들리는 동안 연일 각종 매체들은 이 사건의 진실을 보여줄 것처럼 요란스러웠다.

끝없는 소문만 난무하는 가운데 희은은 아직까지도 바닷 속에 수장되어 우리에게 돌아오지 않았다. 그러나 내가 할 수 있는 일은 아무 것도 없었다. 엄마와 아빠는 새삼스럽게 팽목항까지 희은의 엄마를 위로하러 갔다 왔다. 엄마는 친구들과 안산의 빈소까지 다녀왔다. 산 사람은 살아야 한다는 말을 하면서 엄마는 희은 엄마에게 가져다 줄 밑반찬을 만들었다. 그러면서도 남매에게는 쉬지 않고 말했다.

"너는 가지마라."

"너희들은 가지마라."

"너희들은 너희 할 일만 해라."

엄마와 아빠는 지수와 내가 받을 충격만 염려하고 단속했다. 동생 지수만 가끔 내 얼굴을 살피며 엄마 모르게 말을 걸어왔다.

"오빠, 괜찮아?"

"오빠랑 희은 언니 사귀는 거 알어. 중도에서 몇 번 봤어 둘이 다니는 거."

"오빠 우리도 위령소에 같이 가볼까? 엄마 몰래 가볼까?"

그러나 나는 지수에게조차 무슨 말을 할 수가 없었다. 잘못하다가는 봇물이 터지듯 모든 것을 쏟아내게 될 것 같았다. 나는 엄마에게 아무 말도 하지 않았다. 엄마도 일부러 모른 체 하는 것 같았다. 그저 학교와 집과 학원만 오고 갔을 뿐이다. 희은을 기억하는 친구들이 희은과 그의 친구들에 대한 이야기를 할 때도 그 이야기에 끼어들지 않았다. 어떻게 무슨 말을 할 수 있단 말인가. 내가 희은과 함께 다니는 것을 본 친구들도 다행히 그 일에 대해서 묻지 않았지만 저희들끼리는 내 이야기를 하는 것 같았다.

그런데 더는 참을 수 없을 것 같다. 희은이를, 그리고 뭍으로 올라오지 못한 사람들을. 아직도 저 검푸른 물결이 흔들리고 있을 배 밑바닥에 갇혀 있는데 느린 우체통 행사, 철쭉동산에서 보내온 편지가 도착한 오늘, 어떻게 아무렇지도 않은 척 일상을 계속할 수 있단 말인가.

잔인한 봄이었다. 거리 곳곳에 꽃이 만발한 봄, 철쭉동산은 붉게 물들었고 또 사람들은 여전히 그 꽃길을 걷고 있었지만 어느 누구도 즐겁지 않았다. 지난봄 희은과 함께였던 벽천분수광장에도 애도의 노란 리본과 검은 현수막들이 걸려 나부꼈다. 축제가 치러질 기간이었지만 모든 종류의 행사는 취소되고 사랑의 편지쓰기 행사만 진행되고 있었다. 나는 편지쓰기 행사가 진행되는 부스의 테이블 위에 늘어놓은 그림엽서를 둘러보았다. 그중에 노란종이배가 들어간 그림엽서를 하나 집어 들고 부스 안으로 들어가 자리를 잡았다.

희은에게

거리마다 나부끼는 저 노란 리본이 보이니?

너와 너의 친구들이 돌아오기를 기다리는 노란리본이야.

어둡고 추운 배 밑바닥에서 이제 그만 나오렴.

지난해 이곳에서 쓴 너의 편지가 오늘 배달되었단다.

내가 쓴 편지는 어디로 배달되었을까?

주인 잃은 빈 책상 위로 배달되었을까?

나의 예쁜 희은아,

이제 다시는 너 혼자 돌아가지 않게 해줄게.

이제 다시는 수리산역에서 너와 헤어지지 않을게.

너를 혼자 보내던 나를 용서한다면

제발 그만 돌아 와줘, 희은아.

이렇게 쓰려했을까. 그렇지만 '희은에게'라는 네 글자를 쓰자 그만 가슴이 미어져오고 눈앞이 뿌예졌다. 목구멍으로 울컥 피라도 올라오는 것처럼 '헉' 소리가 새어나왔다. 나는 자리에서 벌떡 일어나 나와 철쭉동산 위로 올라갔다. 꽃이 지는 걸 아쉬워하는 사람들이 꽃을 배경으로 사진을 찍고 있었다. 어디선가 신나의 '철쭉 꽃비가 내리면' 노래가 들려오는 것만 같았다.

이렇게 그리운 밤에는 철쭉 꽃비가 내린다
수리산역 모퉁이 돌아서 나 그곳에 가리라

그리고 희은이의 목소리며 웃음소리도 들리는 것 같았다.
"너도 목덜미에 사마귀처럼 생긴 검은 점 있잖아."
나는 내 목덜미를 만져 보았다. 목 뒤 중앙에 조그만 혹 같은 게 만져졌다. 나도 본적이 없는 검은 사마귀 점을 희은이가 기억했겠지. 내가 희은의 귓바퀴의 검은 점을 기억하듯이.
"야, 새삼스럽게 무슨, 가족끼리도 사귀냐."
희은의 목소리가 귀에 쟁쟁했다. 어쩜 우리는 사귀는 친구보다 더 가까운 가족 같은 사이였는데 어떻게 이렇게 아무렇지도 않아야 한단 말인가. 나는 철쭉동산에서 내려와 양지 공원을 통과하여 수리산역을 향해 걸었다. 오늘은 수리산역 개찰구 안으로 들어가서 희은에게로 내가 먼저 갈 생각이다.
단 한 번도 데려다주지 못한 노란리본이 나부끼는 희은이 살던 곳과 노란리본이 나부끼는 희은이 다니던 거리와 노란리본이 나부끼는 희은이 다니던 학교를 오늘은 꼭 가봐야겠다. 그리고 한 번도 데려다주지 못한 것은 정말 미안했다고 말할 생각이다. 너를 지켜주지 못해 너무너무 미안하다고 용서를 빌어야겠다.

그리고 사랑한다는 말을 해야겠다. 어쩜 오랫동안 너를 잊지 못할 거라는 말도 해야 할 것 같다. 희은과 그의 친구 모두에게 잊지 않겠다는 말을 해야 할 것 같다.

참! 잘 했어요

박건자 시인

아침에 일어나 발코니 문을 활짝 열었다. 잠깐 뺨을 스치고 지나가는 실바람이 산뜻하게 맞아준다. 그 느낌은 18년 전 9월 이 맘때쯤 내가 처음으로 산본 신도시를 찾아 왔을 때 수리산 자락에서 나를 유혹했던 그 실바람이다.

주재원으로 미국에서 10여 년을 머물다 한국에 돌아와 보니 너무나 많은 변화가 나를 맞이했다. 내가 살던 신촌 지역은 주택이었던 그 자리에 회색빛 빌딩들이 우뚝우뚝 솟아 있고 서점이었던 곳은 주점으로 내어줬고 자동차들이 길을 다 채우고 있었다. 우리 가족이 거주할 집을 찾아야 하는데 막막하여 지인들에게 도움을 청하니 자녀들 교육을 위해선 강남이 1순위라며 강남을 추천해주었다. 다음으로 일산, 분당 순이었다. (지금 와서 돌아보니 그 때 그 분들의 교육의 의미는 대학입시를 두고 하는 말이었다. 그러나 돌이 강남가면 보석이 되겠는가 보석은 산본에서도 보석으로 빛난다) 추천해 준 세 곳을 다녀봤지만 10여년을 자연 속에 묻힌 주거지역에서 살았던 환경적 지배를 벗어나기는 힘들었다. 고민 중에 있을 때 한 지인께서 산본을 추천해 주었다. 이미 두 곳의 신도시를 탐사하였기에 별 기대 없이 도착하여 안내하는 분을 따라 다니다 보니 웬일이야! 산자락 따라 아파트 단지가 자리 잡고 있었다. 다시 말하면 산본 신도시를 산이 병풍처럼 빙 둘러 있었다. 더더욱 18년 전에는 지금보다 개발이 덜 된 상태라 자연의 소리와 자연의 빛깔들이 평온함을 느끼게 했다. 각박한 도시에서는 느껴보지 못한 야릇한 감정이 어렸다. 산본을 향한 나의 콩깍지 사랑이 시작된 것이다. 지금까지 산본에서 살아오면서 18년 전 그때 산본에 거주 결정을 한 나는 나를 향해 '참 잘했어요.'라고 칭찬한다.

그 이유 중 하나는 산본에서 사람의 향기를 느끼며 살아가고 있기 때문이다. 사람은 혼자 살아갈 수 없는 사회적 동물이기에 결국 우리가 산다는 것은 관계를 갖고 유지 한다는 것이다. 조금은 삶에 서툰 나에게 첫 만남에서도 오래된 친구처럼 친지처럼 이웃이 되어 주었다. 그 이웃은 지금도 마음이 아플 때 위로가 되어주고 기쁠 때 함께 기뻐해 준다. 산본에서는 바쁘게 돌아가는 일상생활에서도 사람 냄새 폴폴 풍요를 느끼게 하고 미소 짓게 한다.

한 사람이 천 걸음 앞서 가는 사회보다는 천 사람이 손잡고 한 걸음 앞으로 나갈 때 우리 모두가 함께 행복하고 멋있는 인생을 누릴 수 있는 목표에 도달하지 않을까 생각해 본다.

나의 남은 삶의 터전을 산본으로 결정한 것을 잘했다고 내가 나를 향해 칭찬하는 그 이유 중 두 번째는 군포시가 인문학 프로그램을 통해 모든 시민이 책을 가까이하여 읽게 하는 전략이다. 경쟁으로 치닫는 도시 생활에서 현대인들은 공허감속에 정신적인 가치의 의미를 잃어 버렸다. 상실과 공복의 시대를 극복하고 풀어내기에 인문학만큼 위안이 되는 해답이 있겠는가, 책속에는 사람을 위한 소중한 가치를 안내하고 세상의 이치를 깨닫게 하며 삶의 길잡이 역할을 하는 불멸의 재산이 있다. 즉 책이 가르쳐 주는 것은 지식이 아니라 인생이다.

이처럼 함께 공유하는 책 읽기 사업은 경쟁력 있는 도시로서 시민이 행복해하는 군포시의 미래를 보여준다. 다만 책 읽기 사업을 진행하고 있는 실무자들께

부탁드리고 싶은 말은 매년 실적에 목표를 두지 말고 아주 천천히 스펀지에 물이 스미듯이 습관 안으로 젖어 들게하여 도란도란 시민들이 스스로 책 읽기를 이끌어 나갈 수 있는 힘을 가질 수 있도록 사업을 진행해야 되지 않을까 하는 것이다.

군포문화헌장에 군포는 찬연한 문화적 전통과 수려한 자연이 조화를 이룬다고 기록되어 있듯이 개발된 주거지역 신도시에서 자동차로 5분만 나가도 풍요로운 대지가 있는 대야미가 나오고 반월호수 갈치호수가 있어서 서울에서 나를 찾아온 손님들에게 늘 산본의 자랑거리가 된다. 오늘도 바람이 전하는 이야기가 그리워 논두렁 밭두렁을 찾아 대야미에 나갔다.

나는 이 산책길이 늘 고맙다. 사람에게 좋다는 피톤치드pitonchit 엽록소자도 든든한 보너스이다. 요즘 같이 가을이 시작되는 계절에는 풍요롭게 익어가는 들녘의 숨소리를 껴안고 자연과 한 몸이 되어 본다.

그런데 점점 아쉬워 지는 것은 대야미 지역이 한 해가 다르게 개발되어가며 자연이 사라져 가고 있다는 점이다. 내가 산본에 처음 왔을 때만 해도 여기 저기 이름 모를 야생화가 지천으로 피었는데 지금은 많이 아쉽다.

시인은 시가 시인 자신이고 시로써 자신을 실현하듯이 군포시 모든 공공기관에서 공무를 집행하고 실행하는 모든 행정원들께서 앞으로도 계속 기본과 원칙을 지켜 주신다면 군포시민은 끈끈한 믿음으로 합류하여 옥양목 빨래처럼 눈부신 지자체가 될 것이다.

믿음은 기쁨을 낳고 기쁨은 행복을 만든다.

군포는 항구이고 싶다

박승오 시인

　'목포는 항구다'라는 흘러간 노래가 있듯이 군포도 항구다. 제물포, 삼천포가
버젓한 항구일진데 군포라고 왜 항구가 아닌가! 서해바다와 접해 있던 것이 어
느 날 천지가 개벽이 일어나서 뭍으로 변해버린 것이 군포일 것이다. 아니면 軍
浦는 옛 부터 군사들이 모여들고 임진왜란에서부터 6 · 25전쟁까지 격전지였기
에 군軍의 도시 군포라고 했을지도 모른다. 공교롭게도 군포를 영문으로 표기하
면 Gun(총)Po(포)가 된다는 것 또한 심상치 않은 우연일 것이다. 그렇다면 군포
는 물로 둘러싸인 군인들의 격전지였을 것이다.

　지금도 멀지 않은 곳에 서해바다를 접해서 중국으로 갈 수 있고 안양천 산본
천의 물줄기는 어딘가에서는 서해바다로 모일 것이다. 이 물줄기는 중간에 반월
호수, 갈치호수 쉼터를 만들어 물의 도시와도 같은 정서를 불러일으킨다는 것이
참으로 신기하다.

　일설에 의하면 군포는 예부터 군인들이 집결 되고 격전의 전투지역이었기에
이곳은 군량미와 서해염전의 소금을 비축해 놓은 지역이라 해서 군포라고 했다
는 주장도 있다. 이처럼 조용하고 평화로운 군포가 왜 격전지였는가 하는 의문
의 여지도 없이 지금도 국방부전사자 발굴단은 군포 수리사 일대와 수리산 지역

에서 발굴 작업을 계속하고 있는 것만 보아도 입증된다. 이곳은 시흥과 인천과 서울로 연결되고 南으로는 수원 평택으로 직행로가 되기 때문에 예부터 격전지 운명을 벗어 날 수 없었는지도 모른다. 이곳 군포에서 태어난 사람들은 기개가 곧고 애향심이 투철한 기질이 많아서인지 6·25직전 개성 송악산에서 유리한 고지를 점령하기 위하여 산화한 이희복 육탄 10용사도 이곳 대야미 출신이다.

아닌 게 아니라 수리산정기를 이어 받고 서해바다의 붉은 낙조와 반월호수, 갈 치호수, 안양, 산본천의 만남은 여기서 태어난 인물들을 조국의 산하를 위하여 목숨을 장렬하게 바치도록 만들고도 남았을 것이다. 인터넷을 뒤져보면 군포라 는 이름은 안양 평촌 부근의 장場이 섰고 이것이 오늘 날 군포역 부근에 자리 잡 았다 해서 군포라는 이름이 붙었다고 하는데 그렇다면 왜 하필이면 군사 軍에 물가 浦해서 軍浦라고 했느냐 그것이 궁금한 것이지 시장이 어디에 섰는지는 별 로 중요하지 않을 것이다.

군포시민이 사랑하는 수리산만해도 그렇다. 지금은 우여곡절 끝에 수리산 도 립공원이 되었지만 몇 해 전만해도 수리산의 표기에 대해서는 통일되지 못한 견 해들이 있었다.

백과사전에 보면 수리산은 견물 산이라고도 하고 한자표기로 修理山이라 쓰 고 높이는 해발 475m이고 동경 126°55″에 걸쳐있고 북위 37°20″에 위치한 다고 했다. 그런데 때로는 산의 바위가 독수리와 비슷하다고 해서 수리산이라고 이름했다는 그 주장이 더 설득력이 있다고도 할 수 있다. 역사적 고찰을 좋아하 는 사람들은 신라 진흥왕 때 창건한 수리사修理寺로 인해 수리산이라 했다고 주 장하는가 하면 혹자는 조선시대 어느 왕손이 수도하여 수리산이라고 했다는 設 도 있다. 부처님과 불상을 바라보는 산이라 하여 견불산見佛山이라고 주장하는 사람들은 다분히 불교 심취주의자들인지도 모른다.

어쨌든 수리산은 산을 이루고 있는 전체 모양에 태을봉, 슬기봉, 관모봉, 수암봉 등이 동서남북으로 멀지 않은 위치에 나름대로 각각의 우람한 형상으로 군포를 지키고 있다는 것은 군포의 자랑이고 군포시민들의 보람이다. 하루 종일을 달려가도 뻘밭만이 나타나고 잡초우거진 폐허의 땅에 시멘트 아파트만이 들어선 신흥도시가 얼마든지 있는데 거기에 비하면 군포시민은 얼마나 행복한지 수리산에 고마움을 늘 느끼고 산을 사랑하고 수리산 자연보호에 남다른 열성이 백번 있어도 좋겠다고 생각한다.

봄에는 철쭉으로 뒤덮이고 여름철에는 굴참나무, 갈참나무, 소나무, 상록 침엽수가 우거지고 가을철에는 온산이 단풍으로 불타고 겨울철에는 매년 빠짐없이 백설의 흰 눈으로 덮이는 그야말로 한국적 사계절의 철철이 옷을 갈아입는 명산이 아닌가. 수리산 계곡을 사철 가보라! 수리 산 둘레길 코스에 친숙해졌다면 수리산 등산 코스에 나서보라! 또 다른 人生이 거기에 있음을 안다.

용맹의 상징인 독수리 부리처럼 또는 독수리 발톱으로 바위를 짓누르고 있는 슬기봉이 있는가 하면 하늘에서 옥황상제가 하늘을 거닐다 구름과 함께 쉬어가는 듯한 태을봉의 평화로움은 더 말할 나위도 없지만 가장 멀리 떨어져 있으면서도 가장 친숙하게 보이는 수암봉과 관모봉은 비록 얼굴은 마주하고 있지 않지만 군포전체를 두 팔로 싸안고 있는 듯한 안정감을 느끼게 하지 않는가.

여기에 반월 호수와 갈치호수에는 늘 풍족한 물로 가득 차 있어 이곳에서 생산되는 대야미 쌀은 기름지기 그지없고 이곳에 지천으로 널려있는 포도밭에서는 높은 당도의 꿀맛 포도가 생산되니 그야말로 군포는 산 높고 물 좋고 진달래, 철쭉 경관 빼어나고 먹을 것 풍족한 축복의 땅이 될 수도 있다. 군포를 굳이 항구라고 억지를 부리는 것은 항구의 특색은 동서남북 사통팔방으로 뻗어나갈 수 있는 게 특징이 아닌가? 군포는 서울에서 가장 가까운 동서남북으로 뻗어나갈 수 있는 항구적 요소가 극히 우량하다

항구란 무엇인가? 항구는 사람을 맞이하는 곳이고 또 사람이 사람을 이별하는 곳이다. 풍랑이 심하면 이를 피해 모여드는 곳이 항구고 거기엔 천둥번개 파도가 잠잠해지면 배를 떠나보내고 사람을 떠나가게 하는 것이 항구의 임무 아닌가. 군포는 인구 30만 되는 도시지만 전철이 2개 노선이나 달리고 있고 전철역이 6개 이상이 집결되어 있어 서울로 갈 수 있고 인천으로 갈 수 있고 정조대왕 수원과도 가깝고 인천공항 접근도 용이하다.

금정역에서 수원으로 가는 길이나 안산으로 가는 길은 작은 출퇴근 낭만의 기차여행이다. 캄캄한 지하를 달리는 전철이 아니라 수도권의 풋풋한 시골 풍경과 수리 산을 끼고 안양천, 갈치호수, 반월호수를 바라보며 차창 밖을 즐길 수 있는 도시가 군포라고 생각할 때 얼마나 다행스런 일인가. 달리는 전철 속에서 맑은 가을 햇살을 즐길 수 있고 때로는 봄비 내리는 전원도시를 차창 밖으로 감상하며 달릴 수 있는 상념의 낭만을 안겨주는 도시이기에 때로는 어느 다정한 항구에서 배를 타고 어디론가 떠나가는 착각을 불러일으키는 도시이기도 하다.

이렇게 낭만과 목가적인 군포가 항구라고 상상한다면 수리산은 망망대해 빛을 밝히는 등대와도 같을 것이다. 아름다운 항구 즉 세계 미항이라고 하는 시드니나 리오데자네이로도 결국은 천연적인 천혜의 조건에다 사람들이 더 아름답도록 수백 년 가꾸고 땀을 쏟았다. 군포도 아름다운 항구가 되고 싶으면 토목과 첨단의 디자인 같은 땀 흘리는 우리의 노력이 필요하다.

수리산에 우거진 잡목 대신에 유수한 경제수종으로 옷을 바꾸어 주는 치산계획도 필요하고 일부계곡에서 썩어지고 있는 자연 환경을 늘 개선해야 한다. 요

즈음 수리산은 많이 오염되었다. 날 파리와 모기떼가 극성이고 계곡의 물은 사람들이 묻어놓은 고무호스와 흐르는 물줄기를 인공적인 가로막음으로 썩어가고 있다.

도지사나 시장은 한번쯤 수리 산을 올라보라! 수만 명이 넘나드는 수리산에 위생보건시설이나 대피소 같은 가장 기초적인 음료시음대조차도 없다. 그저 간판만 수리산도립공원이라고 하는데 여기에 쏟아놓은 예산은 피부로 느낄 수 없다. 뉴욕이나 뉴올리언스, 헬싱키, 싱가폴의 아름다움과 풍요로운 물질의 도시 항구와도 같은 도시가 되려면 도지사와 시장 군포시민은 개혁정신이 있어야 할 것이다.

서울에서 군포처럼 지리적으로 접근하기 좋은 도시도 없는데 인근 수도권 도시에 비하여 경제적 열악성이 20년간 계속되는가를 우리는 반성해야 한다. 헌신적이지 못하고 투자하지 않고 희생정신은 없는데 말로만 진정 사랑한다는 남녀의 관계는 거짓이듯이 우리 군포도 말로만 군포사랑이라는 위선적인 자세가 계속된다면 언젠간 수리산과 군포는 군포시민을 버릴 것이다.

만만한 게 군포인지 이 작은 도시에 포악무도한 점령군처럼 군포를 차지하고 있는 물류복합터미널의 대형 물류트럭들은 과속과 굉음과 매연으로 24시간 군포시가지를 종횡무진 달리고 있는데도 어느 누구 이에 대한 항의조차 없다. 특정 대형 마트는 천하의 무법자처럼 그들의 물류를 풀어놓기 위하여 군포시민의 도로를 불법점령하고 있는데도 이를 단속해야 할 시청은 20년 가까이 바라만 보고 있다.

사람이나 도시나 보석이나 모두가 가꾼 만큼 빛이 난다. 이제 말로만 군포 사랑한다는 것 그만하고 투자라는 가꿈으로 변화되어야 한다. 낙후된 금정동 일대 당정동 옛 군포 거리도 어느 누구 이해관계 따질 것도 없이 정치적인 계산을 가릴 것도 없이 뉴타운으로 개발되고 군포의 진정 경제적 도시, 문화의 도시, 수려한 관광의 도시, 인문학의 도시로 굳건히 서야겠다는 대국적 관심이 집중되어야 미래가 있을 것이다. 군포는 항구가 아니지만 모든 배들과 사람들이 들어오고 나가는 그리고 큰 꿈을 안고 밀려들고 파도처럼 밀려가는 항구처럼 되고 싶을 것이다. 꿈을 이루는 자는 잠을 자지 않고 꿈을 실현하는 자에게 찾아온다. 군포는 항구이고 싶다.

풍경 렌더링

이미려 수필가

1

그녀는 남편을 사랑했다. 그래서 그녀는 삼십년 동안 스스로 집안에 갇혀 지냈다. 남편이 죽고 난 뒤에도 그녀는 오랫동안 남편과의 추억을 떠올리며 집안에서만 지냈다.

이제 할머니가 된 그녀를 여동생이 찾아왔다. 그리고 마을 뒷동산으로 그녀를 데려갔다. 온갖 꽃들이 피어난 봄날이었다. 그녀는 어느 꽃 앞에 서서 더듬거리며 물었다.

"이 이건 무슨 꽃이니?"

"아휴 그것도 몰라? 이건 진달래야."

그녀는 진달래가 흐드러진 숲을 휘청거리며 지나 커다란 왕벚나무 아래에 쓰러질 듯 앉았다. 골짜기를 휘돌아 내려오는 봄바람에 하얀 벚나무 꽃잎이 흩날리고 있었다.

한동안 발갛게 상기되어 있던 그녀의 얼굴에 어느새 주르르 눈물이 흘러내렸다. 여동생이 그녀의 손을 잡고 눈물을 닦아주었지만 그녀의 눈물은 멈춰지지가 않았다. 벚나무아래에서 그녀는 자신의 사랑이 의심스러워졌다. 과연 그것이 진정 사랑이었을까?

언니가 죽자 여동생은 그녀를 왕벚나무 아래에 묻어주었다. 언니가 남편의 무덤 옆이 아닌 그곳에 묻어달라고 유언했기 때문이었다.

* 납작골 골짜기의 진달래 앞에서 꽃 이름을 묻던 말자 씨에게.

2

소년은 어둠을 무척 무서워했다. 그래서 소년의 아버지는 아들이 강하게 크기를 바라는 마음에 밤마다 아랫마을로 심부름을 보냈다. 초승달이 뜬 어느 날 밤 소년은 다시 심부름을 가게 되었다. 대문을 열자 소년의 어머니가 조용히 다가와서는 작은 거울 하나를 내밀었다.

"무서울 때 꺼내보렴."

소년은 걷는 내내 고개를 들지 못해 제 발만 내려다보며 걸었다. 소년이 가장 무서워하는 길은 호수 옆으로 난 오솔길이었는데 이 호수에는 괴물이 산다는 소문이 자자했다. 검푸른 밤하늘이 비친 호수가 가끔 심호흡을 하는 바람에 소년은 깜짝깜짝 놀랐다. 애써 호수를 외면하며 걷던 소년은 더 이상 견딜 수가 없어 사력을 다해 뛰다가 그만 나무뿌리에 걸려 넘어지고 말았다. 소년은 넘어진 채로 소리죽여 울며 주머니를 뒤졌다. 괴물이 다가와 덮치기 전에 거울을 꺼내 보아야겠다는 마음에 서둘러 거울을 꺼내 들었다. 거울 속에는 두려움 때문에 초점을 잃은 커다란 검은 눈을 가진 괴물이 잔뜩 얼굴을 찌푸린 채 입을 벌리고 있었다. 놀란 소년은 거울을 내동댕이치고 돌멩이를 하나 집어 거울속의 괴물을 향해 힘껏 던졌다. 쨍그랑 거울이 깨지는 소리가 한동안 호수주위를 술렁이게 했다. 그 소리에 더욱 기운이 난 소년은 돌멩이를 하나 더 집어 들어 호수 가운데로 힘껏 던졌다. 되풀이해 자꾸자꾸 돌을 던졌다.

언제부턴가 호수 가운데에는 작은 산이 하나 생겨났다. 사람들이 웅성대며 이 일을 두고 여러 가지 추측을 했지만 소년은 느긋이 서서 그 산을 바라보았다. 소년은 그 산이 자신이 물리친 괴물이라는 것을 아무에게도 얘기하지 않았다. 소년 때문에 호수에 갇힌 괴물은 밤마다 꿈틀거리며 복수를 꿈꾼다고 한다.

* 밤이 되면 짐승처럼 꿈틀거리던 수리산 반월호수의 작은 산에게.

3

긴 전쟁이 끝났지만 무사는 새로운 고민에 맞닥뜨렸다. 무사의 칼은 아무리 씻어내도 피에 흠뻑 젖은 채로 깨끗이 닦아지지 않았다. 전쟁터에서 마치 한 몸인 것처럼 움직였던 칼이었다. 그것은 무사의 승리가 피비린내 위에 세워졌다는 사실을 되풀이 얘기하고 있었다. 무사는 집을 떠나 어떤 피와 비명도 씻어낸다는 곳을 찾아 산속으로, 산속으로 들어갔다.

산속을 걷는 무사에게 바람소리는 쇠와 쇠가 스치는 칼바람 소리로 들렸고, 새들의 지저귐은 누군가의 비명소리로 들렸다. 그는 갑자기 칼을 빼 제 앞의 나무들을 내리쳤다. 무사는 자신이 보이지 않는 적들에 둘러싸여 있다는 생각을 멈출 수가 없어 숲속을 걷는 내내 붉은 피가 흐르는 칼을 이리저리 휘둘렀다.

무사는 어느 골짜기의 전나무 숲에서 걸음을 멈추었다. 겹겹이 늘어선 전나무들은 햇빛도, 바람도, 그 어떤 것도 허락하지 않는 듯 했다. 무사가 좀 더 안으로 들어서자 끝없이 하늘로 치솟은 전나무들이 홀연히 그를 에워쌌다. 무거운 침묵이 무사를 내리눌렀다. 그 곳은 소리가 없는 곳이었다. 수직의 침묵 속에 꼼짝없이 갇히게 된 무사는 잠시 후 스르르 칼을 떨어뜨렸다. 그리고 자신의 몸도 함께 그곳에 떨어뜨렸다. 칼로서는 대항할 수 없는 어떤 힘이 그를 짓눌렀기 때문이었다.

그 후 오랫동안 무사를 보거나 소식을 들은 사람은 아무도 없었다. 종종 그 전나무 숲에서 눈을 찌르는 번뜩이는 빛을 목격한 사람들이 있었는데, 사람들은 그것이 피와 비명을 모두 씻어낸 무사의 칼에서 나온 빛이라고 믿었다.

* 수리산 바람개비골의 전나무 숲에서. 이 숲은 2014년 '수원광명고속도로' 건설로 사라졌다.

포구가 있다고?

이 시 영 군포중앙도서관 장서개발팀장

10년 전 일이다. 서울에 있는 기관에 교육을 받으러 갔는데 교육 온 사람들이 서로 안면을 익히기 위해 어디에서 왔느냐고 물었다. 군포에서 왔다고 하니 주위 사람들이 멀리서 오느라 고생했다고, 그 멀리서 어떻게 왔느냐고 놀라며 입을 다물지 못했다.

나는 군포가 뭐가 머냐고, 자가용으로 30분이면 온다고 했더니 의아해 하며 저 밑에 삼천포 근처에 있는 곳이 아니냐고 되물었다. '포'로 끝나는 지명은 대체적으로 포구가 있는 바닷가 지방이라고 여기며 지레짐작한 것이다.

그 후 여러 해가 지난 지금 군포가 포구였을 수도 있다는 생각이 든다. 포구란 배가 드나드는 항구를 말한다. 넓은 바다로 나가 하루의 항해를 마치고 다시 돌아오는 곳.

군포의 유래는 정확한 정설이 밝혀지지 않았다. 임진왜란 발발시 굶주린 승려 의병과 관군을 배불리 먹여서 유래했다는 설, 군포 옆을 흐르는 하천인 군포천軍浦川이 안양천의 상류에 있어 수운을 이용하는 포구로서 이용된 것으로부터 유래되었다는 설, 조선시대 양인良人이 부담하던 국역國役에서 유래되었다는 설, 조선시대에 시장으로 개설하여 군포장軍浦場이라 한데서 유래되었다는 설 등 여러 가지가 있다. 이 중에서 개인적으로 신빙성 있다고 여겨지는 것이 수운을 이용하는 포구에서 유래되었다는 설이다. 지금도 군포는 교통이 편리하여 서울, 수원, 안산 등에 있는 직장을 다니며 날이 저물면 군포의 집으로 돌아와 생활하는 사람이 많다. 군이 번잡한 도심에서 살지 않아도 한 시간 이내의 출퇴근이 가능한 곳이기 때문이다. 수운으로 이용된 것과 같이 군포는 사람들이 일과를 마치고 돌아와 쉬는 곳, 해가 뜨면 다시 바다로 나가 항해를 하고 저물어 돌아오는 항구처럼 느껴진다.

떠난 자들을 돌아오게 하는 요인들은 많다. 그러면 포구를 떠나 다시 돌아오는 자들에게 느껴지는 군포의 매력은 무엇이 있을까?

우선 살기가 편하다. 군포 안에서는 러시아워도 없고 어디를 가나 사방이 통하는 교통시설이 편리하다. 대도시 규모의 백화점, 대형 경기장 등은 없어도 그만큼의 역할을 하는 편의시설이 많다. 마을버스가 다니지만 걸어서도 관공서, 도서관, 시장, 교육기관 등을 얼마든지 다닐 수 있다. 주변의 녹지 공간도 마음에 든다. 작지만 구석구석에 꾸며진 공원들은 어떤가. 이른 저녁, 식사를 마치고 아이의 손을 잡고 소풍가듯 공원을 거니는 여유가 있다. 도심이지만 봄이 되면 어디선가 뻐꾸기 소리가 들린다. 가을의 낙엽길도 낭만적이다.

그 중에서 가장 마음을 끄는 것은 책 읽는 도시라는 정체성을 찾아가는 것이다. 군포는 1979년에 시흥군 남면이 군포읍으로 승격하였고, 1989년에 시로 승격하였다. 26년 시 역사로 보자면 농업, 공업, 관광 등 뚜렷하게 특징되는 것이 없다. 그러한 무채색의 도시가 5년 전부터 책 읽는 도시를 표방하며 도심 곳곳에 책을 주제로 하는 사업들이 진행되었다. 미니문고, 북카페 등이 설치되었으며 6개의 공공도서관을 중심으로 36개의 작은도서관이 생겨 시민들에게 독서를 권하고 책을 통해 소통하는 문화를 만들어 가고 있다.

군포시에는 여섯 개의 공공도서관이 있다. 인근 도시와 비교해도 도서관 수준은 높은 편이다. 이름하여 뚝심있는 공공도서관 육형제이다. 제일 먼저 생긴 도서관이 당동도서관이다. 구 군포1동 사무소 건물을 리모델링하여 만든 곳인데 나이로는 맏형이다. 도서관의 장서는 개관년도에 맞추어 구축이 되는데 가장 먼저 문을 연 만큼 오래된 고전들이 다른 곳보다 많이 구비되어 있다. 그 다음이 산본도서관이다. 산본도서관은 산본 신도시와 함께 시작되면서 많은 관심과 사랑을 받는 도서관이다. 아파트 입주민들의 관심도 많았고 산본역과 가까이 있는 중앙 공원 내에 있는 도서관이라 이용자들이 많아 경기도내 31개 시·군 중에서 가장 높은 이용률을 선점하게 되었다. 산본도서관은 공공도서관이 시민들의 생활권역에 위치해야 더 많이 이용하며 독서생활을 즐길 수 있다는 것을 보여주는 좋은 예가 되고 있다. 그 다음으로 2003년 12월에 대야도서관이 문을 열었다. 군포시 외곽에 있어 친근한 고향처럼 느껴지는 푸근한 곳이 대야동이다. 그곳에 문을 열면서 신도시보다 고층 건물이 없다는 점에 착안하여 누리천문대를 함께 운영하는 도서관을 만들게 되었다. 도심 가까이에서 우주의 별들을 관측할 수 있다는 장점을 가진 도서관이다. 이듬해에 산본2동에 어린이 도서관이 문을 열었다. 어린이도서관은 그 당시 사회적 붐을 일으켰던 기적의 도서관과 연관되어 만들어졌다. 아이들만의 책과 자료가 있어 마음껏 놀면서 책을 읽을 수 있는 곳이다. 그리고 중앙도서관이다. 구 보영운수 차고지였던 곳을 도서관으로 만든 것인데 연면적 126제곱미터로 전국 대규모 공공도서관 중 하나로 손꼽힌다. 중앙도서관은 아름답고 쾌적한 공공도서관이 지역의 명소가 될 수 있다는 것을 보여준다. 외국에서 친선교류단이 오거나 타 지방에서 벤치마킹 우선순위로 찾을 만큼 인기가 있다. 마지막으로 부곡 아파트단지가 개발되면서 2013년 10월 부곡도서관이 문을 열었다. '공공도서관은 개관 연식과 같다.'라고 도서관인들끼리

나누는 말이 있는데, 군포의 공공도서관 6형제 중 가장 세련되고 예쁜 모습을 가지고 태어난 막내둥이다. 장난감도서관을 운영하고 있고 자료실을 고급 카페처럼 꾸며 주말 가족 함께 책읽기를 즐길 수 있다.

　사람들을 군포라는 곳에 머무르게 하는 이유 중 하나는 이러한 도서관 6형제가 있어서가 아닐까. 누가 먼저랄 것도 없이 가장 넓게 팔을 벌려, 기쁜 마음으로 모두를 환영하고 누구나 책과 벗할 수 있도록 도와주는 곳. 바로 공공도서관이 떠나는 자들의 발을 잡는다.

　책을 읽는다는 것은 미지의 세계로 떠나는 여행과 같다. 내가 타자가 되어 그들의 삶과 가치관을 느끼고 경험하며 미래를 열어가는 것이다. 떠난 자들을 돌아오게 만드는 책 읽는 도시의 매력이 있는 아름다운 포구, 군포가 좋다.

사랑의 손을 내미는 마을

이옥분 시인

　선진국일수록 약자에 대한 배려가 많다는 보고서를 읽은 적이 있다. 그만큼 약자에 대한 배려는 성숙된 민주시민으로서의 자세라는 이야기와 같은 것이다.

　군포로 이사 온 지 2년 정도 지났을 때 군포 2동 동장님께서 부곡에 있는 뇌성마비 자활의 집 '양지의 집'에 협조할 것이 있으니 같이 동행하자는 제안을 하셨다. 초행길인 양지의 집 가는 길은 농촌 길 그 자체의 길을 흙먼지 날리며 달려가야만 했다. 허름한 주택 안으로 들어가니 그곳에는 낯선 풍경이 나를 맞이했다. 뇌성마비 중중 장애인들이 앉아 있기도 하고 누워 있기도 한데 몇 명이 아닌 꾀 많은 장애인들이 삶의 끈을 잡고 희망도 아닌 절망도 아닌 그냥 오늘을 버티고 있었다.

　원장님은 볼일이 있어 서울을 가셨기에 사모님이 우리와 면담했다. 우리는 차 한 잔을 마주하며 위로를 하고 동장님은 봉투를 건네셨다. 이곳 장애인들에게 요긴하게 쓰겠다는 감사의 인사도 주셨다.

　양지의 집 원장의 아버지께서도 장애인이셨는데 그의 아들인 원장이 장애인들에 대한 각별한 생각을 떨칠 수 없어 주위에 버림받은 장애인들을 한두 명 입소시켜 돌봐주었는데 이 소문을 들은 장애아를 둔 보호자들이 몰래 장애아들을 양지의 집 문 앞에 두고 가고, 두고 가서 지금을 열 명이 넘는 장애인들을 돌보고 있다고 하였다.

양지의 집 장애인들은 경중이 아닌 중증 장애인들이기 때문에 식사도 스스로 못하는 장애아가 있어 식사도 먹어주어야 하고, 숟가락으로 먹여 주어도 삼키지 못하는 장애를 가진 장애아는 밥을 한 숟갈을 입에 넣고 씹다가 손가락을 식도에 집어넣고 음식물을 삼켜야 하는 가슴 아픈 모습도 보였다.

또한 젊은 아가씨인데 장애로 학교를 다닐 수 없어 스스로 한글을 익혀 시를 쓴다는 장애인 시인 아가씨도 보았다. 그의 시를 읽으니 장애인이 보는 세상 이야기를 여과 없이 순수하게 담아냈다. 이곳에서도 우리들 눈으로 보기에 절망 가운데서도 희망을 노래하는 그녀의 손끝이 얼마나 힘찬지 감동이 되었다. 요즘 세상에 자신의 가족들의 식사도 차리는 것이 벅차다고 외식을 하는 경우가 많은데 중증 장애인들은 24시간 돌보는 것은 상상하기조차 힘들지만 자신의 몫이라 생각하고 묵묵히 일하는 것이 감동스러웠다.

몇 해 후 당정동으로 이사를 오니 그곳으로 양지의 집이 새로 건물을 짓고 더 많은 장애인들이 입소해서 생활한다는 소식을 들었다. 그 길 앞을 늘상 지나다 나도 봉사의 기회를 가져야겠다는 생각을 가지고 여름휴가가 끝나고 양지의 집을 찾았다.

과거와 달리 현대화 된 양지의 집은 상담원도 있었고, 각종 편의 시설이 갖춰져 있어 선진화된 군포시의 모습을 역설하지 않아도 될 만큼 융성해 보였다. 나는 차 한 잔을 나누며 이곳에서 재능기부도 좋고 내가 할 수 있는 봉사가 있으면 하겠다고 간청을 하였다. 하지만 그곳은 이미 이곳에는 규칙이 있고 봉사자를 가르치면서 시킬 수 없다고 하셨다.

집으로 돌아오는 길 집 옆 ○○빌딩 5층에 장애인 주간 보호 시설인 ○○복지센터가 있었다. 나는 저 곳에서 봉사해야겠다는 마음으로 찾아 갔다. 마침 그 곳은 여름휴가 기간이라 조용했다. 다음 주에 상담 오라는 것이었다. 며칠 후 나는 ○○복지센터로 찾아갔다. 그곳에서는 나를 봉사원으로 반갑게 맞이 해주셨다.

○○복지센터의 하루는 오전 9시부터 시작이다. 나의 할 일은 센터의 각방을 청소하는 것으로 시작한다. 청소가 거의 끝나는 10시면 주간 보호받을 장애 청소년들이 들어온다. 나는 자폐 장애가 있으면 지능이 낮아서 무엇이든지 부족하다고 생각했는데 의외로 자폐가 있는 장애인들 중 어느 한 가지 부분은 비상한 능력이 개인별로 갖고 있다는 것을 알았다.

그중 한명은 사람들의 이름을 잘 기억했다. 몇 년 전 잠깐 스치고 지나간 사람들일지라도 이름을 정확하게 기억하는 재능이 있으며, 또 한 명은 정리정돈의 달인이다. 항상 제 자리에 있어야 할 것들이 흐트러진 모습을 하고 있으면 순식간에 달려가 제자리에 놓고, 12색 색연필들이 순서 없이 케이스 안에 담겨있으면 순식간에 흰색 노랑색 주황색 빨강색 순서대로 배열하는 능력의 소유자다.

그뿐 아니라 정상인들도 하기 힘든 아무리 복잡한 퍼즐도 짧은 시간 안에 다 맞춘다. 초능력자가 따로 없었다. 모두 한 가지씩 뛰어난 재주를 가진 자폐아들은 지도하시는 복지사님들의 모습에 나는 매순간 감동하였다. 지도하는 대로 따라 주지 않고 엉뚱한 행동을 하여도 꼭 존댓말로 대하고 타이르는 모습을 보며 우리나라는 선진국이라는 생각을 했으며, 사회 복지사님들의 마음에는 천사가 있구나 하는 생각을 했다.

책의 도시 군포에서는 매년 '책 축제'를 한다. 원생들과 함께 책 축제에 참석을 했다. 산본 중심상가 중심에는 많은 부스들이 늘어 서있는데 각 출판사에서 책을 소개하고 판매도 하였으며 간단한 선물을 참가한 사람들에게 나누어주는 행사를 하는 것이었다. 나는 장애인 두 명과 조를 이루어 다니면서 그곳에서 나

뉘주는 간식이나 선물을 받았다. 군포에는 책 읽는 소리가 끊이지 않는다. 각종 독후감 행사와 전국 군포 백일장이 20회가 넘었다.

문학을 사랑하는 사람들이 많이 살고 있어 버스 정류장에는 군포 지역 작가들의 작품들도 소개 되며, 수리 산 산책길에도 시비가 세워졌으며, 당동 꽃길에도 시비가 있어 이곳을 찾아오는 시민들이 꽃과 시의 향기를 맡을 수 있다. ○○복지센터 야외 수업의 일환으로 꽃길을 걷기도 하고, 대야동 주말 농장에 가서 김장 배추를 심기도 하며 자연은 우리들에게 어머니처럼 먹을 것을 내어 준다는 것도 장애인들에게 알려 주었다.

따가운 햇살이 무던히 쏟아지는 가을, 추석이 다가오고 있었다. ○○복지센터에 군포 시장님과 시의회 의원님들께서 방문하셨다. 소외된 이곳에 추석을 지낼 햇과일 상자와 한과 그리고 송편 등을 선물로 가져오셔서 즐겁게 명절을 지내라고 하셨다. 이를 보며 우리 군포시는 소외된 곳에 따스한 온정을 베푸는 도시라는 것이 느껴졌다.

언젠가 장애인을 자녀로 둔 부모의 소원을 말하는 것을 들은 것을 기억해 보았다. '자녀보다 하루 더 사는 것'이라고 한 것을. 장애인을 돌보는 것이 얼마나 어려운 일인가를 역설해 주는 말이기도 하다. 하지만 ○○복지센터는 지적 장애인들에게 인간으로서 존중을 해주며 비장애인들보다 많은 혜택으로 살아 갈 수 있도록 해준다는 것을 아직 경험하지 못했기 때문이다.

내가 봉사를 한 ○○복지센터는 모든 장애인들을 섬기며 살고 있다. 지역 사회 모두가 약자들에게 편견보다 따스한 사랑을 손길을 내미는 바로 우리 동네이다.

이제 그만 놀아요

이진옥 시인

　맑은 하늘, 하늘이 오늘 나의 기분을 말해준다. 울트라캡션 짱이다. 오늘은 자연학교 선생님과 수리사 가는 날. 나는 유치원 때부터 자연학교를 다녀서 그런지 자연 속에서 노는 일이라면 무조건 좋다. 진짜로 얘기하면 자연이라 좋은 것이 아니라 노니까 좋은 거다. 수리사! 아마 한 열 번쯤은 가봤을 것이다. 학교에서 소풍간 것만 해도 두 번은 된다. 그러나 오늘은 학교선생님이나 부모님과 같이 가던 것하고는 다른 날이다. 자연학교 선생님과 같이 가는 날이기 때문이다.

　자연학교 선생님들은 부모님이나 학교선생님들처럼 혼을 내시지는 않는다. 아주 혼이 안 나는 건 아니지만 조금만 잘해도 칭찬해주시고, 잘못을 타이르시지만 진짜로 화를 내시는 것 같지 않다.

　자연학교 차를 타고 가는 내내 와글와글 떠드는 아이들 때문에 정신이 없으신 선생님께서 말씀하셨다.

　"김민석, 너 좀 조용히 가지 않을래!"

　우와, 내가 뭘 어쨌다고 오나가나 선생님들께서는 나만 갖고 뭐라 하시는지 도대체 이해가 안 간다. 내 목소리가 다른 아이들보다 좀 크긴 하다. 하지만 목소리 큰 것이 어디 내 잘못인가. 굳이 잘못을 따지자면 이런 목소리로 나를 태어나게 한 엄마의 잘못…… 아니면 아빠의 잘못인가? 오늘도 자연학교 차를 올라타자 뒤에 앉아있던 진구가 내 뒤통수를 갈기며.

"김민석, 반갑다."

진구는 반갑다고 말하면서도 힘껏 내 뒤통수를 때렸기 때문에 아파서 눈물이 찔끔 날거 같았다. 자식은 시간만 나면 내 뒤통수를 노린다.

"자, 다 왔다. 여기서 내리자."

선생님의 말씀에 차에서 내린 우리는 눈이 휘둥그레졌다.

"선생님, 여기는 수리사가 아니잖아요."

"너희들 아침은 다 먹었지?"

"예."

"그럼 지금부터 수리사까지 걸어 올라가기로 한다."

"앗싸!"

좋아하는 친구도 있었지만 대부분의 아이들은 다리가 아프다는 둥 덥다는 둥 불만이 많다. 나는 걷는 것은 물론 달리기에도 자신이 있다.

"출발."

선생님의 말씀이 떨어지자 나는 다른 친구들보다 앞장서 걷기 시작했다. 가파른 산길을 따라 걸어 올라가는데 어느새 진구가 나를 앞질러 가고 있었다. 녀석에게 내 뒤통수를 갈긴 복수를 할 기회다. 나는 진구의 뒤로 가서 등을 밀어주는 척 하며 바지를 잡아 당겼다. 어어, 하다가 진구가 바지를 잡고 뒤로 넘어졌다. 뒤따라오던 선생님께서 넘어진 진구를 일으켜 세우며 화를 내셨다.

"김민석! 하마터면 진구가 다칠 뻔 했잖아. 너 자꾸 이러면 이따 돌아가서 윤미래 선생님께 말씀 드린다."

'그건 안 될 말씀.'

"네 네, 조심하겠습니다."

자연학교에서 가장 예쁜 선생님은 윤미래 선생님이다. 윤미래 선생님은 얼굴만 예쁜 게 아니라 마음도 예쁘다. 윤미래 선생님께서 우리를 데리고 야생화나 곤충을 보러 수리산 가는 날만은 장난치고 싶은 마음을 누르려고 노력한다. 왜냐하면…… 그건 비밀이다. 걸어올라 가는 우리 등 뒤에서 올라오는 차들이 빵빵 거릴 때마다 우리는 길옆으로 멈춰서야 했다. 차를 타고 올라가는 사람들이 부럽기도 하고 얄밉기도 해서 차 꽁무니에 대고 외쳤다.

"산에서 빵빵거리면 산새도 놀라고 나무도 꽃도 놀라잖아요. 그리고 아이들이 걸어서 올라가는데 어른들이 차타고 가는 건 반칙이에요."

차창을 내리고 가던 어른들 중에는 차창 밖으로 얼굴을 내밀고 땀을 흘리며 올라가는 우리를 보고 손을 흔들었다.

"힘내라, 파이팅."

이건 힘내라는 것이 아니라 꼭 약 올리는 것 같다. 내 나이 열한 살, 지금까지 살면서 어른들의 얌체 같은 모습을 무지하게 많이 봐왔다. 오늘이 딱 그런 날이다. 얌체 어른들, 찌찌뿡이다.

나는 자연학교를 오래 다녔기 때문에 올라가는 길옆에 피어있는 식물들의 이름을 잘 안다. 자연학교 선생님께서 식물도 이름을 불러주면 좋아한다고 해서 언제부터인가 내가 아는 꽃이나 나무의 이름을 불러주는 버릇이 생겼다.

"줄딸기, 산괴불주머니, 윤판나물, 천남성. 애기똥풀, 광대수염, 광대나물, 피나물……."

"얘들아, 민석이 또 잘난척한다. 우~."

뭐 이런 놀림을 한두 번 받은 게 아니기 때문에 난 아무렇지도 않다. 그리고 내가 잘난 것은 확실하니까.

"너희들 또 민석이 놀리는 거냐! 그러지 말고 너희들도 꽃이나 나무 이름을 불러줘 봐. 그러면 식물들이 너희를 보고 아는 척할 테니."

"애기똥풀아, 졸참나무야, 봐요 불러도 대답이 없잖아요. 에이 선생님 순 거짓말쟁이."

진구가 선생님께 항의를 했다.

"야, 폭포다."

산길 옆 계곡에 작은 폭포를 발견한 아이들이 환호성을 지르며 뛰어 내려갔다.

"애들아 그렇게 한꺼번에 내려가면 위험하니 차례대로 천천히 내려가자."

선생님의 말씀에도 아이들은 듣는 둥 마는 둥 뛰어 내려갔다. 이런 재미있는 일에 뒤처져 있을 내가 아니다. 순식간에 뛰어 내려가 손을 씻고 세수를 하는데 진구가 물을 움켜쥐고 나에게 뿌리더니 옆에 있는 다른 아이들에게도 뿌렸다. 그러자 작은 폭포가 물싸움 장으로 변했다.

"좋았어, 나의 물싸움 실력을 보여주지."

나는 진구에게 집중적으로 물을 뿌려대는데 피하려던 푸름이가 넘어져서 울기시작 했다.

"김민석! 너 정말."

선생님 말씀에 멈칫한 나를 보고 진구가 혀를 내밀고 놀린다. 이상하게도 진구와 같이 장난을 치거나 놀 때 언제나 야단맞는 건 나다. 그리고 보니 진구는 억세게 운이 좋은 녀석이다. 반대로 나는 억세게 운이 나쁜 것 같다. 그럴 때마다, 어른이 되어서도 억세게 운이 없으면 어쩌나 걱정이 되기도 하는데, 설마……

드디어 수리사 주차장이 보인다.

"야호, 다왔다."

힘들게 올라오던 아이들이 일제히 소리쳤다. 주차장을 지나 계단을 따라 올라가니 대웅전이 보였다. 대웅전 부처님께 민석이 왔다고 인사 하려고 뛰어가려는데 선생님께서 말씀하셨다.

"목마른 사람!"

"저요, 저요."

아이들은 저마다 제가 제일 목이 마르다는 듯 악을 써댔다.

"그럼, 차례대로 시원한 약수를 마시고 조금 쉬자."

"얘들아, 여기 한자로 써 있는 약수 이름 아는 사람."

이럴 때 선생님은 완전 바보 같다. 학교에서도 배우지 않는 한자를 우리가 어떻게 알 수 있다고 물어 보시는지.

"편강약수."

"와, 우리 푸름이 대단하네. 자 푸름이 부터 마셔라."

이럴 때마다 잘난척하는 푸름이, 완전 밥맛이다. 물을 마시고 나니 배가 고팠다.

"선생님 밥 먹어요. 배고파요."

"아직 열두시도 안됐는데 절 내를 잠깐 둘러보고 도시락 먹자."

"에이, 선생님 금강산도 식후경이라는데 수리사도 밥 먹고 구경해요."

금강산도 식후경이라는 말을 누가 만들었는지 어린이들의 마음을 잘 아시는 분인 것 같아 이 말을 사용할 때마다 고마운 마음이 든다. 내 말이 떨어지기 바쁘게 아이들도 도시락부터 먹자고 소리쳤다. 선생님이 허락하지도 않았는데 벌써 일인용 돗자리를 펴는 아이, 도시락을 꺼내드는 아이, 진구는 이미 김밥을 입 안에 넣고 우물거리다가 나와 눈이 마주쳤다. 우리는 서로 씨익 웃었다. 이럴 때는 선생님도 어쩔 수 없다.

"자, 그럼 한쪽으로 자리 잡고 앉아서 도시락부터 먹자."

'앗싸,'

나는 가끔 이런 일로 아이들에게 좋은 일도 한다.

"네 이놈, 너는 어찌하여 내 자리에 앉아 있느냐?"

"어, 할아버지는 누구세요?"

"나? 나는 곽재우라고 한다."

"아! 그럼 홍의장군 곽재우의 그……."

"허허, 그놈 참, 나를 알아보는구나."

"에이, 거짓말하지 마세요. 곽재우 장군님은 옛날에 돌아 가셨잖아요?"

"야, 이놈아, 내가 이 자리에 앉아 있은 지가 400여 년은 되었느니라."

"그러면 할아버지 나이가 400살도 넘었다는 거잖아요. 왕짱 거짓말쟁이."

"어린 놈이 사람 말을 못 믿는 병이 걸렸구나."

이상한 일이 벌어졌다. 이 할아버지가 조선시대에 사셨던 곽재우 장군이라니 절대 못 믿겠다.

"그럼 나보다 1,000년은 더 사신 할아버지 한 분을 소개해 주마."

"운산대사님, 나와 보시지요. 손님이 찾아 왔습니다."

"어이구 허리야, 아니 누가 왔다는 게야?"

"이놈아, 대사님께 인사 여쭐거라."

아니, 완전 머리가 하얀 산신령님같이 생기신 이 할아버지는 또 누구지? 우와, 미치겠다.

"네놈이 누구인지 어디서 왔는지 어서 말씀드리라니까."

"저…… 저는 수리동에 사는 수리초등학교 4학년1반 김민석입니다."

"아이구, 그놈 참 똘똘하게 생겼구나. 그래, 여기는 어찌해서 왔는고?"

"아… 저… 근데 할아버지는 누구세요?"

"이놈! 어른이 묻는 말에 먼저 대답을 해야 예의이거늘 어찌 대답도 없이 질문부터 하느냐."

곽재우 할아버지, 아니 장군님이라는 분 목소리가 엄청 커서 귀가 울리는 것 같다.

"저기…… 오늘 군포자연학교에서 수리사에 대해 알아보려고 왔어요."

"그래? 그럼 잘됐다. 우리만큼 수리사에 대해서 잘 아는 사람이 없지."

"대사님께서 먼저 말씀해 주시지요."

대사님이라는 할아버지가 하얀 수염을 쓰다듬으며 헛기침을 한번 하시더니 말씀하셨다.

"나는 신라 진흥왕 때 승려 운산대사라고 한다. 내가 처음 절을 지으려고 이곳에 왔을 때는 첩첩산중에 아무것도 없었느니라. 그런데 빼어난 경치를 보아하니 이곳이 절을 지으면 아주 좋겠다는 생각이 들어 여기에 절을 짓고 수도했느니라. 민석이라고 했느냐?"

"아…… 네, 네."

"너는 부처님을 뵌 적이 있느냐?"

"그럼요. 대웅전에 가면 뵐 수 있는 걸요."

"그거 말고 직접 뵌 적이 있느냐는 말이다."

"……."

"나는 이절에서 기도를 하던 중 어느 날 직접 부처님을 뵈었다. 해서 부처님을 뵈었다는 뜻인 견불산 수리사라고 이름을 지었느니라. 내가 처음 이 절을 지었을 때는 대웅전 외에 36동의 건물이 있었고, 암자도 12개나 되는 아주 큰절이었느니라. 하지만 안타깝게도 임진왜란 때 모두 불에 타 버렸구나. 그다음은 곽재우 장군에게 듣거라."

곽재우 장군님께서 대사님께 공손하게 허리를 굽혀 절을 하신 후 말씀하셨다.

"내가 임진왜란 때 의병장으로 나가서 왜적들과 싸운 것을 아느냐?"

나는 곽재우 장군의 이야기를 역사 동화책에서 읽었다. 그래서 의병장으로 붉은 옷을 입고 귀신같은 칼솜씨와 용맹한 기상으로 왜군들과 대적해 치열한 전투를 벌여서 승리했다는 이야기를 읽었다고 얘기했더니 뭐 그런 걸 책에다 써 놓았느냐고 하시며 껄껄 웃으시는데 좋아하시는 것 같았다.

"그렇게 열심히 왜적과 싸우다가 늙고 병들어 고향에 돌아가 쉬고 있을 때, 선조임금님께서 한성부윤 벼슬을 주시며 다시 불러 주셨지. 그러나 관직 생활을 시작한지 한 달 만에 병이 심해서 관직을 그만두고 이곳 수리사로 왔느니라. 와서 보니 수리사는 모두 불에 타 잿더미만 남았더구나. 이곳 수리사는 신라시대에 창건한 유서 깊은 절이기도 하고 앞이 탁 트인 좋은 경치를 가지고 있어서 잿더미가 되어 있는 것을 그냥 둘 수가 없었어. 그래서 다시 절을 짓고 이곳에서 마음공부를 했느니라."

"장군!"

"예, 대사님."

"거, 왜 경허스님 얘기도 좀 해주시구려."

아이고, 큰일 났다. 오줌도 마렵고 빨리 친구들한테도 가야 하는데 이야기를 계속 들어야 하다니.

"그리고 기행으로 많은 일화를 남기시고 근대 우리나라 불교를 발전시킨 경허스님께서 약 200여 명의 대중과 함께 수도한 것으로도 유명하다. 또 금오스님께서는 금강산에서 깨달음을 얻은 후 전국을 다니며 유랑 생활을 하던 중 오셔서 수도한 곳이 또 이곳 수리사니라. 그런데 말이다."

'또 무슨 말씀을 하시려고…….'

"한국전쟁 때 절이 불에 타 없어지는 안타까운 일이 또 일어나고 말았구나."

"김민석, 너 여기서 뭘 하고 있어?"

"아… 아무 짓도, 안하고 있습니다. 장군님."

깔깔 거리는 소리에 놀라 돌아보니 아이들이 문밖에서 나를 들여다보고 손가락질을 하며 웃고 있었다. 앗, 그리고 바로 내 눈앞에 있는 커다란 선생님 얼굴.

"민석아, 여기서 자고 있었던 거야? 점심 먹고 네가 안보여서 친구들이 여기저기 찾으러 다녔는데 산신각에서 자고 있을 줄은 정말 몰랐구나."

선생님께서는 어이가 없으신지 화를 내시지도 못하셨다.

"자, 이제 민석이를 찾았으니 수리사에 대해 알아보기로 하자."

"수리사는 신라 진흥왕 때 창건된 사찰로 ……."

"선생님, 저 알아요. 운산대사님이 이곳에서 수도하시다가 부처님을 뵙고 나서 견불산 수리사라고 했다는 거요."

선생님께서 깜짝 놀라시며 말씀하셨다.

"이야! 민석이 너 수리사에 대해 공부 많이 했는 걸."

아이들도 놀라는 얼굴이었다.

"공부를 한건 아니구요. 운산대사님께서 직접 말씀해 주셨어요."

선생님과 아이들이 미친 거 아냐 하는 표정으로 나를 쳐다봤다. 에이, 모르겠다. 그냥 다 말해 버리자.

"임진왜란 때 불타 없어진 절을 곽재우 장군님께서 다시 세우셨어요. 그리고 한국전쟁 때 다시 불에 타서 절터만 남았고요. 이건 곽재우 장군님께서 말씀해 주신 것이에요."

내말이 끝나자 손가락을 머리에 대고 빙빙 돌리는 아이도 있었다. 난감해하는 선생님의 표정을 보니 더 이상 얘기해도 통하지 않을 것 같아 입을 다물어버렸다.

수리사 대웅전 뒤쪽으로 조금 올라가면 작은 집이 하나 있다. 이곳이 산신각이라는 곳이다. 유치원 다니면서 처음 수리사에 와 봤을 때였다. 산신각 문이 활짝 열려 있어서 호기심에 들여다봤다. 호랑이와 이상한 할아버지가 앉아 있었는데 그림이라는 생각을 못하고 무서워서 크게 운 적이 있었다. 수리사에 올 때마다 엄마가 그 얘기를 해 주셔서 그런 것인지, 그 기억이 지금까지 확실히 난다. 그 후로 수리사에 올 때마다 산신각에 들러 큰 소나무 밑에 앉아계신 산신할아버지랑, 그 옆에 입을 크게 벌리고 있는 호랑이, 그리고 뒤에 서 있는 동자 두 명을 보러 산신각에 꼭 들렀다 간다.

오늘도 점심을 먹고 바로 산신각으로 뛰어 올라가서 문을 활짝 열었는데 그림 속에 있지만 그동안 친해져서 그런지 호랑이와 할아버지가 들어오라고 하는 것 같았다. 그래서 들어갔는데 그만 잠이 들었었나보다. 어쨌든 기분 좋다. 운산대사님이랑, 곽재우 장군님을 만나서 수리사의 유래에 대한 얘기까지 들었으니.

"자, 이제 부모은중경 탑을 보러가자."

진구 녀석이 코딱지 판 손가락을 내 눈앞에 대고 빙글빙글 돌린다. 인상을 쓰며 녀석을 노려봤더니 코딱지 묻은 손가락을 자기 바지에 닦았다.

'더러운 자식'

"여기 쓰여 있는 내용은 너희들도 읽을 수 있게 한글로 부모님의 은혜가 크다는 것을 열 가지로 적어 놓은 것이다. 지금부터 각자 소리를 내어 첫째부터 열 번째까지 각각 첫줄만 읽고 다 읽은 사람은 내 뒤를 따라오너라."

'첫째, 아이를배어서지키고보호해주신은여러겁인연이중하여금생에다시와

서어미태에의탁했도다.'

떠어쓰기가 되어 있지 않아 무슨 소린지 잘 모르겠지만 큰 소리로 첫 번째 줄만 재빨리 읽고 선생님 뒤를 따라 요사채 뒤편의 오솔길을 올라갔다.

"여기에 널려 있는 이 기와 조각들이 육이오 때 폭격 맞아 파손된 기와조각들이다."

"선생님, 그럼 누가 이 절을 폭격한 것이에요?"

평소에 별로 말이 없는 수남이가 질문을 했다.

"1951년 1·4후퇴로 한강유역을 빼앗긴 UN군이 다시 한강유역 확보를 위해 전투를 벌였다는구나. 3일 동안 UN군에 의한 포 공격과 폭격으로 수리산은 나무 한 그루 없을 정도로 황폐하게 되었는데, 그때 수리사도 함께 잿더미가 되었다는구나."

"한국전쟁 때 폭격 맞아서 건물이 다 없어졌으면 지금 수리사는 언제 지은건가요?"

뜻밖에도 진구가 진지한 얼굴로 물었다.

"1955년 이후에 꾸준히 복원돼 오늘에 이르고 있다. 1962년 대웅전이 재건됐고, 1980년 석등이 세워졌다는 정도는 기록으로도 남아 있다고 한다."

선생님 설명이 길어지자 지겨워진 아이들이 하품을 하기도 하고 친구들과 장난을 치기도 했다. 이럴 땐 내가 앞장서야 한다.

"선생님, 이제 그만 하고 놀아요."

"이제 더 설명할 것도 없으니 그러자. 얘들아, 수리사에 온 기념사진을 저 아래 계단에서 찍고 자연학교 차를 타러 내려가자."

"마지막으로 선생님이 퀴즈 하나를 낼 거야. 이것을 맞춘 친구에게는 책을 사 볼 수 있는 문화상품권을 상품으로 줄 거다. 잘 듣고 알면 얼른 손을 들면 된다."

"옛, 써!"

조금 전까지 비실대던 아이들의 대답소리가 꼭 자기가 맞추기나 할 것처럼 우렁찼다.

"우리 군포시에는 빼어난 경치를 자랑하는 군포8경이라는 경치가 있다. 오늘 우리가 공부한 수리사는 군포8경중 제 몇 경에 해당될까?"

아이들이 조용하다. 그때였다.

"군포 제2경입니다."

아! 수남이, 이 녀석은 평소에는 말없이 조용하게 있다가 이런 순간에 짠하고 나타나는 좀 이상하고 멋진 녀석이다.

올라 올 때는 수리사까지 걸어서 올라 왔지만 집으로 돌아 갈 때는 자연학교 차가 수리사 주차장까지 왔다. 타고 보니 내 앞에 진구가 앉아 있었다. 그동안 맞은 내 뒤통수의 복수를 한꺼번에 해줄 절호의 챤스다.

하나, 두울, 주먹으로 힘껏 진구의 뒤통수를 갈겼다. 그런데…… 그런데 말이다. 진구는 정말 운이 좋은 녀석이다.

푸른 터널 속으로 가는 마을버스

이학영 시인

나는 산자락에서 태어났다고 들었다. 어릴 적 어머니는 늘 말씀하셨다.

"아야, 너는 저 건너 너랭이 움막에서 낳았다. 솔가지로 둘러친 움막에서 널 낳던 날. 그날 얼마나 냉갈이 많이 피었던지 몰라. 담날 네 외중조할아버지가 소식을 듣고는 어디서 미역 한 가닥을 구해 오셨더라."

내가 어릴 때 자랐던 마을 건너편 산 중턱을 가리키며 어머니는 그렇게 말씀하셨다. 6.25 전쟁 통에 태어난 나는 피난살이 산 속 움막에서 태어난 것이었다. 빨치산이 내려온다고 마을을 온통 불 질러버려서 피난 갔다가 산중턱에서 나를 낳은 셈이었다.

그래서 그랬던가, 나는 늘 높은 산줄기들을 바라보며 거기 내 탯자리가 있다고 생각하며 살았다. 어릴 적 내가 살던 마을도 하늘을 가리려고 일부러 병풍을 두른 듯한 산골짜기 좁은 분지 안에 있었다. 겨울이 올라치면 무성한 나뭇잎들이 모두 떨어지고 멀리 산능성으로 검은 나무줄기들이 쓸쓸하게 서있는 모습을 보면서 자랐다. 그리고 고향을 떠나온 지 수십 년. 도시를 떠돌며 살아가면서도 늘, 언젠가 나는 산 아래로 돌아가리라 꿈꾸었다. 내가 내 한 인생을 정리할 때쯤 숲이 우거진 산자락으로 돌아가 살리라 꿈꾸었다. 그리고 숲 속, 나무들보다

처마가 더 높지 않은 작은 집에서 살다가 조용히 사라지고 싶었다. 바위틈으로 사라지는 다람쥐처럼, 산새들처럼 조용히, 아주 조용히.

그래서인지 도시로 나와 살면서도 늘 산으로 돌아갈 날을 꿈꾸었다. 숲이 기다리는 산으로. 도시의 번잡함이 싫고 가릴 곳 없이 툭툭 터진 넓은 길이 낯설었다. 사람을 아랑곳하지 않고 내달리는 차량들이 없는, 조금은 적적한 곳이 늘 그리웠다.

그러다 도시생활 늦으막에 난 내가 찾던 그런 곳에 정착하게 되었다. 수리산 자락 아래 깃들게 되었다. 예전에 어머니가 거동할 수 없어 안산 큰 누님댁에 머물고 계실 때 가끔 군포를 지나치면서 수도권에서는 흔하지 않는 풍경을 보았다. 도시 한 가운데 산이 있고 논밭이 있는 곳, 주말이면 밭에 나와 채소를 키우는 사람들이 신선했다. 그때는 그런 곳에 내가 살게 될 줄을 미처 생각하지 못했다.

그동안 좌우 둘러볼 여유 없이 살아왔다. 그저 식구들과 편안하게 몸 누일 집을 얻을 수만 있다면 행복으로 알고 살아왔다. 좋은 집 나쁜 집을 가릴 여유가 없었다. 그러다가 군포에 와서 다행히 수리산 자락 아래 둥지를 틀 수 있게 되었다. 도시로 나와서 몇십 년 만에 처음으로 산 아래 살게 된 것이다. 바로 문만 열면 창문 밖에 산자락이 보인다. 마음만 먹으면 저녁을 먹고 바로 뒷문으로 나가면 산이다. 거실에 앉아 있으면 숲이 병풍처럼 바로 보인다. 열두 폭 병풍을 몇 개 연이어서 펼쳐놓은 것 같다.

봄에는 새부리 닮은 연둣빛 잎사귀들이 피어나 가득 봄을 알려준다. 여름이면 무성한 잎사귀들이 심산유곡에라도 온 듯 온 시야를 뒤덮어 준다. 가을이 오면 노랗고 붉은 깃털을 달고 산이 날아오를 것이다. 겨울이면 하얀 보자기를 쓰고 마실 나가는 아이들처럼 한철을 설레게 해줄 것이다.

"여보, 절간 같지 않아?"

"그러네, 우리가 무슨 복을 지어서 이런 동네에 살게 되었을까?"

어쩌다 주말이면 아내와 둘이 해질녘 숲을 바라보면서 나눈 말이다. 새들이 숲으로 날아 들어오는 시간이면, 곧 해가 넘어갈 시간이 되었음을 알게 된다. 녀석들은 이 도시 어디서 하루를 지내다 오는지 커다란 참나무 위로 날아들며 온 동네를 소란스럽게 되짚어 놓는다. 이윽고 밤이 되면 둥실 산 능선 위로 달이 떠오른다. 도시가 아니고 절간이다. 이런 적막함이 좋다. 아이들이 커서 떠나간 뒤, 이제 아내와 나는 오로지 그런 숲의 변화와 적막함을 바라보며 하루를 마감한다.

돌아갈 고향이 바로 이곳이다. 산자락 아래, 숲이 있고, 해가 지면 새가 지저귀며 깃들일 곳을 찾아 날아드는 곳. 나이 들면 돌아가리라 꿈꾸었던 곳이 먼 곳이 아니고 바로 이곳이다. 여기서 우리는 새로운 삶을 시작하고 있다. 삶과 쉼이 공존하는 공간, 일상과 돌아감이 분리되지 않은 곳.

이젠 커서 나가 살게 된 아이들도 주말이면 찾아온다. 절간처럼 조용한 이곳이 좋아 도시의 번잡함과 경쟁에 지친 마음을 쉬고 돌아간다. 아내는 아이가 올 때쯤이면, 산본역 부근에서 기다리다가 아이와 함께 젊음이 가득한 광장을 바라보며 밥을 먹거나 커피를 마시다가 아파트 사잇길로 손잡고 걷는다. 아파트와 숲이 낯선 존재가 아니라 오래된 이웃처럼 잘 어우러진 숲길을 걸어 돌아온다.

"어때? 예쁘지? 이런 길, 난 유럽에서도 보지 못했어. 가로수가 하늘을 가려 푸른 터널 속으로 마을버스가 지나가는 그런 예쁜 길을 말야."

딸에게만 해주고 싶은 이야기가 아니다. 누구한테건 말한다. 우리 동네가 아마 수도권에서 가장 아름다울 걸? 아파트 안에 숲과 산이 있는 동네 봤어? 문만 열면 바로 산이 보이는 동네 봤어? 문 열고 나가면 바로 산길로 올라갈 수 있는 그런 동네 봤어? 거기 약수가 나와. 아침이면 운동 나왔다가 약수를 마실 수 있는 그런 동네야. 어디냐고? 수리산이라고 들어봤어? 수락산이냐고? 아니야. 수리산이야. 다음에 한적하게 숲길을 걷고 싶으면 찾아와. 수리산역이라고 있으니 검색해봐. 산책하듯 한나절 행복하게 걸을 수 있을 테니까.

오래 기다리며 살아왔다. 나는 언젠가 돌아가리라고. 내 일이 끝나면 돌아가리라고. 숲으로 돌아가리라고, 산으로 돌아가리라고. 그러나 이제 나는 돌아갈 시간을 기다릴 필요가 없게 되었다. 오늘 살고 있는 바로 이곳이 바로 그 기다림의 공간이 되었으니까. 일과 쉼이 함께 공존하는 공간, 바로 수리산 자락으로 둘러 쌓인 아름다운 군포에 살게 되었으니까. 숲을 사랑하고 생명을 사랑하는 사람들이 아름답게 도시를 만들어가는 이곳에 살게 되었으니까. 이제 주말이면 아이들이 돌아오고, 해가지면 아내가 지저귀며 날아드는 새들을 바라보며 기다려주는 수리산, 그 자락 아래 순하고 착하게 살아가는 사람들이 오순도순 살아가는 그런 마을에 깃들게 되었으니까. 이곳에서 있는 듯, 없는 듯, 아내와 함께 이웃과 함께 아름답게 살고 싶다.

독서하는 소녀

임병용 수필가

    가을은 독서의 계절이라고는 하나 요즘 책 읽기에 좋은 계절이 따로 있는 것 같지 않다. 생활환경 자체가 계절을 가리지 않고 책읽기에 편리하게 바뀌었고 책도 사시절 쏟아져 나온다. 요즘 인터넷과 영상 매체의 발달로 책을 읽는 인구가 줄어들었다고는 하나 그래도 책을 손에 쥐는 일은 영혼을 풍성하게 하고 삶을 기름지게 하는 가장 빠르고 확실한 길이다.

    독서 삼매경에 빠져든 이의 모습은 그래서 여전히 아름답고 매력적인 풍경으로 우리에게 다가온다. 햇살이 화사하게 비치고 있다. 그 빛은 맞으며 아리따운 여인이 책을 읽고 있다. 금발머리가 환하게 빛나고 그림자가 드리운 얼굴도 책에 반사된 빛으로 환하다. 저렇게 밝은 빛으로 충만하니 읽는 책의 내용도 밝고 환할 게 분명하다.

    따지고 보면 책을 읽는 일은 빛을 찾고 만나는 일이다. 어떻게 사는 것이 바람직한 삶인지, 인생의 지정한 목표가 무엇인지 우리는 책을 읽으며 하나하나 알아간다. 마치 어두운 밤바다에서 등대가 뱃길을 일러주듯 책은 우리가 갈 길을 환히 비춰준다. 그렇게 책으로 스며든 마음을 인상파 화가 르누아르는 빛의 잔치로 아름답게 표현했다.

'독서'라는 그림에서 르누아르가 그린 것은 단순히 우아한 여성의 모습이 아니라 진리와 지식을 추구하는 인간의 영원한 의지를 그린 것이다. 인간은 이런 불굴의 의지로 삶을 개선하고 풍요로운 환경을 만들어왔다.

그림의 모델이 된 여인이 이름은 마고다이다. 적갈색의 고수머리와 생기, 눈썹, 불타 오를듯한 눈, 다소 넓은 코, 포동포동한 뺨, 두툼한 입술을 지녔었다고 하는데, 완벽한 미인형은 아니지만 정감이 넘치는 용모를 지닌, 매우 매력적인 여성이다. 가끔 르누아르를 위해 모델을 섰던 이 여인은, 어느 날 르누아르의 아틀리에서 독서삼매경에 빠져들었다.

창가에 기댄 그녀에게 그날따라 무척이나 화사한 빛이 쏟아졌고 그 매력에 빠진 화가는 이렇게 멋진 그림으로 그 순간을 포착했다. 찰나의 표정이 영원의 이미지로 이어진 모습이라고나 할까. 하늘의 빛과 여인의 아름다움, 독서의 즐거움이 어우러져 탄생한 인상파 최고의 걸작 가운데 하나이다.

이 그림 못지않게 유명한 독서 주제의 그림이 또 하나 있다. 언제보아도 아름다운 그림, 장 오노레 프라고나르의 '독서하는 소녀'다. 소녀가 다소곳이 앉아 책을 읽고 있다. 알맞게 오똑한 코와 앙증맞은 곡선의 얼굴은 막 피어나려는 어여쁜 꽃송이 같다. 부풀어 오른 소녀의 가슴과 이를 꽉 조이듯 감싼 그녀의 옷은 팽팽한 긴장감을 자아낸다. 이제 소녀가 더 이상 어린 아이가 아님을 드러낸다.

그런 그녀의 손에 들려 있는 작은 책, 그 책은 결코 딱딱하거나 어려운 내용을 담은 것일 수 없다. 사랑의 시편이나 가을의 추억 같은, 이제 막 사춘기에 접어든 소녀에게 꿈을 심어주는 그런 책일 것이다. 그 책을 쥐고 있는 소녀의 오른손을 보자, 어쩌면 손가락 하나하나 저리도 싱그러울 수 있을까? 그 아름다운 곡선들은 곤충의 예민한 더듬이처럼 책 속의 사랑과 희망을 모두 감지하고 이를 그림에서 흡수하고 있다. 그런 소녀 위로 떨어지는 환한 빛은, 이제 막 피어난 꽃봉오리를 축복하는 신의 자애로운 미소처럼 보인다. 이 그림에서 로코코 화가 프라고나르의 천부적인 재능은 무엇보다 빠른 필치에서 그 진면을 드러낸다.

프랑스의 국영 TV방송사 에프되의 유명한 방송프로그램인 '아포스트로프'인 우리말로 생략부호의 진행자인 베르나르 피보는 문학중심의 좌담을 25년간 진행한 명방송인이다. 그 동안 6,000여 명의 패널과 더불어 피보는 시청자들로 하여금 토의 주제로 떠오른 책을 읽지 않을 수 없게 만들 정도로 매력 있게 호소한 것이다.

책 읽는 군포가 되려면 모든 군포시민이 책을 가까이 할 수 있는 저변 확대가 필요하다. 동네별 좌담식의 담론을 통해 깊이 있는 독서가 되어야 한다고 생각한다. 형식적인 이벤트성의 축제보다는 시민이 피부로 느낄 수 있는 대안이 수립되어야 한다.

군포문인협회는 그동안 군포시민 및 전국 백일장 행사를 통해 시민이 책을 가까이 하는데 일조를 했다고 할 수 있다. 피보는 채널을 떠난 후에도 인터넷 방송으로 책과 프랑스어에 대한 사랑을 이야기하고 있다. 피보의 은퇴 이후 텔레비전 책 좌담 프로그램으로는 '커다란 책방' 등이 있다. 프랑스 문학의 전면에 책에 대한 사랑이 있고 그것이 출판 및 언론 매체로 뒷받침되고 있는 정말 프랑스적인 현상에 주목해 보는 것도 책 읽는 군포시로써 한번 생각해 볼 문제라고 본다.

수리산 아래 행복

임현숙 시인

'책, 철쭉의 도시' 군포는 내게 있어 제2의 고향이다.

남편의 직장 따라 연고 없는 이곳에 둥지를 튼 건 약 17년 전, 당시로선 모든 게 낯설고 외로웠지만 집과 가까운 수리산이 먼저 내게 손을 내밀어 줬다.

현관문을 열고나서면 육아 문제로 힘든 내게 늘 따뜻한 미소로 위안을 주는 수리산, 때론 친정 엄마처럼 온화하게, 인내심이 부족한 어느 날엔 학창시절 스승처럼 무언의 채찍으로 훈계하는 내 인생의 지침서 같은 고마운 산이 수리산이다.

사실 난 산에 오르는 걸 싫어하는 사람들 중 하나였다. 큰아들이 초등학교에 입학하기 전까진 그랬었다. 계절에 관계없이 땀 흥건히 젖은 모습으로 산을 내려오는 사람들을 볼 때면 굳이 힘든 일을 왜 사서 할까 하고 의아해 했으니 말이다. 그러나 태어날 때부터 잦은 병치레로 몸이 허약해진 아들을 등산으로 단련시키기 위해선 두 팔을 걷어 부쳐야만했다.

처음엔 욕심내지 않고 산 중턱까지 오르리라 계획을 세웠다. 그리고 수업이 끝나기가 무섭게 아들과 함께 산행 길에 올랐다. 하지만 약골인 아들을 목적지까지 데리고 가는 건 쉬운 일이 아니었다. 한 발 한 발 오르는 게 고행길이었다.

산 곳곳에 피어있는 진달래꽃을 감상할 여유도 없었다. 녀석이 힘들다고 떼쓰고 자리에 주저앉아 울 때마다 달래느라 진이 빠지기 일쑤였다. 가끔 등산객들이 힐끗 쳐다보며 싫다는 아이를 왜 데려와서 시끄럽게 하는지 모르겠다는 따가운 시선을 던지며 지나갔다.

그러나 등산을 시작한 지 1년 쯤 지나자 아들은 몰라보게 달라져 있었다. 징징거리던 버릇도 차츰 줄고 학교 수업이 끝나면 당연히 산에 가는 걸로 인식하고 스스럼없이 내 손을 잡아당겼다. 여리여리한 몸은 큰 변화가 없었지만 산의 정기를 받아서였는지 눈빛에선 강한 의지 같은 게 반짝이고 있었다.

그렇게 아들과 함께 몇 년 동안 산에 오르다 보니 나중엔 내 취향도 바뀌어 있었다. 언제부턴가 숲이 내 생활 깊숙이 들어와 호흡하고 있었고 계절의 변화에 따라 각기 다른 매력으로 다가와 속 깊은 친구가 돼 있었던 것이다. 사소한 일에도 쉽게 상처받는 소심한 성격의 나, 이런 나를 언제나 반갑게 맞이해주는 수리산이 곁에 있어 얼마나 다행인지 모른다.

집 근처에 이런 산이 있다는 건 정말 큰 혜택이고 축복이다. 비록 손으로 꼽을 만한 명산은 아니지만 가족끼리 친구, 연인끼리 부담 없이 오를 수 있는 낮고 편한 산. 누군가 자연이 준 선물 중 으뜸이 무엇이냐고 묻는다면 나는 주저 않고 산이라 말할 것이다. 사람과 사람의 관계에서 오는 말 못할 고민과 상처를 어떤 대가도 없이 치유해 주는 고마운 존재. 무엇보다도 산은 공평해서 좋다. 외모지상주의, 물질만능주의 시대에 사는 우리들을 차별하지 않아서 더더욱 좋다. 외모에 자신이 없는 사람들이나 궁핍하게 사는 사람들에게도 두 팔 벌려 환영해주고 산을 찾는 모든 이에게 맑고 상쾌한 공기를 선사하는 공의로움이란……

산에 대해서 부정적이었던 내가 이처럼 산 예찬론자가 된 건 순전히 우리 큰아들 덕분이다. 말보다 행동이 앞서야 한다고 아들에게 입버릇처럼 말했었지만 정작 나는 한 발짝 뒤로 물러서 있었다. 그저 입으로만 가르치려 들었었다.

하지만 아들과 함께 산을 다니며 땀 흘리고 정상에 오르다 보니 예전의 생각은 편견이었음을 깨닫게 되었다.

살다보면 생기게 되는 여러 고난과 시련들, 그리고 답이 보이지 않는 암담한 상황에 부딪혔을 때, 나도 모르게 찾게 되는 내 어머니 같은 산, 산처럼 묵묵히 기다리다 보면 끝나지 않을 것 같았던 어려운 일들이 언제 그랬냐는 듯 저만치 지나가 희미해진다.

어쩌면 우리네 인생과 많이 닮아있는 산행을 가르쳐 준 수리산, 그 수리산 자락에서 제 할 일 열심히 하며 철쭉처럼 밝은 얼굴로 살아가는 군포 사람들, 나 또한 그 사람들 속에서 삶의 기쁨을 찾고 자족하는 생활이 진정 행복한 삶이 아닐까 생각해 본다.

꼭 경제적으로 부유하고 사회적으로 높은 위치에 있어야만 행복한 건 아닐 것이다. 수리산 아래서 느끼는 소박한 행복. 단언컨대, 행복은 그리 멀지 않은 곳에 있다.

숲에서 만난 까치

조병무 시인, 평론가

　아침잠에서 깨었을 때, 침실에 누운 채, 창문을 여는 버릇이 산본으로 이사 오면서부터인가 생겼다. 누운 그대로 창밖으로부터 밀려오는 숲의 울창한 모습이 있고 나를 반겨 주는 까치를 찾기 때문이다.

　멀리 능선이 파란 하늘과 입맞춤하면서 그 아래로 밀려 와 나의 창문 앞에 서성이는 키 큰 나무들의 숲은 설악이나 지리산에 뒤지지 않는다.

　오늘은 까치 부부가 창 아래 나뭇가지 위에 앉아 서로 주거니 받거니 무어라고 지절대고 있다. 푸르르 나는가 하면 다시 돌아와 앉아 두리번거리면서 누군가를 찾는 것 같다. 얼굴을 마주 대면서 속사포처럼 지절대더니 한 마리가 파르르 날아오르자 또 한 마리가 저 쪽 나무 가지로 자리를 옮겨 앉는다.

　까치 부부의 일상을 수시로 대하다 보면 그들의 일상도 사람과 같다는 것이다. 가끔은 무리를 지어 날아 와서는 와자지껄 떠들면서 날개를 서로 부딪치며 입으로 쪼면서 올랐다 내렸다 싸우는지 놀고 있는지 난장판을 벌리다 언제 그랬다는 듯이 아침잠을 깨우고 사라져 버린다.

　언젠가는 베란다 창틀에 까치가 와서는 창문 안을 들여다보는 듯 무언가를 열심히 말하고는 몇 발자국 뚜벅뚜벅 걸어 나가더니 후르르 날아가 버린다. 마치 누군가를 살피러 온 외인같이 거리낌 없이 왔다가는 무례하게 인사도 없이 사라진다.

베란다에 앉아 창밖으로 보이는 숲 속으로 눈을 돌리다가 저 깊은 숲 속에 무엇이 있을까. 저 깊은 숲을 이룬 나무들은 무엇을 생각할까. 하다가 언 듯 숲 틈 사이로 보이는 까치의 근엄한 자태를 발견하고는 또 다시 감탄을 한다. 가끔 산길을 걸으면 처음 만나는 까치의 몸맵시에 반해 버린다. 양 날개가 몸통에서 뒤쪽으로 감싸면서 차츰 날렵하게 자르르 흘러내리는 멋진 예복을 입은 품위가 한결 고상하다. 까치의 머리와 꼬리는 검고 윤이 나서 그 윤기가 방향에 따라 변하는 듯하다가는 멈추고는 한다. 어깨와 배는 희어서, 머리꼬리와 함께 어깨와 배의 색 조화를 잘 배합시킨 멋진 새로구나.

어느 날이었을까. 습관처럼 매일 아침이면 집 앞의 숲이 울창한 산을 찾는다. 키 큰 나무 위에서 까치 두 마리가 몇 그루의 나무를 번갈아 위로 아래로 휘젓는 듯 큰 소리로 까우욱 꽉, 소리를 냅다 지르며 온 나무를 소란으로 빠뜨린다. 무슨 일일까 하고 위로 쳐다보았을 때, 아, 그 곳에는 한 마리의 다람쥐가 요리 조리 옮겨 다니면서 곡예하듯 피해 다닌다. 까치는 다람쥐의 접근을 막으려는 것인지, 아니면 다람쥐를 먹이로 생각하는 건지, 까치 영역에 쳐들어 온 불청객을 쫓아내려는 건지, 그들의 기싸움이 한참 진행되었다. 어쩌면 인간 세상과 같구나.

어느 틈에 다람쥐의 자취는 사라지고 까치 두 마리는 언제 그랬느냐는 듯 평온하게 나뭇가지에 앉아 두리번거릴 뿐이다. 숲은 조용해졌고 나는 그저 무심한 듯 까치를 뒤로하고 숲 속으로 걷기 시작했다.

기름기 흐르는

긴 예복 입고 껑충 껑충

거니는 산 까치를 만나면

추억 어린 친구 찾은 듯

손이라도 흔들어 주어라.

까치는 그래서 아침 산행의 길동무다. 숲에서 만나는 모든 것. '흐르는 물소리
들리면 열어 보아라 아픈 마음을 녹아내리는 소리 들리리니 숲의 향기를 마시
거라. 그러면 숲은 말하리라 떠돌지 말고 찾아오라 숲으로 오라고.' 그래서 나는
숲을 좋아하고, 그 숲 속의 친구 까치를 좋아하는지 모른다.

내 인생의 터닝 포인트

차소담 시인

　나에게 군포란 내 인생의 터닝 포인트가 된 곳이라고 할 수 있겠다. 주거는 단독주택에서만 살아야 한다고 고집하던 내게 산본 신도시가 형성되면서 아파트에 살 기회가 주어졌다.

　단독 주택에만 살던 내게 아파트란 새로운 생각과 행동을 하도록 만들어 줬다. 운전은 무서워서 할 생각도 못하던 내게 면허증을 따게 만들어 주고, 문화센터에 다니며 이런 저런 취미 활동을 하도록 만들어 주기도 했다. 그러다가 여성회관의 교육프로그램 중에 문예창작반이 있다는 것을 알게 되었다. 학창 시절 문학소녀였던 기억이 되살아났다. 살면서 제일 좋아하는 취미가 독서였던 만큼 설레는 마음으로 문예창작반 문을 두드린 게 오늘의 나를 만들었다. 일을 해야 했기에 바쁜 나날이었지만 아무리 바빠도 문학수업에는 지각 한 번 하지 않고 열심히 공부했다. 읽고 쓰고 합평하며 문학에 대한 열정을 키워 갔다. 때로는 신랄한 평가에 상처를 받기도 했지만 그래도 재미있기만 했다. 서당 개 삼년이면 풍월을 읊는다고 했든가. 선생님께 인정도 받고 동인들의 부러움도 받으며 동인지도 같이 내고 단독 시집도 출간할 수 있었다.

　한때 나는 사람한테 상처를 받고 군포를 떠난 적도 있었다. 사람한테 받은 상처는 사람한테 의지하고 풀어야 한다지만 나는 사람이 싫었다. 그래서 자연의

품에 안겼다. 바다와 산이 가까이 있는 곳 황청포구 한켠에 둥지를 틀고 산을 벗삼고, 바다를 벗 삼고, 창밖의 바다를 하염없이 바라보며 마음을 다스리곤 했다. 행복했다. 그때 썼던 시 한 편을 싣는다.

햇살 맑은 날 은빛 반짝이는 바다를

바라보고 있노라면

나도 파도가 되어 한가로이 노닐게 됩니다

눈이 시리도록 바라보고 있어도

지루하지 않은 바다

호수 같은 바다를 바라보고 있노라면

내가 이 자리에 있음이 꿈처럼 느껴집니다

수평선 너머 붉은 태양은 쉴곳 찾아 떠나고

바다 건너 석모도에서는

아련한 그리움처럼 저녁연기 피어오르고 있습니다

고향이 좋은 것은 추억할 수 있는 잔고가 많이

쌓여 있기 때문이 아닐까요

세월 속에서 퇴색된 추억들을

오늘 황청 바다에 그리움으로 풀어 놓았습니다

― 「황청포구 1」 전문

심신이 안정되며 서서히 상처가 아물어 갔다. 새로운 사람들이 다가오고 왕골 방석, 꽃받침 등을 만드는 취미 생활을 하며 글쓰기에만 전념하니 행복했다. 모두들 나를 보면 행복해 보인다고, 편안해 보인다고 했다. 군중 속에서 외로울 땐 힘이 들었는데 시골에서는 외로움도 즐길 줄 알게 되었다. 글 쓰고 약초 공부하고 야생초 차도 만들어 찾아오는 지인들에게 선물하고, 텃밭 가꾸어 채소들을 지인들과 나눌 수 있으니 더 바랄게 없을 것 같았다. 약초 공부를 하고 약초차를 만들면서도, 텃밭을 가꾸면서도 시만 생각났다. 그러니 행복하지 않을 수 있겠는가.

진달래 민들레 제비꽃 벚꽃을 훔쳤다

달콤한 사랑에 푹 빠진 진달래꽃 벚꽃

쪄고 말리는 동안 생의 열망들이 탈색 되는 건

잠깐이었다

도대체 바람들은 어디에 숨어 있는 걸까

내 산책을 훔쳐보던 그 낮은 기적들과

온 밤을 훔쳤을 상념들,

잔을 흔들어 밑바닥을 살펴도

찌꺼기조차 없다

봄날이란 이런 것일까

옛사랑을 가슴속에서만 우려내려 했던

내 오랜 과거도 이런 것이었을까

추억을 채취하기 위해 가슴속을 헤쳐보지만

그 어디에도 바람의 흔적들은 남아 있지 않다

— 「꽃을 우리다」 전문

어쩌다 친구들이 전화로 안부를 물으면 야생마처럼 뛰어 논다고 말했다. 인터넷 방송을 하는 친구의 권유로 가끔씩 리포터 노릇을 하기도 했다. 우연히 시작한 리포터 노릇은 제법 재미도 있고 보람도 있었다. 한번은 친구를 만나러 강화에 갔는데, 내가 리포터했던 방송을 봤다는 사람을 만났다.

그는 나를 보자 자기네 산양삼도 지금 꽃이 피어 예쁘니 방송 좀 해달라고 부탁을 했다. 원래는 사진작가인 친구에게 사진만 찍어 달라고 부탁하러 왔다가 나를 보자 생각이 바뀌어 방송을 하기로 결정하였다.

방송을 하기로 한 날 주차장으로 가던 중에 과속으로 달리던 차에 부딪혀 붕 떴다가 떨어지는 큰 사고를 당했다. 이렇게 생사의 갈림길에서 10개월간의 긴 고통 끝에 재활치료를 위해 나는 다시 군포로 돌아왔다. 남천병원 8층 재활치료실에 누워 창밖으로 수리산을 바라보며 다시는 저 산을 오를 수 없을 거란 생각에 눈물도 많이 삼켰다. 이를 악물고 재활치료를 받았다. 죽을 수 없으니 살아야 하고 살려면 제대로 살고 싶었다. 병원에 누워서도 일기를 쓰듯 글쓰기는 멈추지 않았다. 그 고통 속에서 시가 태어났다.

오늘 같은 날은 안녕하세요? 라고 물으면 안 됩니다

내 삶은 당분간 척추 근처에서 안부를 잃고 말았습니다

무릎 뒤쪽의 힘줄들이 일제히 일어나

피아노 건반 '운명'을 두드리고

오늘 같은 날은 정말이지 세상의 어떤 인사도

제 척추를 통과할 수 없습니다

밖의 햇살이 따뜻하다구요

벚꽃이 락 음악처럼 춤추고 있다구요

오늘 같은 날은 세상의 그 어떤 꽃소식도

내 등줄기로는 범접할 수 없다는 걸

내 척추는 잘 알고 있지요

오늘 같은 날은

정말이지 오늘 같은 날은,

—「항변」전문

재활과정을 거쳤지만 장애인의 처지가 되었다. 그러나 포장이 멀쩡하니 활동하는 데 지장은 없다. 다행히 사람에게 상처받고 떠났던 기억도 까맣게 잊고 다시 사람들 속에서 행복을 찾았다. 꾸준히 작품발표를 하고 문학활동을 하고 있다. 글쓰기가 밥을 먹여주진 못하지만 내 나름 천직이라고 생각하며 살고 있다. 아마 앞으로도 글로 밥을 먹을 수는 없겠지만 스스로 시인임을 인정하며 살아야겠다. 군포가 나를 그렇게 만들어줬다.

311호 도라지 꽃

차 화 자 수필가

남천병원 311호 6인실.

문 앞쪽 김순ㅇ 할머니, 중간 신미ㅇ 할머니, 창쪽으로 김덕ㅇ 할머니, 마주한 문 앞쪽 엄마, 중간은 비어 있어 내 잠자리로 이용할 수 있었다. 창 쪽에 있는 김수봉 할머니. 75세부터 92세! 나이와 관계없이 치매 증상이 다양했다. 장춘에서 왔다는 수봉 할머니 간병인이 TV리모컨을 장악하고 있다. 집에서 시청하지 않았던 연속극도 채널 돌아가는 대로 보아야 한다. 9시 뉴스가 듣고 싶어도 툭 꺼버린다. 수봉 할머니가 불도 끄라 하면 모두 커튼을 치고 조용히 한다. 입원한지 일 년 넘었단다. 간병인 살림도 수북이 쌓여있다. 어젯밤에는 밤새도록 작은 아들 찾으러 가야 한다며 자꾸 밖으로 나갔다.

"할머니 아들이 또 있어? 할아버지 모르게 어디에서 낳아 숨겨 놨어?"

"니가 뭐 아노? 있다 내 아들 참 자알 생겼느니라."

"알았어, 자고 내일 밝으면 찾으러 갑시다."

이제 좀 잠잠해지려나 하면

"아이다. 내 아들 찾으러 가야 헌다."

밤새도록 시끄럽게 하고 실랑이를 하고 잠을 설치게 하여도 아무도 말하는 환자도 보호자도 없다. 교통사고로 혼수상태로 2개월을 지내다가 뇌수술을 두 번 받고 의식은 찾았으나 과거 현재가 뒤바뀌기도 하고 금방 가르쳐 준 것도 잊는다. 엄마보고 칭찬도 한다.

"할매, 참 인상 좋소. 할매 며느리요? 며느리 잘~ 보았소."

"할머니, 우리 엄마 11남매유. 딸 여덟에 아들 셋, 제가 맏딸입니다."

하루에도 몇 번씩 며느리요? 며느리요? 한다. 그런 수봉 할머니가 아침에 일어나면 하얀손을 얌전히 합장하고 반야심경과 천수경을 줄줄 외우신다. 놀랍다. 사고 때 이가 다 빠져 위 앞니 서너 개 남은 것도 덜렁덜렁한다. 식사할 때는 간병인과 전쟁이다. 입안에 있던 밥을 간병인 얼굴에 뱉고 깔깔 웃는다. 반찬을 가위로 잘게 썰어 주었다. 아들이 왔다. 어제 밤에는 작은 아들 찾으러 가야 한다고 밤새도록 밖으로 나가려하고 시끄럽게 하였다고 간병인이 말을 하니. 미안합니다, 죄송합니다 허리를 구부려 인사를 한다.

"엄니 다른 할배하고 아들 낳아 놓았소, 그럼 찾아야지 나보다 잘 생겼소?"

정신이 돌아 왔는가, 덜렁거리는 이를 드러내며 피식 웃는다. 할머니의 작은 키에 가느다란 눈이며 좁은 이마하고 납작한 코를 보면, 할아버지 인품이며 인물이 좋았나보다 아들은 몸집도 좋고 키도 훤칠하고 참 잘 생긴 인물이다. 수봉 할머니는 기분이 좋을 때는 시트에 걸터앉아 다리를 흔들흔들하며 손뼉을 치고 노래를 한다. 옛 가요부터 요즘 유행하는 '사랑하기 딱 좋은 나인데'를 2절까지 음정 박자 정확하게 부른다. 할머니 잘하시네, 박수를 쳐주고 호응을 하여주면 어깨를 들썩이고 물을 마셔가며 동요까지 부른다.

문 앞쪽에 양양에서 왔다는 나이가 제일 적은 75세 김순○ 할머니가 가슴을 두드리고 쓸어내리며 며느리에게 연신 물을 달라며 마신다. 일하다 넘어져 골반을 다쳐 꼼짝을 못하고 누워있다 맞춤 보호대를 착용하고 겨우 일어설 수 있었다.

나이보다 많이 주름진 얼굴이다. 약을 먹을 때 자꾸 걸리는 것이 있는 것 같았단다. 무엇을 찾는지 더듬다가 엉겅퀴 같은 손을 입으로 가져간다.

"에미야 이빨이 없다."

옆에 걸어 만든 아랫니 한 개가 빠진 줄도 모르고 약을 먹을 때 넘긴 것 같단다. 엑스레이를 찍어보니 위속에 있단다. 아들과 딸이 와서 허허허 웃는다.

"아이고 엄니여 가지가지 하십니다."

'절대 금식' 큼직한 팻말을 줄로 꿰어 매달아 놓았다. 나는 할머니 발을 만져주며 농담을 한다.

"할머니 올챙이국수 보다 이빨이 더 맛이 있드래요?"

모두 웃었다. 내일 수술을 한단다. 나도 몇 날을 지내다 보니 병실 환자들과 익숙하여졌다.

창가에 있는 김덕ㅇ 할머니는 아주 작은 체구에 몸이 ㄷ자로 구부러졌다. 얌전하고 말씀도 나긋나긋하며 조용하다. 간병인도 주인을 닮아 가나보다. 옆에 들리지 않게 조근조근 아기 달래듯 달랜다. 화장실 갈 때 보면 코가 바닥에 닿는다. 충청도 말을 하기에 장난스레 물었다.

"할머니 워디서 왔슈?"

"충청도서 왔는디 워딘지 물러."

병실 모든 사람들이 크게 웃는다.

"할머니 제가 아드님 오면 물어 봐서 알려 드릴께유~."

매일 두 아들이 번갈아 다녀간다. 엄마가 17일 입원하여 있는 동안 며느리가 오는 것을 못 봤다. 아들만 셋인데 막내는 멀리 있어 올 수 없단다. 두 아들은 어머니 곁에서 밤샘을 하고 가기도 했다.

"막내는 원제 온다니? 얘."

"내일 온대유~."

할머니가 물어 볼 때마다 내일 내일이다. 잠깐 이상한 뜻 모를 헛소리도 한다.

엄마는 문 앞 김덕○ 할머니 간병인을 가리키며 저 사람은 누구냐? 짧은 쇼트 커트에 청바지, 빨간 티셔츠에 듬직한 체구가 엄마가 보기에는 남자인지 여자인지 분간이 어려웠나보다. 보통 대화로 말을 하면 잘 듣지 못하는 엄마 귀에 대고 며느리래요, 하니 며느리, 한다. 며느리란 그 말 뒤에 여운이 남는다.

장성이 고향이라는 건너편 가운데 신미○ 할머니. 엄마보다 8일 먼저 입원한 할머니다. 두 딸이 다녔다.

"나가 느그 집에 안 갔어야 허는디 워째 갔다냐."

"지가 죄인이랑깨 바닥에서 자라허야 혔는디 편히 자라구 옥메트에 자라헌 게 잘못이여."

분당에 살고 있는 큰 딸 집 옥매트에서 자다가 떨어져 골반 뼈를 다쳤단다.

"갱자(경자, 작은 딸) 오면 뭐시라 자꾸 하지 마시여. 갸도 이제 어른이랑깨."

"뭐시 느그들은 이 에미를 가르치러 든다냐, 애비는 느그들 키우느라 안혀 본 장시가 없는디."

머리를 언제 감겨 주었는지 갈래갈래 뭉쳐있다. 몸이 근지러운지 자꾸 긁는다.

"엄니 그리하지 마셔라. 자꾸 움직이면 안 된당깨요. 머리 갬겨 드려야 허는디 백내장 수술한지 얼마 안 되야 눈에 비눗물 들어가면 큰 일 낭깨 참으셔라."

"개러운디 워찌 참으라고만 한다냐."

팔을 북북 긁으며 짜증을 낸다. 식사를 절반도 못 드시는 어머니 앞에서 찰밥을 만들어 상추쌈을 가져온 동생과 푸짐하게 먹는다. 수복 할머니 간병인에게도 오이와 상추를 준다.

휴게실에서 동생의 얘기를 들을 수 있었다. 태어나던 해 아버지가 돌아가셨단다. 아버지 얼굴도 모른 채 '아버지 잡아먹은 년'이란 말을 듣고 자랐다. 언제쯤이 집을 나갈까만 생각하다가 14살 되던 해 서울로 가출을 하였단다. 다행이 좋은 사람을 만나게 되어 미용기술을 배워 미장원을 전전하다 지금 남편을 알게되어 결혼을 하고 압구정동에 미장원을 경영하다 경제적으로 여유도 있어 공기좋다는 말만 듣고 산본으로 이사를 오게 되었단다.

분당에 사는 언니는 가게를 하고 있어 동생집이 가까운 남천병원으로 오게 되었단다. 사연 없이 살아가는 사람들이 어디 있으랴만 어찌 어린 자식에게 그렇게 모진 말을 할 수 있었을까? 그들 세 모녀는 말투가 전투하는 것 같다. 딸이 없는 자리에서는 험담도 한다.

"저년들이 내 돈이 탐나서 저러제. 즈그년 들도 집 사주고 공부도 잘 가르쳐 좋은 서방 만나게 혀서 시집보냈으면 됐제 무얼 더 탐 헌다냐."

"그때가 좋았제 좋았제."

어느 때를 말함인지 모르겠으나 반복하여 말을 하였다. 셋째 동생이 왔다. 혼자 목욕시키기는 것이 힘에 겨워 보여 함께 샤워실로 갔다. 옷을 벗기니 92세 노인이 아니다. 통통하고 뽀얀 피부하며 뭉실뭉실한 젖가슴이 예쁘다.

플라스틱 목욕 의자에 앉히고 머리를 커트하였다. 깨끗이 씻어주고 받아온 환자복으로 갈아 입혔다. 발그레한 두 볼이 사랑스럽다. 8층 물리치료실로 갔다. 병실과 화장실 샤워실을 지나 맨 끝에 엘리베이터가 있다. 하루에 두 번 휠체어를 끌고 다닌다.

산소 호흡기를 꽂고 멀거니 천정만 바라보고 있는 사람들, 사물을 하나하나인지 주려고 사력을 다하며 반복하여 말하게 하고 휠체어를 힘겹게 밀고 다니는 할머니, 방향 감각이 없는지 옆으로만 걸으려는 남편을 팔을 끼고 오른 쪽으로!

이쪽으로! 하며 끌려가지 않으려 애쓰고 있는 아내 모습, 팔 다리를 흔드는 중풍환자 걷기 연습을 도와주는 재활치료사들, 물리치료실을 가려면 매일 보는 모습들이다. 한 쪽 머리가 깊게 함몰된 사람도 있다. 결혼 전쯤 되어 보이는 딸에게 어머니는 머리를 빗어주고 얼굴을 쓰다듬는다.

"우리 딸 잘 하네. 그래, 할 수 있어 할 수 있다구."

아무런 표정도 없고 반응도 없다. 한 곳만 응시한 눈동자만 느리게 껌벅거린다.

15일째.

"더 이상 치료할 것이 없습니다. 집에 가서 일하지 마시고 걷기 연습만 열심히 하면 됩니다."

시골 살림 정리하고 아들과 살 수 있는 방법을 찾아보자 하여도 어른들께서 물려주신 땅을 버리고 떠 날 수 없다고 지금까지 지켜온 것이다. 인생 무거운 삶을 짊어지고 어디쯤에서 내려놓아야 하고, 버리고 맺음지어야 할까?

처음부터 MRI을 찍어야 한다고 하였으면 그렇게 할 수밖에 없었을 것이다. 경과를 보아가며 하자던 선생님께도 감사하고, 17일 만에 퇴원하게 된 것도 감사하고, 함께한 병실 도라지 환자분들께도 감사한다.

도라지, 시골 밭 한 귀퉁이에 심었던 오래된 도라지 뿌리가 여러 갈래로 깊이 박혀 있어 뿌리가 잘리고 파내기가 쉽지 않았다. 311호 치매 환자들과 지내면서 문득, 도라지가 떠올랐다.

터줏대감이 되다

한명숙 시인

새소리에 저절로 잠을 깬다. 새들의 인사가 꿈속까지 따라와 늘 나를 설레게 한다. 현관문을 열면 정원처럼 펼쳐진 숲이 반긴다. 볼 때마다 새로운 얼굴로 인사하는 하늘. 내게 주어진 행복의 열쇠이다. 비가 오는 날은 빗소리를 들으며 사색에 젖는 여유도 나만이 누릴 수 있는 최고의 선물이다.

군포는 내게 제2의 고향이다. 신도시 산본에 둥지를 튼 지 올해로 22년이 되었다. 내 고향은 충북 청원군 오창면이다. 그 당시만 해도 신작로를 따라 걸으면 뽀얀 먼지가 폴폴 날리던 시골이었다. 결혼을 하면서 나는 서울시민이 되었다. 망우동에서 시부모님과 함께 살다가 아이가 생겨 분가를 하면서 안국동, 삼청동, 화곡동 등으로 여덟 번이나 이사를 다녔다. 공해와 매연에 노출된 주변 환경 때문인지 아이들은 잦은 병치레로 힘든 생활을 해야만 했다. 계절에 상관없이 늘 감기에 걸리고 생활비의 절반은 병원비로 지출해야했다. 큰아이가 다섯 살이 되던 해, 신도시 아파트 열풍에 아파트 당첨은 '하늘의 별 따기'이던 시절, 어렵게 신도시 산본에 아파트를 분양 받아서 군포시민이 되었다.

수리산을 배경으로 하루하루가 전원생활을 하는 것처럼 새롭고 즐거웠다. 일년 내내 감기를 앓던 아이들은 두어 달이 지나자, 거짓말처럼 감기 한번 걸리지 않았다. 언제나 마음만 먹으면 정원처럼 찾아갈 수 있는 수리산을 바라보며 사는 덕분에 가족들의 건강은 물론, 자연을 보고 즐기는 소중한 시간을 함께 누릴 수 있었다. 주말이면 아이들을 데리고 나들이를 다니는 즐거움은 생활의 활기를 더해주었다, 현관문을 열면 마주하게 되는 수리산자락은 무디어진 감성을 깨우는 촉매제 역할을 톡톡히 해주었다. 수리산은 남녀노소를 막론하고 산책을 하는 기분으로 오를 수 있는 산이다. 김밥을 싸고 음료수와 돗자리를 챙겨 아이들과 수리산 곳곳에 우리들의 흔적을 남기곤 했다.

그런 모습은 아이들에게도 정서적인 안정감을 느끼게 해주었다. 글쓰기는 물론 그림도 곧잘 그렸다. 수리산은 미처 알지 못했던 야생화가 많다. 무심코 지나치던 야생화의 아름다움에 눈을 뜨고 어느 곳에 무엇이 있는지도 알아가는 즐거움을 느끼게 되었다. 매번 다른 감동을 주는 사계절을 마음껏 감상할 수 있는 건 행운이다. 숲에서 들려오는 새소리, 바람소리를 듣고 있으면 마음이 잘 통하는 친구와 이야기를 나누는 것처럼 편안했다. 내 글의 고향은 그런 풍경에서 느끼는 자연의 순수함과 편안한 숨소리다. 계절마다 새로운 얼굴로 변화하는 자연은 같으면서도 다른 이야기를 들려준다. 그 모습을 지켜보는 여유와 충만함은 내게 또 다른 삶을 꿈꾸게 하였다.

군포시민이 되면서 연식정구선수 대표로 도민체전에 출전을 하게 되었다, 그일은 내 삶을 완전하게 바꾸어 놓았다. 육아와 집안 살림만 하던 평범한 전업주부가 세상 밖으로 발걸음을 떼는 계기가 된 것이다. 몇 년 동안 도민체전에 출전을 하면서 누구 엄마가 아닌 '한명숙'이란 이름으로 불리게 되었고, 가슴 속에 숨어있던 문학에 대한 꿈들이 꿈틀거리기 시작했다. 군포시 백일장을 비롯해서 전국백일장을 찾아다니며 공모전에 응모하면서 문학에 대한 관심과 애정은 점점 깊어갔다. 하나 둘 목표를 정해놓고 그것을 이루어 가는 과정에서 이전의 내 모습은 찾아볼 수가 없었다. 차근차근 백일장과 공모전에서 심사위원들에게 눈 도장을 찍으며 문학에 대한 가슴앓이가 시작되었다.

문학은 친구처럼 다가왔다. 힘든 일이 있어도 포기하지 않고 잘 이겨낼 수 있는 긍정의 에너지를 넘치게 하는 버팀목이 되어주었다. 그 길에서 문학을 끝까지 할 수 있도록 힘을 준 소중한 인연들을 만났다. 그들은 부족한 줄 알면서도 포기하지 않는 나를 응원하고 따뜻하게 손잡아 주었다. 그 덕분에 봄이면 뒷산을 무리지어 수놓는 산벚꽃 풍경에 사로잡혀 원고지 칸을 메우느라 가슴앓이를 하면서도 늘 뿌듯했다. 산을 오르는 계단 옆으로 여름날 장마철이면 작은 폭포를 이루며 힘차게 흘러내리는 물줄기에 빠져들기도 했다. 물소리에 몇날 며칠 밤잠을 설쳐도 아무나 누릴 수 없는 특별함에 동네방네 자랑을 했다. 한번쯤 다녀간 이들은 신기해하고 부러워했다. 더러는 이사 오고 싶다고, 시가 줄줄 나올 것 같다고도 했다. 그들의 말처럼 시가 줄줄 써지지는 않더라도 자주 시가 찾아와 설레게 했다. 근심걱정은 절반으로 줄어드는 것 같았다. 살다보면 본인의 의지와 상관없이 닥쳐오는 고통과 혼란에 우리는 무너지게 된다. 그러나 문학과 함께 하다 보니 그저 바보처럼 웃어넘기고, 물질적인 욕심도 평범하게 내려놓을 수 있게 되었다.

내가 태어나고 자란 고향에서 살아온 세월보다 군포시민으로 살아온 세월이 더 많다. 매사에 생각이 많고 두려워하던 성격인 내가, 좋아하는 일을 묵묵히 하고 있다는 사실에 스스로 대견하다는 생각이 든다. 사람은 어디에서 누구를 만나느냐에 따라 변화한다. 만약에 군포시민이 되지 않았다면 어땠을까? 가끔 그런 생각을 하곤 한다. 꿈을 발견하고 포기하지 않고 노력한 그간의 모습과 지금까지 함께하고 있다는 것은 행복이다. 꿈속에서조차 생각지 못했던 나만의 작품집도 서너 권이나 엮었다. 부족하지만 동화책 한권이 없었던 유년시절을 떠올리면 엄청난 결과가 아닐 수 없다.

가끔 지나온 시간을 돌아본다. 주어진 재능이나 주변여건이 그리 넉넉하지 못하더라도 열심히 달려온 것은 칭찬해주고 싶다. 잘 빚어놓은 작품은 아니지만 거짓 없이 보여주고 자리에 맞게 살아왔다. 눈만 뜨면 마주하는 새소리와 숲이 들려주는 자연의 소리를 듣고 있었기 때문이 아닐까 싶다. 내가 기쁘면 두 배의 기쁨을 느끼게 해주고 슬프면 할머니의 약손처럼 쓰다듬어주곤 하는, 설명할 수 없는 힘을 느끼게 해주는 숲을 보면서 저절로 치유되는 생활을 하고 있음이 아닐까 싶다.

그동안 이사를 할 기회가 몇 번이나 있었다. 하지만 이곳을 떠나면 모든 일들이 멈춰버릴 것만 같았다. 그때마다 이런저런 핑계를 대면서 가족들의 계획을 모른 척 하고 눌러앉았다. 가까운 이웃들이 하나 둘 이사를 가고, 경제적으로 넉넉해지는 모습을 보면 아차 싶다가도 20여년을 떠나지 못하고 있다는 것을 후회하지는 않는다. 가끔 가족들에게 미안한 마음도 들지만 경제적인 가치보다는 정신적으로 많은 것을 채우며 살았다는 자부심으로 당당하게 말하곤 한다. '나는 산본 체질인가 봐.' 가끔 농담처럼 말했지만 이젠 농담이 아닌 진담이 되어 버렸다.

군포를 스토리텔링하다

시집 '수리산 연작시'에 관하여

김동호 시인

1

수리산은 높은 산이 아닙니다. 해발 500m가 채 안 되는 산입니다. 때문에 수리산 오름을 등산이라고 하면 적당치가 않을 것 같습니다. 그렇다고 산책 코스라고 할 순 없지요. 조금은 힘을 내야 하는 산, 때로는 힘을 많이 내야 하는 산. 땀이 시원할 수도 있고 지겨울 수도 있는 산, 어쩌면 인생 길 같은 산입니다. 해서 수리산을 오르내리면서 인생에 관한 생각을 많이 했습니다. 이 시집 서문에서 '철학가의 산책로이면서 시인의 첨성대'라고 한 것도 그 때문입니다.

　　수리산은 첨성대
　　－ 수리산 81

　　히말라야나 킬리만자로 같은 높은 산에선
　　하늘이 덜 잘 보일 것 같다

　　하늘이 바로 머리 위에 있다는

착각에 사로잡힐 수도 있기 때문이다

신라인이 첨성대를 토함산 꼭대기에
세우지 않은 이유도 그 때문이 아닐까

낮은 것 잘 보이는 곳이
높은 것도 잘 보이는 곳이다

너절한 일상과 드높은 하늘이 맞닿아있는
수리산은 첨성대, 군포의 첨성대이다
이 고을에서 하늘이 가장 잘 보이는 곳이다

　높은 산 오르는 사람은 정상 정복이 목적이지요. 정상에 도달하는 것에 몰두할 뿐 다른 것에 여념이 없지요. 히말라야 오르는 사람들이 일상의 작은 것들 생각하겠어요. 가령 집세문제, 교통문제, 장바구니 문제, 이웃과의 사소한 시비…. 그러나 수리산처럼 높은 듯 낮은, 낮은 듯 높은 산을 매일 오르는 사람은 다르지요. '어떻게 사는 것이 잘 사는 것일까' 하는 생각을 무심 중에 많이 하게 됩니다. 산이 사색의 장이 되는 것이지요. 이런 의미에서 수리산을 철학가의 산책로라고 했던 것이지요. 그리고 궁극을 보는 눈, 별을 보는 눈을 키운다는 의미에서 첨성대라고 했구요.

　2
　수리산에서 많은 것을 배운 것을 생각하면 수리산은 나의 스승이에요. 많은 것을 깨우치게 해준 스승, 큰 스승이지요.

수리산이 나를 진단한다
— 수리산 72

바다에 가면 바다가 나를 진단하듯
산에 오면 산이 나를 진단한다

진단결과는 의외로 영양 부족
아니, 고기 생선 고루 먹고
이밥쌀밥 가리지 않고 야채 과일
빠뜨리지 않았는데 영양부족이라니

그러나 명산은 명의만큼이나 침묵이 길다
여러 번 보챈 끝에야 들릴락 말락
작은 소리로 답을 전한다

물소리 새소리 바람소리도
고기생선 못지않게 중요한 영양소란다
갈잎에 이는 여린 진동도
밤나무 꽃에서 풍기는 비릿한 향도
과일야채 못지않게 큰 영양소란다

162

높이 뜬 구름, 허허로운 하늘, 재잘대는
아이들의 소리도 빼놓을 수 없는 큰 영양소란다

'칡넝쿨은 칡넝쿨의 본성을 따라
길게 길게 건강이 되고
미루나무는 미루나무의 본성을 따라
높이 높이 건강이 되고
소나무는 소나무의 본성을 따라
사시 푸른 건강이 되는 산
사람은 사람의 본성을 따라 사람답게 살면
그것이 건강이지 건강이 따로 있느냐'며
나직이 아버지의 음성으로 종합평을 한다

안부편지 3
— 수리산 77

서울에서 나려오자마자
수리산에 들어가 목욕을 했소

목욕탕 목욕이야
겉 때밖에 더 나가겠소
속 때까지 씻는 데는

사실 건강이 무엇입니까. 조화 아닐까요. 추위 더위와 우리 체온과의 조화. 바람 구름 햇빛 대기와 우리 신체 맥동과의 조화. 이런 것이 아닐까요. 그러나 이것은 단순한 시각이고 영육으로 되어 있는 인간의 생명은 영육간의 조화가 건강이지요.

수리산을 오르다 보면 수리산과 나의 관계를 많이 생각하게 돼요. 산이 의인화 되어 다가오게 돼요. 「안부편지 3」도 같은 맥락에서 쓴 거예요. 일반 목욕탕이야 몸의 때 밖에 더 씻겠어요. 그러나 수리산 목욕탕은 다르지요. 마음의 때를 씻어주지요. 실제로 서울에 갔다가 언짢은 일이 있다든지 세진世塵에 묻혔다고 느껴질 때는 집으로 바로 오지 않고 수리산을 갔던 때도 있었어요.

3
수리산을 거의 매일 오르면서 식물 동물 모든 생물들을 계절의 변화 속에서 세세히 살펴보는 가운데 뭔가 존재의 근원에 대한 믿음 같은 것이 생긴 것 같아요

보호색
— 수리산 58

하늘 빙빙 돌며
산토끼의 거동
지켜보던 독수리가
쏜살 같이 내리 꽂힌다

〈

그러나 허탕
산토끼, 눈 깜짝할 사이에
풀숲으로 숨어들어 풀숲의
일부가 되어있기 때문이다

들쥐 쫓던 뱀도
그렇게 해서 놓쳤을 것이다

메뚜기 쫓던 들쥐도
그렇게 해서 놓쳤을 것이다

수리산에서 가장 큰 색은
보호색이다

　지금은 보기 드물지만 1990년대 초만 해도 수리산에 산토끼가 꽤 눈에 띄었어요. 하늘 빙빙 돌며 먹이감 노리는 수리도 보였지요. 산토끼의 털 색깔이 계절 따라 바뀌는 것이 예사롭게 보이지 않았어요. 다람쥐와 뱀은 실제로 보았던 광경인데 초가을쯤이었을 거예요. 다람쥐 한 마리가 깡충 깡충 뛰다말고 낙엽 밑에 가만히 정지해 있는 거예요.
　낙엽 색깔과 그의 몸 색깔이 비슷해요. 그 모습이 하나의 靜物만 같더군요. 알고 보니 근처에 뱀이 있었어요. 다람쥐는 멀리서 그것을 본 거지요. 뱀은 다람쥐 가까이 지나면서도 몰라봐요. 다람쥐에게 이런 보호색을 준 것이 누구일까요

갈색 요람
— 수리산 17

화창한 어느 봄날 春香이
한바탕 나무 살 뒤집고 가더니
꽃잎 떨어진 자리에 눈곱만한
새끼들 태어나 울고 있었지
그러나 그 작은 것들 위해
큰 樹海 생기는 것 세상이 알까

연초록 어린것들 짐승 눈에 띌세라
여름 내내 초록 가리개로 있더니

가을 되자 빨강노랑 열매들
가려주려는 듯 울긋불긋
새 가리개로 또 있더니
찬바람 서리 내리자 바닥에 미리 내려와
떨어지는 새끼들 기다리고 있는 저들

돌 자갈 바위 위에서도 도톰한 요가 되어
나무 위의 새끼들에게 이른다
"안심하고 뛰어 내려라. 내 새끼들아"
〈

일그러지고 해지고 더러는

저승꽃까지 핀 볼품없는 낙엽들이지만

저들보다 큰 가슴이 있을까

저들보다 아름다운 가슴이 이 세상에 있을까

가을 수리산을 오르다 보면 낙엽의 모습이 예사롭게 보이지 않아요. 특히 유실수의 낙엽이 그래요. 새끼들 온전히 키우기 위해 일생을 열심히 살다 조용히 땅에 눕는 老母의 모습만 같아요. 사실 육체적 모습으로서의 어머니의 말년 모습 얼마나 볼 것 없어요. 일그러지고 짜브라지고 주름투성이의 얼굴. 저승버섯까지 핀 얼굴 아니에요. 그러나 그 모습, 깊이 한 번 생각해보세요. 새끼들 지성으로 키우다 생긴 얼굴 아니에요. 成形세계의 미학으로는 짐작도 못 하는 거룩한 아름다움 아니에요. 이런 아름다움을 보는 눈의 소유자와 그렇지 않은 사람은 이 세상 사는 태도가 다를 것 같아요. 늦가을 산을 오르다 보면 老木에게서 많은 것을 배우게 돼요. 수분이고 영양분이고 최소한으로 줄이고 엷은 햇살과 친해지는 듯한 노목. 바람과도 새로운 이야기를 나누는 듯한 노목. 인간은 의외로 정신적 동물이에요. 육체적 향연만으로는 노년 외로워요. 정신적 벗이 있어야 해요. 그것이 詩지요.

4

봄의 새싹 가을 낙엽을 유심히 살펴보며 산을 오르다 보면 자연과 인생의 相슴 같은 것이 깊은 認知로 다가오는 듯해요. 그리고 새처럼 鳥瞰的 시야가 열리는 것도 같아요.

하늘 —젖 먹는 새싹들
― 수리산 22

삼월 수리산에선
젖비린내가 난다

하늘이 새싹들에게
젖을 먹이고 있는 것

젖가슴
활짝 풀어 제체고
봄 하늘이 싹들에게
젖을 물리면

어린것들
바다고기의 주둥이 같은

뽀족뽀족한 입들을
다투어 다투어
수면 위로 들어올린다

새싹들이 움돋는 산에 오르면 흔히 볼 수 있는 광경이 그냥 지나쳐지지 않고 시로 발전할 수 있었던 것은 산정에 올라 전체 모습을 보는 鳥瞰的 시야가 열렸기 때문인 것 같아요. 사월 중순께 수리산에 오르면 산 전체가 녹색의 바다처럼 보여요. 연초록 진초록 파도 사이로 나뭇잎 풀잎들이 뾰족뾰족 싹을 들어 올리는 모습이 마치 바다의 고기들이 작은 주둥이를 다투어 수면 위로 올리는 모습만 같아요.

　사실 하늘의 젖만큼 큰 젖이 있나요. 비타민 단백질 미네랄 탄수화물—무수한 영양소를 듬뿍 품고 있는 젖가슴이 창공 아닌가요. 식물들은 그것을 빨아먹고 무한 생명을 키워가지요.

　동물들은 식물이 채취해서 몸에 저장해둔 것의 극히 일부를 빨아먹고 살아가지요 이런 시선은 눈에 보이는 것에서 끝나지 않지요. 눈에 보이지 않는 지하로도 뻗게 되지요. 인간은 상상력의 동물이니까요.

　　　옹달샘 물을 마시며
　　　— 수리산 8

　　　더러운 것 걸러내는 체
　　　땅 속에 있다

　　　참빗보다 더 쫌쫌한 체

　　　명주실 체보다
　　　더 발이 고운 체

　　　컴퓨터 제조공장의

먼지 제거 장치보다
더 정교한 과정을 거쳐
더러운 것들 걸러내는 체
땅 속에 있다

그 체로 걸러낸 정수
지금 올라오고 있다
목마른 대지를 향해

대지의 입구, 내 입을 향해
올라오고 있다

   지하만 보는 것이 아니지요. 수십光年 밖의 천체도 보게 되지요. 한 번은 슬기봉에 올라 성냥갑 쌓아놓은 듯한 산본 신도시를 내려다보면서 '거기서 일어나고 있는 큰일들, 치고 박고 때리고 부수고 하는 일들'이 얼마나 우습게 보였는지 몰라요.
   그날 아침 인터넷에서 천체망원경으로 본 지구가 모래 한 알만 했거든요. 그것이 떠올라서였던가 봐요.

   5
   자연과 인생의 교향은 보다 깊은 심미적 자연을 찾게 되고 더 나아가 어떤 생태적 리듬에 의해서 심화되는 것 같아요.

꽃 꽃 꽃
― 수리산 21

두 손 모아 꽃 몽우리
들어 올리는 산 목련
언제 보아도
합장 기도하는 새댁 같다

앙상한 가지에
초록 살점 붙기 시작하면
연보라 향 멀리 뿜어내는
라일락, 언제 보아도
지체 높은 규수 같다

햇빛 닮은 복사꽃
달빛 닮은 이화꽃
순금 꽃술 산수유
한밤중에도 벌들 불러들이는
아카시아…

작년의 오늘이다
재작년의 오늘이다
재재작년의 오늘이다

꽃도 대대손손 피로 이어지네

꽃의 피는 아름다움!
각기 다른 아름다움이
각기 다른 命을 이어가네

　화원이나 정원에서 보는 꽃과 산에서 보는 꽃은 달라요. 배열 분포 등에서 다른 차원을 보게 돼요. 그리고 유실수의 꽃보다 일반 꽃이 더 깊은 시선을 끄는 것 같아요.
　꽃의 존재목적은 아름다움이 아닐까 하는 생각. 우리 생명이 피로 이어지듯 꽃은 아름다움이 피가 되어 대를 이어가는 것이 아닐까 하는 생각이 들어요. 꽃만이 아니에요. 신록의 숲 속을 걸으면 어떤 표현할 수 없는 축복감 같은 것이 氣孔을 통해 스며드는 듯해요.

　　푸른 숲 아치 길
　　　– 수리산 6

　　수리산 중허리길
　　키 큰 나무들이 팔을 뻗쳐
　　아치를 만들고 있었습니다

　　양산이 되기도 하고
　　우산이 되기도 하면서

푸른 동굴 아치 끝엔 꿈처럼 아득한
하늘 한 자락이 나려와 있었습니다

낯설면서도 이상하게 낯익은 듯한 곳
온 산이 숨죽여 뭔가를 간절히
기다리고 있는 듯한 곳

눈을 부비고 다시 보니
이곳은 큰 예식장 안이었습니다
꽃과 나무가 화촉을 밝히고 있었습니다

이제 막 피어난 찔레꽃과
상수리나무 새순이 마당바위 뒤에서
맞절을 하고 있었습니다

초록 등(燈)을 온 산에 가득 밝히고서

　오월의 수리산은 온 산이 예식장 같아요. 짝짓기 향연이 식물 동물 할 것 없이
곳곳에서 벌어지는 듯해요. 특히 큰 나무들이 양편에서 팔을 뻗혀 초록 동굴을
만들고 있는 아치 길을 걸으면 중세의 어떤 귀족 결혼식장에 들어온 것 같아요.
사실 오월의 숲속에서는 우리 모두 귀족 아닐까요. 이런 거룩한 흥분이 우리의
삶의 기를 돋궈줘야 하지 않을까요.

6

수리산은 거대한 책이에요. 삶의 지혜를 책에서만 찾는 것은 어리석은 것이란 생각이 갈수록 커지더군요. 이것은 생태파괴로 어지러움병을 앓고 있는 21세기 문명과 직결되는 문제지요. 인간은 順天하는 자세로 보다 큰 지혜를 대자연에서 찾아야 해요.

밤벌레
— 수리산 71

알밤, 가시 보자기로
꼭— 꼬옥— 싸여있다

가시 보자기 안감은
폭신한 스폰지 천
총알도 잘 뚫지 못한다

외의外衣는 갈색의 철갑 옷
내의內衣는 떫은 얼룩무늬 천
온몸에 벽지처럼 착— 달라붙어
영민한 벌레들도 뚫기 힘들다

청구영언에 의하면 투명한
내內—내의內衣 또 있다 한다

〈

그 많은 장벽 뚫고 들어온
밤벌레 벌거숭이!

이빨도 없는 것이
손톱 발톱도 없는 것이

오직 보드라운 입술 하나로
겹겹의 방벽을 뚫고 들어 와
알밤 알몸 맛있게
먹고 있는 것 보면
나 아— 벌어진 입
닫혀 지지 않는다

아 벌어진 밤송이처럼

   방부제 항생제가 가축의 사료를 뒤덮고 가공식품이 아이들의 식단을 점령하
고 어른들의 무관심이 온갖 생명의 숨결을 말라가게 하는 듯한 사막문명에서 시
원의 情蟲을 본 것이지요. 갑옷처럼 딱딱한 外皮 뚫고 들어온 밤벌레. 떫은 얼룩
무늬 기묘한 內皮를 교묘히 뚫고 들어온 밤벌레. 투명한 內內皮 뚫고 들어와 알
밤 알몸 맛있게 먹고 있는 밤벌레. 뽀하얀 그가 이 세상에서 가장 힘 센 본래人
같았어요. 찬바람 된서리 맞으면 오히려 더 매섭게 아름다워지는 참된 정신의
種子!

밤벌레 같은 은밀한 메시지는 도처에 있지요. 꿀벌의 생태에서도 볼 수 있고 약초 독초의 분포 성장 비율에서도 볼 수 있고 까치 까마귀 새들의 살아가는 모습에서도 볼 수 있지요.

웃음 비누
— 수리산 95

웃음의 세탁력이 크다

꽃을 봐도 웃고
풀을 봐도 웃고
나무를 봐도 웃고

너나 할 것 없이
짝짓기에 여념이 없는
여름 곤충들을 봐도 웃고

다람쥐 청설모의
묘기 대행진을 봐도 웃고

천 년 전 옷을
그대로 입고 있어도
멋스럽기만 한

까치의 투피스 型

원피스를 봐도 웃고

웃고 웃고 또 웃으며

산을 오르다 보면

마음 속의 때 다 씻기고

하나도 없는 것 같다

  수리산을 오르는 사람들 중에는 두 종류가 있는 것 같아요. 몸의 건강을 위해 이를 악물고 오르는 사람들과 산이 좋아 산의 풀 물 나무 꽃 새 곤충들이 좋아 그들을 사랑하며 그들과 사귀며 오르는 사람들. 인생의 길도 그렇지 않을까요. 건강이 목적인 양 '건강'을 입에 늘 달고 다니며 보양식 많이 먹고 등산 많이 하는 사람들, 그렇게 건강하지 않더군요. 그들보다는 모든 생명들과 유대감을 갖고 웃으며 사는 사람들이 건강한 것 같아요.

  시간이 흐를수록 존경스럽고 사랑스러운 두 분이 있어요. 미국의 소설가 윌리엄 포크너와 한국의 법정스님. 포크너는 '멀리서 찾지 말라'고 했습니다. 포크너는 자기 향리에 없는 것이 다른 곳에 가면 있겠느냐며 향토를 온 혼으로 사랑하다가 갔습니다. 법정은 89년 저에게 보낸 편지에서 '밖에서 찾지 말라'고 했습니다. 내 안에 없는 것이 밖에 가면 있겠느냐며. 수리산 연작을 마무리하면서 두 분의 목소리가 더욱 쟁쟁히 들리는 듯 했습니다.

당동 참살이

민선숙 시인

누군가 기억하고 기억해야만 할 것 같은 곳이 군포시에는 여러 곳 있다. 이미 잘 알려진 군포8경이나 반월 저수지, 갈치저수지, 수리산, 그 외에도 임도5길이나 여러 사찰들….

아직은 그리 많이 알려지지 않은 곳 당동에는 당정근린공원, 골프장 둘레길, 신기천 꽃길이 있다.

당정역이 개통 되면서 2011년 3월에 착공하여 일 년여 간 꾸며져 이제는 자리 잡은 당정근린공원, 이곳을 지날 때마다 부푼 기대감과 설렘을 함께 나누고 싶다는 생각이 든다. 다양한 운동편의 시설이 갖추어져 있고, 여름에 뜨거운 햇볕을 피해 시원하게 즐길 수 있는 벤치가 곳곳에 위치하고 있어 가족들의 쉼터 또는 책을 읽을 수 있는 휴식공간이 된다.

당동근린공원 원형극장에 있는 계단에 앉아 광장을 바라보면, "참살이"(육체적, 정신적인 건강의 조화를 통해 윤택한 삶을 추구하는 삶의 유형이나 문화)가 어떤 것인지, 그 단어의 의미를 진정 느끼게 한다.

원형 공연장은 찾아가는 음악회, 일주일에 세 번씩 있는 아침 저녁 생활 체육 등으로 늘 활기가 넘친다. 시민들의 자발적인 참여로 문화 공연 또한 항상 활발하다. 그 옆에선 인공으로 만들어진 돌산, 석가산에서 흐르는 폭포가 장관이다.

그 돌산 주변을 감싸는 작은 연못에서는 봄이면 개구리소리도 들을 수 있다.

열대야를 피해 맥주 한 잔 하는 친구들, 돗자리를 깔고 누워 책을 보는 커플, 배드민턴을 치러 나온 가족, 농구를 하는 학생들, 한 쪽에서는 요즘 젊은 세대들 사이에서 큰 유행이라는 스케이트보드 동호회 사람들이 줄줄이 연습을 하고 있는 모습도 보인다. 지난 8월 26일에는 생동감 콘서트('생활문화예술, 동호회, 함께 느껴요'의 약자)가 열려 연극, 국악, 무용, 음악 등 풍부한 문화공연을 즐길 수도 있었다. 당동 문화센터에서 얼마 전 이름을 달리하여 부르는 군포시 평생학습원의 다양한 문화공연 및 강연 덕에 군포시민 사이에서도 살기 좋은 곳으로 자리매김하고 있다.

당정역에서 내려오면 바로 연결되어지는 당정근린공원에 이어 당동에는 '신기천 꽃길'이라 불리어지는 곳이 있다. 이곳은 용호고 담장 밑에서부터 용호초, 옥천마을, 용호중 담장 밑으로 하여 당정역까지 왕복 2.2km의 흙길로 이루어져 있다. 한 쪽에는 신기천이 흐르고 다른 한 쪽에는 사시사철 다르게 가꾸어지는 예쁜 꽃과 나무들이 심어져 있고 곳곳에는 시화와 운동기구들이 비치되어 있어 주민들의 정서와 건강까지 책임진다.

걸음을 멈추고 생각도 잠시 멈추게 하고 생각을 더 할 수 있는 곳 신기천 꽃길,

신기천 꽃길*

민선숙

조랑조랑 신기천 흐르는 음률에
걸음을 내 딛는다

피고 진 노란 개나리의 숨소리를 들었다

보리싹 파릇함이 무르익어 베어지니 시야가 넓어졌다

낮게 피어난 보라색 꽃잔디가 반가이 맞이 한다

아! 그래

수런거리는 멍울도 생채기도 멈추어졌다

이른 새벽부터 밤늦은 시간까지 오고 가는 걸음걸음

쓸어안아 보듬어 주는 샘들길 꽃길

*신기천 꽃길 : 군포 당동 용호고에서 주공3단지 당정역까지 신기천 따라 다듬어진 왕복 2.2킬로의 길

당동의 골프장 둘레길은 2014년 완성된 곳으로 당정역 근린공원에서 시작해 전철 1호선 철길(당정역→의왕역), 삼성천 구간, 신기천 꽃길 등을 거쳐 다시 당정근린공원으로 돌아오는 총 4.6㎞의 도심 속 순환산책로이다.

친절하게 알려주는 소요시간(약70~80분) 안내판을 뒤로하고 출발해서 걷는 산책로. 포장길이 아닌 흙길이어서 좋고 산책로 옆이 골프장이어서 어느 수목원에 온 느낌마저 든다. 풀향을 맡으면서 걷다가 중간에 있는 정자에서 잠깐 쉬기도 하고 운동기구 있어 잠깐 스트레칭도 하고 또 한참을 걷다보면 다른 곳에서 볼 수 없는 '이야기가 있는 시민 갤러리'를 만난다.

사진도 있고 그림도 있고 시화도 있고 동화도 있고 잘 이어지는 벽화도, 감투봉의 전설이야기도 군포의 옛이야기도 만난다. 중간 중간 포토존에서 사진도 찍을 수 있다. 여기에 한 가지 더 골프장 둘레길 북카페도 있어 잠시 앉아 책을 볼 수도 있다. 한 바퀴 산책을 끝내고 나면 친절하게 신발과 옷의 먼지나 흙도 털 수 있는 시설까지 갖추고 있다. 갖가지 들풀 들꽃도 만날 수 있는 신기천이 흐르

는 골프장 둘레길이다.

　당정근린공원, 신기천 꽃길, 골프장 둘레길, 수리산 자락 감투봉의 정기 그대로 이어 받아 형성된 용호마을, 옥천마을, 여러 아파트에 살고 있는 당동 주민인 우리는 행복하다. 풍부한 휴식처와, 군포시 평생학습원의 다양한 문화공연 및 강연 덕에 군포시민 사이에서도 살기 좋은 곳으로 알려지고 있는 당동. 다양한 모습으로 소통하고, 서로의 이야기를 전하며, 참살이를 찾아가고 있다.
　군포시! 당동!
　한국지방행정연구원이 주관한 '우리동네 삶의 질 만족도 조사 결과'에서 군포시가 전국 2위를 차지했다고 하니, 당동도 군포시, 고개가 끄덕여지는 것은 혼자만의 생각은 아닐 것이다.

자연, 환상, 길

박찬응 군포문화재단 문화교육본부장

군포, 안양, 의왕이 하나의 생활권이었던 시절, 안양에 살던 나에게 군포는 삶의 외곽이었다. 안양과 안산을 아침저녁으로 출퇴근하던 최근 몇 년 동안 군포는 중간치였다. 2013년부터 군포문화재단으로 출근하면서 내 삶의 절반이 군포로 옮겨왔다. 올해 보금자리를 군포로 이전하면서 온전한 삶의 터전이 되었다.

군포에는 수릿길이 있다. 수리산 둘레길의 별칭이다. 수릿길을 걸으며 몸과 마음을 닦는 체험을 한다. 특히 나는 여러 수릿길 중 수리사로 가는 길목에서 오른쪽산길을 따라 에덴기도원으로 내려오는 일명 바람계곡을 좋아한다. 봄여름 가을 겨울로 바람계곡에 부는 바람이 새롭다. 요즈음은 행사가 많은 철이기도 하고 이런 저런 핑계로 바람계곡을 찾아 나서지 못해 아쉽다.

대신에 새로운 보금자리에서 직장까지 걸어서 출근한다. 출퇴근길은 여러 갈림길이다. 이길 저길 걷다 보니 색다른 호기심이 발동했다. 혹시 비밀스럽고 색다른 길은 없을까? 하던 중에 오솔길 하나를 발견했다. (그 길에 대해 페이스 북에 자랑질을 했다가 여기 글을 청탁받게 되었다. 글 쓰는 재주가 출중하지 못하여 구구절절 설명이 장황하더라도 이해하시기 바란다)

내가 사는 곳은 행정 동으로 군포2동이고 법정 동으로는 부곡동이고 마을 이름으로는 삼성마을이라 부른다. 신기마을과 삼성마을의 경계에 산다. 그 경계에 커다란 운동장이 있다. 불러 복합생활스포츠타운이다. 복합생활스포츠타운을 끼고 있는 두 개의 배수지와 맹꽁이 서식지를 지나면 꼭 건너야 하는 안양컨트리클럽 앞 건널목이 나온다. 이곳을 건너려면 잠시 신호를 기다려야한다. 안양컨트리클럽 정문에서 왼쪽으로 방향을 틀어 걷다보면 신기천 꽃길 입구가 나온다. 신기천 꽃길도 내가 좋아하는 아름다운 흙길이다. 여기서 여러 가지 길들이 교차된다. 차길, 물길, 꽃길, 자전거길, 보행길 등이 교차된다. 그 교차지점에 숨겨진 오솔길이 시작된다. 얼핏 보면 용호고등학교 담장과 자전거길, 보행길, 그리고 8차선 차도만 보인다. 세길 모두 직선으로 쭉쭉 벋은 직선길이다. 차도를 따라 매일 아침저녁으로 걷는 건 재미없다. 자! 이제부터 마치 이상한 나라의 엘리스가 찾아낸 길의 입구처럼 용호고등학교 담장과 자전거길 사이에 울창한 나무들 틈으로 작고 왜소한 길의 입구로 들어가 보자.

한사람이 겨우 지날 정도로 난 작은 길이고 온전히 나무들 사이에게 가려져 있어서 쉽게 발견되지 않는 입구를 지나 안으로 들어서면 폭10m의 가로수정원 속에 채50cm 정도의 오솔길위에 놓인다. 누군가 의도적으로 조성한 길이 아니라 사람들이 하나둘 걷게 되면서 만들어진 자연스러운 길이다. 아마도 세월이 흐르면서 나무가 자라고 숲이 만들어지면서 누군가 그 길을 내고 처음 걷기 시작했을 것이다. 그 오솔길을 걷다보면 착시현상을 즐겨야 한다. 초록색으로 칠해진 방음벽이 마치 깊은 숲속을 거니는 듯한 착시현상이 생긴다. 보도를 걸을 때보다 속도는 준다. 오랫동안 솔잎이 떨어져 쌓여 폭신폭신한 솔밭 길을 걸을 땐 밟을 때마다 솔잎향기가 전해져온다. 조금 더 걷다보면 또 다른 나무의 군락이 나타난다. 이름 모를 활엽수들이 보기 좋게 잎사귀를 흔들며 반긴다. 오른쪽으로 구부러지고 왼쪽으로 구부러지고 내려갔다 올라갔다 하며 깊은 산중의 오솔길을 걷는 착각에 빠져본다. 차 소리를 계곡에 흐르는 우렁찬 물소리로 착각하노라면 나무사이 비치는 햇빛에 아기자기한 풀과 작은 꽃과 낙엽이 반짝인다. 다양한 나무들이 내뿜는 피톤치드 가득한 길을 아침저녁으로 걷는다. 이슬에 촉촉해진 아침과 석양에 빛나는 저녁, 어두컴컴한 밤길 또한 아름답다. 봄, 여름의 정치는 가을과 겨울의 정취와는 다를 것이다. 이처럼 도심 속 오솔길을 걸을 수 있는 건 또 하나의 행운이 아닐 수 없다.

굳이 수리산 깊은 곳 바람계곡을 찾아가지 않아도 찻소리를 바람계곡 바람소리려니 하고 폭신한 솔밭을 지날 때면 어느 깊은 산중에 산사 가는 길이려니 하면서 아침저녁 출·퇴근 길의 낭만을 즐긴다. 착시와 착각은 환상의 기폭제다.

"환상 없는 곳에 행동도 없다." " 환상을 공유하는 것, 그것이 가장 바람직하다. 구더기 무서워 장 담그지 말 것인가." " 현실적인 것이 환상적이고, 환상적인 것이 현실적이다."고 역설한 최인훈의 「바다의 편지」 한 구절이 떠오른다.

페이스 북이라는 창을 통해 세상을 읽고 문자로 소통하는 세상에서 스마트폰을 잠시라도 떼어내기란 쉽지 않다. 가끔은 강제로라도 스마트폰을 떼어내고 하늘을 향해 세상을 향해 직접 소통하는 시간이 필요하다. 도심 속에서 잠시 잠깐이나마 약간의 착각과 착시를 통해 자연을 환상할 수 있다면 좋지 않은가? (이 작고 보잘 것 없는 오솔길에 대해 궁금해지면 연락하시라. 기꺼이 안내자가 되어 드리리라)

가을밤이 깊어간다. 초가을 마당에 누워 밤하늘의 별과 직접 교신하던 오래된 미래를 떠올리기에 충분한 계절이다. 어쩌겠는가. 이 수상스러운 세월에 일상 속 시공간의 빈틈을 유영하며 즐겁게 살아가야 하지 않겠는가.

184

호실탐탐(좋은 열매를 탐하다)

양윤정 시인

    스무 살 넘은 딸의 통금시간은 밤 11시인데, 설악아파트 단지 앞에 와서는 30분을 지체하다 들어왔다. 부모 몰래 피우는 담배 때문인가 싶었는데 남자친구와 헤어지기 아쉬워 아파트 앞 나무 아래서 마무리 데이트를 한다는 걸 알았다. 궁금하고 호기심이 동해 나무가 보이는 방안 불을 끄고 창문을 활짝 열고는 극장 먼 거리에서 무대를 당겨볼 수 있는 망원경을 찾아 목을 늘이며 몰래 지켜보았다.

    그 나무 앞을 지나칠 때면 비밀을 나눈 은근한 눈길로 바라보곤 했다. 봄을 맞이한 나무는 아른아른 푸른 물이 오르고 새로운 가지가 여린 모습을 드러내며 뻗어 나곤했다. 방울방울 꽃 분홍 꽃망울을 내더니 솜사탕처럼 무리를 이루어 꽃을 피웠다. 딸애의 집 앞 나무 아래서의 데이트는 이틀이 멀다하고 이어져갔다. 그 둘은 환한 꽃등 아래서 더 달달해져 가는 눈치였지만 몰래 엿보던 나는 슬그머니 맥이 빠지고 있었다. 나무의 성긴 꽃과 비단 같은 잎사귀들이 커지면서 연인의 우산이 되어주는 것이었다. 나보다 더 가까이에서 딸의 사랑을 지켜보고 숨소리를 나눈 그 나무는 매화 나무였다. 매실이 주렁주렁 열려서 지나갈 때마다 크기를 더해가는 열매들을 고개를 들고 한참 살피다보면 새콤하고 아릴 것 같은 맛과 향기가 침을 삼키게 했다. 열매는 수리산에서 내려오는 바람과 봄이 여름으로 가며 달아오르는 햇빛을 머금으며 탱탱하게 살이 오르고 있었다.

벤치 앞에 서서 손이 닿는 가지부터 열매들이 사라지기 시작하더니 얕은 곳으로 늘어졌던 가지는 허연 속살이 보이게 찢어지기도 하며 열매를 잃어갔다. 마치 내 열매를 잃은 것처럼 아까워하다 급기야 나도 어느 날부터 주변을 두리번거리며 한 알 따먹어 보기도 하고 가지를 흔들어 보기도 했다. 절대 떨어지지 않고 스스로 떨어뜨린 열매만이 몇 알씩 주울 수 있었다. 주변에 비슷한 몇 그루가 조롱조롱 가지가 휘도록 열매를 맺었지만 딸애의 풋사랑 비밀을 지켜본 그 나무 열매가 유독 알이 굵고 탱탱하고 동글납작하니 예뻐서 그 나무열매에만 눈독을 들이고 있었다.

보름정도가 지나자 하루가 다르게 알도 굵어지고 놀놀해지고 향기 또한 은은해서 그 나무 아래를 그냥 지나치는 사람이 없었다. 새콤하고 신 맛이지만 입안에 향기가 머물러 침이 고여 와 다시 또 주워들게 했다.

아침 6시 30분, 눈만 뜨면 작은 바구니를 들고 나무가 떨어뜨린 열매를 줍곤 실실 웃으며 집에 들곤 하였다. 약수 뜨러 가는 할머니들이 무슨 열매냐고 하여 매실이라고 드셔보라고 두알 세알 나눠드리곤 했다.

그런지 삼사 일 지나면서 땅에 떨어진 열매를 구경조차 할 수가 없어 9층에서 눈뜨자마자 내려다보았다. 할머니 서너 분이 다투듯 열심히 줍고 있었다. 다음 날 나는 6시에 나가 주웠다. 한참 줍다보니 할머니들이 나와서 일찍 나온 소득 없는 게 아쉽던지 내가 들고나가 팔이 안 닿는 부분의 열매를 끌어당기던 장우산을 빌려달라고 했다. 나는 슬그머니 뒤로 감추며 '없는데요.' 하고나선 어찌나 부끄럽던지 줍기를 그만하고 할머니들 봉지나 채워 드리자 싶어 어릴 적 나무 타던 실력을 발휘해서 나무에 올라가 가지를 신나게 흔들어 드리고 내려왔다.

셋째 날 옆 동 아파트에 사시는 목소리 큰 할아버지가 충혈된 눈을 더 크게 뜨고 다가왔다.

"관상수는 일부러 따면 안 된다는 거 몰라? 떨어진 것만 줍던지… 알 만한 사람이 쯔쯧."

나무앞길 주변의 아파트 두 동을 스피커 삼듯 쩌렁하게 언성을 높이곤 지나가는 것이었다. 올라갈 때야 쉽지만 내려올 때는 떨어질까 미끄러져 엎어질까 발바닥과 다리에 힘을 주며 내려와야 하는 나무를 타서 가랑이가 뻐근하던 나는 망신까지 당하자 열매 줍기도 할머니들 보태주기도 그만두었다.

그동안 열심히 새벽바람에 주워 모은 매실을 청도 담그고 장아찌용도 해놓았다. 하루에도 몇 번씩 은은히 우러나며 점점 짙어가는 투명한 연갈색을 바라보며 흐뭇해했다.

어느 날 덕유아파트에서 사는 소설 쓰는 친구가 시골에서 올라온 미숫가루를 주겠다며 잠시 보자고 했다. 나는 딸애의 단골 데이트 장소인 그 나무아래 벤치로 오라고 했다. 차를 들고 내려갔다. 나무와의 인연을 풀어 놓았다. 한참 얘길 듣더니

"야 이것이 어째 매실이냐? 살구지. 되게 웃긴다 잉? 너 촌년 맞냐?"

하며 낄낄 거렸다.

"아니야, 요 나무는 매실이 맞다니까."

주눅 든 답변에 콧방귀를 뀌는 소설가, 나뭇잎을 따선 대조 시킨다.

"봐라 같지? 똑같지? 참 내 살구를 매실이라고 난리쳤구나? 우리 시골 임실에 살구나무가 허다해 내가 아는데 이 나무는 살구가 분명하거든. 허긴 최초로 살

구 장아찌에 살구 청을 담근 사람이 니가 되것다."

약 올리듯 낄낄대고는 담배연기로 길을 흘리며 휘적휘적 갔다. 매실이라는 나의 선동에 열심히 주워 모은 할머니들도 분명 청을 담았을 것이었다. 우리 집에도 두 유리병 속에 그 열매들이 오글오글했다.

그 많던 열매를 사람에게 날짐승에게 다 내어주고 비바람에 나뭇잎을 머리 감듯 나부끼는 나무를 보며 '네 열매 매실이지?…… 살구냐?' 묻기도 하며 설핏 보였던 딸의 남자친구 얼굴을 떠올렸다.

수피는 세로로 설기설기 손등터진 모양의 얼룩무늬이다, 잎사귀는 깻잎모양에서 약간 더 작고 여려 보이며, 잔가지는 봄에는 불그스레하다가 여름엔 초록빛도 띄다가 여름을 나며 갈색으로 변한다, 이 나무가 살구나무냐 매실이냐…어머니께 묻다가 사건의 전말을 죄다 전했더니… 어머니 한마디하시고 개가 짖는다고 전화를 끊으셨다.

"아야 사람이든 짐승이든 먹을 수 있는 열매는 몸에 안 좋은 기 없다."

그로부터 6년이 지난 지금은 나와 딸아이를 20여 년 키워주고 품어준 수리산 자락을 떠났지만 딸애는 그때 만나던 아이와 곧 가정을 꾸릴 예정이다. 간혹 그 시절이 그리워질 때면, 수리산 허리 길을 걷다가 도서관 탐방을 하고는 천천히 걸어서 더욱 풍성해진 그 나무를 찾아 간다. 낡을 대로 낡은 그 벤치에 앉아본다. 나무는 여전히 그곳에서 몸피를 키우며 만나는 사람들에게 넉넉한 그늘과 아름다운 열매를 내어주고 있다.

골프장 둘레길 따라

유경희 시인

온 나라에 '걷기' 열풍이 거세게 불고 있다. 전국 각지에 산 따라, 해안 따라, 다양한 명칭의 아름다운 이름이 생겨나고, 그 길 따라 순례하는 것 또한 유행이다.

걷기 열풍이 불어오면서 인기가 급상승하자 전국의 지자체가 제주도 올레길, 지리산 둘레길 북한산 둘레길 등 걷기 편한 곳에 개발 경쟁을 펼친다.

군포시에도 수리산 둘레길을 따라 걷는 수릿길과 신기천길 꽃길이 있다.

당정역에서 걷기 시작하여 신기천 꽃길까지 이어지는 골프장 둘레길은 당정역→철쭉길→삼성천길→국도길→신기천길로 코스길이는 4.6km, 소요시간은 약 70~ 80분이 걸린다. 그 길을 따라 걷다 보면 바람을 가득 품은 숲이 들려주는 소리에 콧노래가 절로 나온다. 손을 꼭 잡고 걷는 노부부, 강아지와 함께 나온 모자를 쓴 아주머니, 아이들과 발걸음을 맞추며 걷는 아빠 엄마가 골프장 둘레길을 걷고 있다.

우리가 걷지 않으면 그냥 스쳐갈 소중한 것들을… 그들은 야생화가 피어있는 이 길을 걸으면서 얼마나 풍요로운 생각들을 얻어 갈까?

구절초, 쑥부쟁이, 망초꽃, 칡꽃, 옥잠화가 전해주는 향기를 따라 걷다 보면 처녀시절 얼굴에 피어나던 여드름을 닮은 고마리꽃도 볼 수 있다.

책 읽는 군포시 명성에 걸맞게 둥지BOOK이 몇 군데 자리를 잡고 있다.

벤치에 앉아 다리쉼도 해 볼 겸 책을 잠시나마 펴본다. 가장 훌륭한 화자話者를 만나 보는 시간이다. 사람의 외양을 더욱 매력 있게 하고 말을 운치 있게 하는 독서, 우리의 내면을 멋진 수목처럼 자라게 하고, 강물처럼 흐르게 할 것이다.

배미향의 저녁스케치가 흘러나온다. "저는 당동에 사는데요. 우리 동네에는 아주 멋진 둘레길이 있답니다. 그 길을 걸으며 음악을 신청 합니다."라는 말이 라디오에서 흘러나온다. 기분이 으쓱해지면서 군포 시민으로 살고 있다는 것이 자랑스러워 어깨를 들썩거린다.

길에서 가끔 만나는 노부부, 할머니가 다리가 불편한지 할아버지 손을 꼭 잡고 걷는데 그 모습이 어찌나 아름다운지, 자꾸만 눈길이 간다. 망초가 바람에 흔들리자 할머니의 하얀 머리칼도 따라 나풀거리니 할아버지가 할머니 손을 더욱 꼭 잡아 준다. 요즘은 그 모습을 못 보게 될까봐 괜시리 불안하기까지 하다. '오래오래 그 모습 보여 주세요.' 속으로 응원을 보낸다.

이른 아침에 보여 주는 둘레길 그림은 초록이 너무 눈부셔 서글플 정도다.

묵주알을 돌려 짚으며 사랑하는 사람들을 위해 묵주기도를 한다. 나를 다 내려놓고 걷는 순간 길은 나만의 길이 되어주기도 한다.

노란 햇살을 받은 채송화는 재잘거리는 둘레길의 수다쟁이다. 알록달록한 색깔의 채송화의 꽃말이 천진난만이라는데……. 한참을 채송화와 눈맞춤하고 앉아 있으면 나도 동화가 되는 것 같다.

어느새 화려한 운동복을 입은 사람들과 라디오에서 흘러나오는 경쾌한 음악소리가 둘레길을 가득 채운다.

한참을 걷다 보면 군포시 문인들이 써 놓은 시들이 한 벽면을 채우고 있다. 나도 시인이라고 내 시가 걸려 있다. "공원의 분수 높이 높이 솟고 골짜기 폭포 아래로 아래로 흐른다"라고 쓴 시를 읽으면서 오늘도 겸손하게 살겠다는 다짐을 해 본다

요즘 만나는 지인들에게 날씬해졌고 얼굴이 밝아졌다는 말을 많이 듣는다. 내가 느끼기에도 몸이 가벼워지고 긍적적인 마인드가 생긴 것은 아마도 꾸준히 걷는 운동의 효과라는 생각이 든다.

걷기는 당뇨병을 예방한다고 한다. 하루 30분을 활기차게 걸으면 당뇨병을 예방할 수 있고, 당뇨병이 있는 사람에게 걷기가 약물 처방보다 2배의 치료 효과가 있다고 한다. 또한 하루 30분 이상의 걷기 운동은 심장병에 걸릴 확률과 뇌졸중 발생률은 떨어뜨리고, 체내지방을 태워 체중이 감소한다고 한다.

"걸어라, 그래서 행복하라, 그리고 건강하라."라고 걷기의 중요성을 강조한 영국의 소설가 찰스 디킨스가 말처럼 우리가 걸을 수 있다는 것은 큰 축복이라 생각한다. 요즘 한낮의 더위에 몸은 지치지만 둘레길 한 바퀴 돌고 나면 피로는 간 곳이 없고 시원함과 개운함을 맛 볼 수 있다. 걷다 보면 마음이 비워진다는 걸, 야생화가 발밑까지 간질거리는 그 길을 걸어본 사람이라면, 그리고 걸어볼 사람이라면 깨닫게 되리라.

군포유람

윤여선 수필가

지금 나는 산책을 하고 있다. 길은 어디를 가나 모두 통하지만 각기 다른 색깔을 지니고 있다.

군포에 살며 다섯 번이나 이사를 했다. 친구집에 놀러 왔다가 처음으로 군포시 산본을 알게 되었다. 산이 품고 있어서인지 공기가 쾌적하고 아파트 단지들이 조용하다는 생각이 들었다. 아이들 교육시키기에도 적절하다고 느껴졌다. 집을 고르는 데 별 고민도 없이 산본성당 뒤에 있는 주택으로 이사를 왔다. 이제 껏 아파트에 살아봤으니 아담한 집에, 그것도 1층으로 정했다. 당시 나의 두 아들은 10세, 7세였다. 13년 전의 일이다.

아이들과 틈만 나면 중앙공원에서 온갖 운동을 하며 놀았다. 아이들은 롤러스케이트는 등에 지고 배드민턴과 테니스 라켓은 자전거에 건 채 둘이 앞서거니 뒤서거니 하며 공원까지 줄달음쳐 내려갔고, 나는 운동화를 신고 항상 뛰기에 바빴다.

아이들이 롤러스케이트를 타는 동안 나는 혼자 테니스 연습을 했고, 그 후에는 같이 배드민턴을 했다. 농구를 하는 형들의 모습을 지켜보며 멀리 달아나는 공도 주어다 주며 공원이 주는 혜택을 모두 누렸다. 놀이를 끝내고 군포문화예술회관과 산본성당을 향해 걷는 길은 계절마다 색다른 감동을 주었다. 봄에는 벚꽃이, 가을에는 노랗게 물든 가로수길이…….

그렇게 그곳에서 2년을 살았는데 1층에는 햇빛이 잘 안 든다는 핑계로, 9단지에 있는 남향 아파트 18층으로 이사를 했다. 아들들은 궁내초등학교에 다니며 티 없이 맑게 자라주었고 이사하는 곳에서 적응도 잘했다. 우리는 왜 이렇게 이사를 자주 다니느냐고 투정도 부리지 않았다. 사실 그 때 조그맣게 운영하던 남편의 사업이 어렵게 되는 바람에 큰 집을 얻지 못하였다. 그래서 둘이 방을 같이 쓰게 하였는데 오히려 그것이 더 좋다고만 했다. 딸이 없어서 다행이라고 생각도 했다. 어쩌면 남편과 내가 동갑내기 말띠라서 역마살이 있는 탓으로 이사를 자주 다니는 것이 아닌가 하는 생각이 들기도 했다.

이곳에서는 묘향공원이 우리의 마음을 사로잡았다. 공원 전체가 꽃밭으로 어우러져 있었다. 동그마한 언덕 위에는 운치 있는 몇 그루의 나무들만이 서 있고 그 아래에는 벤치가 있었다. 푸른 잔디가 펼쳐진 언덕은 사색을 하거나 책읽기에 그만이었다. 겨울에는 많은 아이들이 그 언덕에서 플라스틱 썰매를 탔다. 그리고 아파트 현관문을 열면 수리산이 우리를 품어주듯 좋은 기운을 안겨주었다. 아이들과 산 입구에 있는 약수터까지 오르내리며 물을 떠다 먹는 기쁨도 누렸다. 한숲스포츠센터에서 운동을 하고 돌아오는 길은 '문화의 거리'였다. 그 길 따라 걷다보면 금세 집에 와 닿았다. 전혀 멀게 느껴지지 않았다. 그 이유는 길이 주는 아늑한 매력도 있었지만 스피커를 통해 음악까지 선사해 주어서였다.

갑자기 시아버님이 돌아가시며 시어머니와 함께 살아야 할 형편이 되었다. 모든 것이 여의치 않아 당동의 주공아파트로 이사해 살게 되었다. 조금 더 넓은 평수의 아파트를 얻기 위해서였다. 또한 노인복지회관 바로 옆에 있는 집이라서 다행이라고 생각했다. 시골에서 텃밭만 일구며 살던 어머니에게 노인복지회관은 즐거운 낙이 되었다. 그곳에 배우고 싶은 과목을 등록하니 하루도 빠지지 않고 이쁘게 꽃단장을 하고 다니셨다. 친구들이 있으니 좋으셨나보다. 집에서 시간만 나시면 일본어 공부와 민요를 부르고는 했다. 평소 손재주가 많아서 손주들 옷도 직접 지으시고 지점토로 아기자기한 것도 잘 만드는 분이었다. 아이들학교가 멀어져서 다소 버스를 타고 다니는 어려움이 있었지만 나름 형편대로 우리는 잘 이겨냈다.

그곳에는 꽃길이 있었다. 나는 '동네마다 살기 좋게 신경을 써놨구나.' 생각하며 내심 놀라지 않을 수 없었다. 노인복지회관 앞부터 용호고등학교 뒤쪽으로 해서 안양 베네스트 골프장 가는 큰길까지 그 길은 연결되어 있었다. 그런 곳에 이런 길이 있을 줄은 상상도 못했다. 옆으로 졸졸 시냇물이 흐르고 양 옆으로 꽃들이 피어 있다. 꽃말과 설명이 부착되어 알기 쉽게 해놓았는데 잘 모르는 꽃들도 많았다. 중간중간 시화가 있어서 중얼중얼 시도 읊어보게 했다.

2년 후 어머니가 먼 길 떠나시고 우리는 또 이사를 했다. 다시 9단지로 갈까 했으나 남편의 사업 재기를 위해 애를 쓰고 있는 중이어서 여유롭지 않은 탓도 있었지만 산본중심상가와 가까운 곳에 살아보자는 생각에 3단지에 집을 정했다. 이제는 이사를 자주 다녀서 아이들이나 나는 빠꼼이가 다 된 양 이 동네에는 색다른 무엇이 있을까를 찾게 된다. 이 근처엔 체육공원이 있었다. 아파트현관을 열면 철쭉동산이 한 눈에 보였고 전철 지나다니는 소리가 났다. 전철역까지 걸어 다닐 수 있고 체육공원에 가서 걷기 운동하기에 좋았다. 아이들은 어느새 고교생과 중학생이 되어 농구를 즐겼다.

그 후 남편의 사업이 잘 되면서 산본시장 앞에 새로 지은 레미안 하이어스로 이사와서 5년 째 살고 있다. 군포에 들어와 가장 오래 사는 동네이다. 새 아파트가 주는 것, 아니 명품아파트가 주는 감동은 주위환경이었다. 주변 곳곳을 까페처럼 해놓고 주민들이 편히 쉴 수 있는 원목의자와 둥그런 탁자를 만들어 놓았다. 어느새 봄이면 갖가지 벚꽃이 영글고 가을이면 다채로운 단풍을 볼 수 있다. 보기 좋은 소나무들과 이름은 모르지만 특이한 나무들, 그리고 인공폭포, 아파트길만 따라 걸어도 풀내음과 꽃내음이 코를 간지럽힌다. 원래 삼성은 애버랜드 때문에 노하우가 축적된 최고의 조경팀이라고 하니 어찌 아니 좋겠는가. 올봄에는 아파트 입구에 보라색과 하얀색 백합이 피어나 그 향기에 한동안 매료된 적도 있었다.

나는 매일 이 길을 산책한다. 근처에 어린이 도서관이 둘러싼 능안공원도 가끔 걷지만 아파트 둘레길을 더 자주 걷는다. 지하에 휘트니스센터에서도 운동을 하지만 자연이 주는 길들을 따라 걷는 것을 더 좋아한다.

오늘도 산책을 하며 그간 '군포유람' 잘했구나 싶다. 거기에는 항상 내 아들들과 남편이 있어 주었다. 사실 경제적으로 넉넉하였다면 이렇듯 이사를 많이 다니지는 않았으리라. 그래도 그 덕분에 우리는 이곳저곳 옮겨다니며 좋은 것을 경험하지 않았나 싶다. 지금 이 길 위에 있는 것에 감사하며 이제 '유람'을 끝내고 정착하려 한다.

꽃길

이순금 수필가

　이른 아침에 운동복 차림으로 집을 나선다. 군포역 철길 보호벽을 따라 숲길을 걷다보면 당정역이 보인다. 곧장 걸으면 골프장 둘레길 입구가 나온다. 허지만 나는 오른쪽으로 방향을 틀어 흙길로 접어든다. 신기천을 왼쪽으로 끼고 걸으면 길가에 잘 가꾸어 놓은 꽃들이 상쾌하게 아침을 연다.

　이 길의 입구에 들어서면 화사한 얼굴의 부용화를 만난다. 키가 크고 넓적한 이파리에 환하고 큰 꽃송이가 종가의 며느리처럼 후덕해 보인다. 모양은 우리나라꽃 무궁화를 닮았다. 지난겨울의 추위를 잘 견뎌내고 다시 줄기를 올려, 더위 속에 튼실한 꽃들을 피워내고 있다. 부용화를 바라보면 참을 '인' 자가 떠오른다. 꽃이 지면 다시 긴 침묵에 들어갈 것이다.

　올 봄, 정갈하게 다듬고 꽃씨를 뿌려 가꾸기 시작한 길가의 화단들은 계절이 바뀔 때마다 색다른 꽃들의 자태를 보여준다. 건강을 위해 단순히 걷는 길이 아니라 숲의 향기와 꽃의 미소까지 즐길 수 있는 선택받은 길이다. 지금 내 눈을 즐겁게 해주는 것들은, 목이 긴 황금색 꽃송이들이 바람결을 타고 한들거리는 황화코스모스다. 가을에 피는 일반 코스모스보다 일찍 더울 때 피어나며 색깔로 구별 된다. 꽃말은 '넘치는 야성미'라고 들었다.

돌돌돌 소리 내며 흐르는 물소리를 따라 걷다보면 곳곳에 운동기구가 설치되어 있어 가볍게 몸을 푼 뒤 다시 걷는다. 나이 들어감에 걷기보다 좋은 것이 없다고 이구동성이다. 내가 군포에 정착한지도 어느새 강산이 두 번 바뀌었다. 신도시에 처음 이사를 하고 다음날 아침, 창문을 열었을 때의 맑고 신선했던 공기를 잊을 수가 없다. 그래서일까 이십여 년을 이곳에 살면서 나는 군포를 떠나지 못한다.

이 길은, 오른쪽으로 한 구간이 아파트 담장을 끼고 이어져 있다. 콘크리트 옹벽에 원통을 반으로 가른 파이프가 붙어있다. 원통의 끝에는 능소화의 넝쿨이 꽃망울을 매단 채 때를 기다린다. 걸음을 옮기다 보면 눈에 익은 고운 시들이 팻말에 적혀 서있다. 잠시 발걸음을 멈춘다.

신기천 꽃길이 끝나는 지점에서 다시 되돌아선다. 이 길의 아침풍경은 생기가 넘친다. 나이 드신 노인들도, 체중을 빼러 나온 아줌마들도, 애완견을 운동시키려고 나온 사람들도 모두가 열심히 걷는다. 앞서가는 사람의 걷는 모습이 좋아 보이면 나도 팔을 앞뒤로 흔들며 따라해 보기도 한다. 걷다가 힘들면 잠깐 쉬어도 좋을 나무 벤치가 적당한 거리로 놓여있다.

가까이 당정역이 보이는 지점, 이곳쯤에 이르면 아침 해가 떠오른다. 나는 나무로 만든 아치형 다리를 건너다가 아래를 내려다본다. 풀이 무성한 사이로 개천물이 소리를 내며 흐른다. 이 물속에 나는 미꾸라지 네 마리를 놓아준 적이 있다. 지난여름 밤, 어린이집에서 손자가 받아온 미꾸라지를 며칠 동안 고민하다가 지금 이 자리에서 물속으로 놓아 보냈다. 그래서인지 이 다리를 지날 때면 꼭 개천 속을 들여다 보는 버릇이 생겼다.

다리를 지나 공원으로 들어선다. 내가 아파트에서 당동 주택으로 이사를 했을 때, 이곳은 버려진 땅이었다. 잡목과 잡초가 어우러진 곳이었다. 당정역이 신설

되고 주변이 정비되면서 지금의 아름다운 공원으로 다시 태어났다. 폭포수가 시원하게 쏟아지는 '진경산수'의 푸른 소나무들을 마주 보며 둥그런 벤치에 앉는다. 군데군데 피어나는 물안개가 다른 세상에 온 느낌을 준다. 폭포의 물소리를 들으며 눈을 감으니 나는 어느 새 깊은 산 계곡에 들어온 듯하다. 단전에 힘을 모으고 심호흡을 해본다. 눈을 살며시 뜨니 군락을 이룬 소나무들의 푸른 정기가 내 숨결을 따라 허파로 들어온다. 다시 천천히 숨을 내쉰다. 이번에는 진경산수의 모든 나무들을 눈으로 훑으며 좌우상하로 눈 운동을 한다. 그리고 일어서서 팔과 다리를 가볍게 흔들어본다.

진경산수의 뒤쪽에는 운동기구를 모아 놓은 체육시설이 들어서 있다. 남녀노소가 각자 맞는 기구를 찾아 몸을 단련한다. 나는 전후로 다리를 벌리며 양발을 교차하는 기구에 올랐다. 날렵하지 못한 내 운동신경은 나무라지 않고 애꿎은 나이만 속으로 물고 늘어진다. 많은 이들이 건강을 다지기 위해 아침시간을 투자하는 모습을 보면 마음이 흐뭇하고 나도 덩달아 힘이 나는 것 같다.

아침햇살이 퍼지기 시작한다. 걸음을 당정역 쪽으로 옮긴다. 출근시간이다. 바쁘게 움직이는 사람들 사이로 걸어가니 나도 모르게 발걸음이 빨라진다. 아침시간의 이 생동감은 걷는 자 만이 느낄 수 있는 소득이다. 걷는다는 것은 살아있음이며 에너지를 내뿜는 것이다. 모든 생명은 움직일 때 살아있는 증거가 된다. 그러므로 세상은 돌고 돌며 활기를 찾는 것이 아닐까.

나는 꽃이 피게 만드는 길과 저절로 꽃이 피어 있는 길을 생각해 본다. 전자는 인위적이고 후자는 자연적이다. 사람이 가꾸어 놓은 꽃들이 얼마나 화려하고 아름다운가. 끊임없는 종자의 개량을 통해 자꾸 새로운 품종을 만들어 낸다. 내가 사는 군포는 봄이면 철쭉꽃이 온 도시를 붉게 물들인다. 철쭉동산의 꽃길을 걸어본 사람들은 그 황홀한 매력을 잊지 못할 것이다. 군포뿐인가. 전국이 점차 공원화되어 어느 길을 달려도 도로변에 꽃들을 볼 수가 있다.

언젠가 TV를 통해 설악산 곰배령의 봄, 그리고 야생화 군락지를 본 적이 있다. 사람을 의지하지 않고 바람과 비의 힘만 빌어서 자연이 만들어 놓은 선계의 꽃밭이다. 어긋남도 없고 모자람도 없어 감히 인간의 말을 덧붙일 수 없는 신선의 화원이다. 사람의 손이 멀어질수록 자연은 더욱 자연스러워 진다. 세계가 주목하는 천상의 꽃길이지 않는가. 진정 아름다운 것은 멀리서 바라볼 때 더욱 아름답다.

우리가 살아가는 인생에도 꽃길은 있지 않을까. 꽃이란, 하루아침에 급조 되어 피어나지 않는다. 긴 겨울을 꽁꽁 언 땅속에서 기다리는 인내가 필요하며 봄이 와야 비로소 싹을 틔운다. 우리의 삶에서도 활짝 핀 꽃송이만 보려 하지 말고, 그 뒤에 숨겨진 꽃의 인내와 성실함을 살펴봐야 하겠다. 돌아보면, 누구나 인생에서 소박하고 아담한 꽃길을 만들기 위해 바쁘게 달리고 있는 것은 아닐까.

야생화의 寶庫, 수리산

장병연 시인

2009년 경기도의 세 번째 도립공원으로 지정된 수리산修理山은 군포시의 진산으로 안양과 안산시와 경계를 이루고 있는 산이다. 봉우리 및 절벽은 대체로 규암이고 계곡지대는 풍화에 약한 흑운모, 호상 편마암이나 안구상 편마암이 많고 부분적으로 백운모 및 흑운모 편암이 섞여있어 여기저기 동양화 같은 비경을 숨겨 놓고 있으며, 가장 높은 태을봉을 비롯해 관모봉, 슬기봉 등을 거느리고 있다.

영조 때 실학자 여암 신경준은 '산은 물을 건너지 못하고 물은 산을 넘지 못한다'는 우리의 전통적인 산자분수山自分水개념의 산경표山經表를 만들었다. 산경표에 의하면 백두산에서 지리산까지 이어지는 백두대간의 속리산에서 갈라진 2차 산줄기 하나가 북으로 방향을 틀어 안성의 칠장산(492m)에서 서남으로는 충청도 안흥 서해바다에 이르는 금강 북쪽의 금북정맥과 또 하나는 서북으로는 경기 서부 평원을 가로질러 백운산, 오봉산, 수리산 그리고 계양산을 거쳐 김포반도 통진의 문수산에 이르는 한강 남쪽의 한남정맥이 있다. 백두산으로 부터 수리산에 이르기까지 어느 강 어느 하천도 한남정맥의 이어짐을 끊은 바 없어 백두대간의 지기를 받아서일까 수리산은 산세의 수려함은 물론이고 세 도시에 갇혀있으면서도 희귀한 동식물들이 많고 특히 큰 산에서나 볼 수 있는 야생화들이 많다.

무슨 꽃이건 꽃을 보고 웃지 않는 사람이 있을까? 인위적으로는 지을 수 없는 자연스러운 미소를 '듀센미소'라 하는데 다양한 선물들 중에서 무엇보다도 꽃을 주었을 때 모든 사람들이 '듀센미소'를 짓는다고 한다. 꽃은 먹을 수 있는 열매를 맺을 것이라는 예고이기도 하기 때문에 인간들은 꽃은 좋아한다는 말도 있으나 그것보다 아름다운 형태와 화려한 색깔과 달콤한 향기를 가지고 있어서가 아닐까?

꽃들은, 꽃잎의 모양이나 형태의 좌우대칭, 회전대칭, 방사성대칭 등 완벽한 균형을 갖추고 있다. 뿐만 아니라 꽃잎의 수가 앞서 나오는 두 숫자의 합의 연속인 '피보나치 수열'을 정확하게 따름으로써 가장 아름다운 균형미를 준다는 1:1.168의 황금비율을 갖추어 진화한 것도 있다. 이는 생명의 항상성Homeostasis 즉 모든 생명체가 생명을 계속 유지하려는 본능에서 오는 번식의 전략이 만들어 낸 진화의 결과일 것이다. 산과 들의 초목들은 각기 자신만이 가진 은밀한 비법을 가지고 치열한 경쟁을 하고 있다. 그러면서도 모두 평화롭게 조화를 이루고 사는 것은, 서로 주고받으며 사는 상생의 자연 섭리가 꽃의 세계에 숨어있기 때문이다.

이러한 꽃들을 좀 더 사랑하기 위해서는 꽃의 모습과 생태를 관찰하고 주목하는 것도 중요하지만 우리가 진정 알아야 할 것은 꽃이 가지는 의미들이다. 그 의미를 알면 저절로 그 꽃들을 사랑하게 될 것이다.

산본에 거주하면서 수리산에 매료되어, 수리산의 아름다움을 시로 그리고 있는(詩中有畵) 김동호 시인이 수리산이 연출하고 있는 자연의 섭리와 꽃들의 아름다움에 매료되어 이렇게 노래했다.

봄볕이 따사롭자
싱싱한 고기들
많이 올라오고 있다

수리산 바다

어제는 近海에 나가서
고들빼기 씀바귀 냉이 소루쟁이
달래 쑥 무릇 제비꽃 꿩의 다리—
바구니에 넘치도록 잡아왔다

오늘은 遠海에 나가서
도라지 고사리 두릅 고비 더덕
삽주 으아리 엘레지 삿갓나물 애기나리—
망태기 찢어지도록 잡아 올 참이다

춘향아, 같이 가지 않으련

— 수리산 74 「나물 캐러 가자」 전문

　　시인이 발견한 고들빼기, 씀바귀, 냉이, 소루쟁이, 달래, 쑥, 무릇, 제비꽃, 꿩의
다리, 도라지, 고사리, 두릅, 고비, 더덕, 삽주, 으아리, 엘레지, 삿갓나물, 애기나
리 등은 수리산에 있는 단순한 꽃과 나물 이름의 나열이 아니다. 그리고 '바구니
넘치도록', '망태기 찢어지도록'이란 표현은 그 경험을 해 본 사람이라면, 그 옛

고향의 전원적 서정과 향수가 저절로 떠오르게 하는 시어들이다. 우리가 잊었던 기억들을 불현듯 떠올리게 하는 위의 시는, 바쁘고 복잡하게 살아가고 있는 현대인들에게 잊혀져가고 있는 누구나의 고향인 자연을 상기하라는 강한 메시지가 담겨있는 것이다. 즉 자연의 소리를 들으라는 외침이 들어 있는 것이다.

일찍이 하이데거는 현대사회의 고도로 발달한 기술문명은 물질만능주의와 능률지상주의가 팽배하여 서로가 서로에게 하나의 도구가 되고 개인주의화하여 점점 고향을 잃어가고 있다고 했다. 그것은 곧 자연을 버리고 있다는 의미이기도 하다.

수리산은 명산답게 수많은 야생화가 자생하고 있다. 어디에나 흔한 야생화 말고도 봄에 피는 족도리풀, 노랑붓꽃, 앵초, 변산바람꽃, 윤판나물, 애기나리, 벌깨덩굴, 양지나물 등과 여름에는 물레나물, 백선, 용담, 산부추, 으름덩굴 그리고 가을엔 커다란 밭을 이루고 있는 향유, 산국, 각종 취 등 이루 다 헤아릴 수 없는 야생화가 살고 있는 수리산은 우리가 가꾸고 아껴야할 자연 유산이다.

자연의 섭리를 깨달아 이리관물以理觀物하는 마음이 생기면 우리의 원래 자연이 곧 우리의 고향이라는 자연관이 생겨 자연을 사랑하는 마음을 가지게 된다. 또한 많은 꽃들이 간직하고 있는 아름다운 이야기들까지 알게 된다면, 우리들의 수리산은 더욱 아름다운 모습으로 다가올 것이다.

도시의 섬, 수리산

전현하 시인

    사방이 아파트 숲으로 둘러싸인 가운데 우뚝 솟은 수리산은 군포, 안양, 안산 시민들의 휴식처요, 마음의 고향이다. 답답한 일상 속에서 가슴을 시원하게 해주는 청량제 역할을 하는 보배 중의 보배인 산이다.

    수리산은 독수리 모양으로 생겼다 해서 붙여진 이름으로 수리산 또는 독수리산, 매봉, 매봉산 등으로 불리게 되었다고 한다. 최고봉은 488m, 관모봉, 슬기봉, 수암봉 등 표고는 높지 않지만, 도시속의 섬처럼 시민들의 힐링 장소로 훌륭한 역할을 하는 산이다.

    또한 도립공원으로 지정된 이후 인근 도시민들은 물론 산을 사랑하는 사람들이 외지에서 많이 찾아오고, 와서 보고 느낀 것을 글로 표현하는 것을 보았을 때 군포시민의 한사람으로서 자긍심을 느낄 때가 있다. 나도 이곳 산본 신도시와 인연을 맺은 지가 어언 강산이 두 번 변하는 세월이 흘렀다. 4개 신도시를 건설할 때 아파트 청약이 당첨되어 근무지와는 멀리 떨어진 이곳 산본에 정착하게 되어, 본의 아니게 직장을 옮겨야만 하는 일도 있었다. 민들레 씨앗처럼 바람 따라 흘러와 정착한 지가 엊그제 같은데 세월은 강물처럼 흘러 많은 것이 변하였다. 처음 이주해 왔을 때는 아파트 숲만 우뚝서있어 삭막하기까지 했던 이곳이 아파트 주위는 그때 심어놓은 나무가 자라 숲을 이루었고, 가로수도 성목이 되어 하늘이 안보일 정도의 숲으로 둘러싸여 있다. 산본이라는 이름은 산 밑에 자리 잡은 마을이라 하여 붙여진 이름이듯이 조금만 벗어나면 수리산과 만나게 되니, 사시사철 산과 함께하는 군포시민은 수리산과 일상을 함께한다 해도 과언이 아니다.

나의 일상도 책상에 앉으면 슬기봉과 철쭉동산에 훤히 보이고, 휴일이나 시간이 있을 때, 또는 머리가 복잡하거나 생각할 일이 있을 때는 혼자 산책을 하거나 등산을 하는 것이 습관처럼 되었다고나 할까.

내가 자주 가는 코스는 주로 중앙도서관 옆 삼림욕장부터 시작한다, 입구에 들어서면 돌탑과 쭉쭉 하늘을 향해 서있는 소나무, 참나무, 벚나무 등이 반겨주고, 화장실에서 들려오는 은은한 음악소리가 복잡한 머리를 맑게 해준다. 화장실을 보면 우리 시민 수준이 보통을 넘는다. 선진국과 후진국의 차이는 환경과 문화의 차이가 아닐까.

길을 따라 한 걸음 한 걸음 올라가다 보면 약수터와 시의 숲이 나오는데 여기서부터는 발걸음이 더 천천히 느려진다. 한 편 한 편 시를 보며 걷다 보면 모든 잡념이 사라지고 시의 무념무상이라고나 할까. 느리게 걷는 묘미를 느낄 수 있어 좋다.

우연히 수필집에서 나의 산행기 작품을 보고 느낀 것을 수필로 쓴 작품과, 산악인이 수리산 등산기에 시의 숲을 지나며, 산행기에 대해 보고 느낀 생각을 인터넷에 게시하였을 때 나도 모르게 가슴이 잔잔하게 울려왔고 , 글을 쓰는 보람을 느꼈다. '한 사람의 독자라도 있으면 오늘도 시를 쓰겠다.'는 어느 시인의 말이 떠오르는 순간이었다.

생각이 깊은 날은 발길이 산으로 간다.
비탈길 굽이돌아 사념에 젖어들면
지나온 생각이 아파 빈 하늘을 바라본다.

머리푼 갈바람이 낙엽을 울리고 갈 때
낙엽우는 소리에 삶에 주름 헤여보고
가을새 우는 사연도 속품 깊이 새겨본다.

무심을 삭혀가며 밟고 가는 시간 속에
산사에 염불소리는 빈 골짝에 퍼져간다.
속세의 오염된 영혼을 헹구면서 나도 간다.

―「산행기」

　　조금 더 올라가면 산사에서 울려 퍼지는 독경소리가 마음을 차분하게 하고, 팔
각정을 지나 어느 날은 큰길로 해서 수리사 쪽으로 내려가고 좀 더 혼자 생각할
일이 있으면 오솔길로 접어들어 솔밭숲을 따라 내려가다 보면, 솔향에 머리가
맑아지는 것을 느낄 수가 있다. 올해는 가뭄이 심해 계곡의 맑은 물소리를 듣지
못했지만 시원한 골바람 소리와 산새소리, 풀벌레소리를 들을 수가 있으며, 웅
덩이에 고인물이 맑고 깨끗해 사막에서 오아시스를 만난 듯 가슴이 시원함을 느
낄 때가 종종 있다.
　　도립공원으로 지정된 후 여러 가지 변화를 느낄 수 있으며, 등산객을 위한 편
의 시설이 들어서는 것을 보면 한편으론 기쁘고 또 한편으로는 너무 인위적으로
자연을 훼손하는 것 같아 동전의 양면같이 마음이 안 좋을 때도 있다.

속달동을 지나다 수리정이라는 안내 표지판이 있어 올라가 보니 국궁장이 나오는데, 너무 열악한 정을 볼 수 있다. 국궁인의 한사람으로서 너무 정이 초라해 마음이 별로 좋지 않다. 국궁은 우리의 전통무예로서 전국궁도협회, 도지부, 시군협회, 궁도장으로 전국적으로 활발히 움직이는데, 군포시는 제대로 된 궁도장이 없는 것이 아쉽다. 중국은 창의 문화, 한국은 활의 문화, 일본은 칼의 문화로 궁도는 한민족과 함께 해왔으며, 한민족의 DNA가 살아있는 우리의 전통무예로 생활체육 차원에서 발전시켜 나갔으면 하는 바람이다.

이렇게 해서 산본에 도착하면 2시간 코스가 된다. 또한 그날의 시간에 따라 슬기봉, 태을봉. 수리사, 갈치저수지, 반월저수지 등 다양한 코스가 있으니 하루의 일정을 감안해 코스는 정하기 나름이다.

산을 찾는 매력은 봄 산은 기인 침묵으로 기다리던 인내의 힘이 봄바람의 기운을 얻어 일렁이는 녹색의 향연이 파도처럼 대자연의 숨결을 느낄 수 있고, 여름 산은 초록물이 떨어지는 오솔길을 걷다보면 새색시 연지 같은 산딸기가 맞아주고, 가을산은 되돌아 갈 수 없는 시간의 끝에서 단풍도 세월에 밀려 아름답게 울고 있는 모습을 볼 수 있다. 겨울산은 화려한 옷을 벗고 싸늘한 시간만이 산정을 밟고 가고, 벗은 알몸으로 누워 눈보라를 부르며 봄 오는 꿈을 꾸면서 겨울 산의 떨군 울음만 새겨보며 사색에 잠겨보는 것도 산을 찾는 매력이다.

가까운 산 밑에 보금자리를 잡고 살아가는 군포시민은 수려한 수리산과 함께 건강한 일상을 살아가는 행복한 시민들이며 이웃과 함께 행복해 지길 바란다.

또한 수려한 산처럼 문화와 예술이 꽃피는 도시로 하루하루 발전해 가는 것을 볼 수 있다. 책의 도시답게 언제 어디서나 책과 함께 하고, 문학과 함께 건강한 일상을 살아갔으면 하는 바람이며, 그 중심에는 군포문인협회가 올해 20주년 맞이하며 많은 발전을 거듭해 가고 있다.

돌이켜 보면 신도시가 생기고 외부에서 문인들이 터를 잡고 뜻 있는 문인들이 주축이 되어 군포문인협회를 창립한 지가 어언 20년이라는 세월이 흐르고 올해로 시민문학 23집이 나오니 그동안 우여곡절도 있었지만 발전에 발전을 거듭해 오늘에 이르고 있다. 주요행사만도 수리시낭송회, 군포백일장, 가을시화전, 시민문학 발간, 군포예인예술제, 군포독서대전, 문학기행 등 다양한 행사를 진행하고 있다.

우리의 삶 속에서 겪는 여러 가지 일들이나 심리적인 갈등 및 고뇌, 아픔, 슬픔, 분노심이나 한을 글읽기나 글짓기 또는 일기를 쓴다는 마음으로 편안하게 글을 써내려가다 보면 마음속에 쌓여있던 나쁜 감정들이나 스트레스가 사라지는 효과를 얻을 수 있다. 그러면서 정신적으로 육체적으로 건강한 삶을 누릴 수 있을 것이다.

"그 사람이 읽는 글이 그 사람을 만든다."는 말이 있듯이, 그 사람이 읽는 글이 그 사람과 생각에 커다란 영향을 끼칠 뿐만 아니라 그의 인생을 바꾸어 놓을 만큼 인생의 대 전환을 가져올 수 있다는 말이다.

책과 함께하는 일상 속에서 지친 몸과 마음을 달래고 언제나 문인들만의 이 자리가 아닌 시민과 함께 이야기 하고 우리의 일상 속에서 문학이 항상 꽃피기를 기원해 본다.

군포를 스토리텔링하다

열다

반월 호수

떴다, 미월 책마을
— 2070 대야미에서 반월호수까지

박소명 이동문학가

"호룻호룻."

손목에 찬 워치팡이 울렸다. 채움이는 스파이더맨 벨트가 보이지 않게 하려고 얼른 스웨터를 걸쳤다. 눈앞에 홀로그램이 떴다. 엄마, 아빠가 나타났다.

"숨겨도 다 알아. 또 스파이더맨 놀이냐?"

"엄마야말로 또 그 말이야?"

채움이가 톡 쏘며 소파에 앉았다. 얼마 전 채움이는 스파이더맨 클럽에 가입했다. 스파이더맨 영화에서 힌트를 얻어 만든 클럽이었다. 영화 속 스파이더맨처럼 벨트 버튼을 눌러 그물을 쏘는 일은 쉽지 않았다. 채움이는 레벨을 빨리 올리고 싶어 자주 연습을 했다.

"에릭이 곧 도착할 테니 안내 잘 해라. 지난번 우리 영국 갔을 때 에릭 부모님이랑 에릭이 얼마나 친절하게 해주었니. 너 에릭이 스톤헨지 안내도 해주었잖아?"

"알았어. 대신 S12 사 주는 거 잊지 마."

S12는 올 초에 나온 최신 스파이더맨 벨트였다. 이 벨트에는 그물망, 벽을 타고 오르는 줄은 물론 하늘을 나는 특수 장비가 들어 있었다. 게다가 무게도 60그

램밖에 안 되었다.

"너무 조건만 따지면 안 되지. 믿음직한 우리 채움이만 믿는다."

엄마 대신 아빠가 나섰다.

"칫, 하늘을 나는 자동차를 사달라는 것도 아닌데. 알았어. 잘 안내할게."

채움이는 엄마, 아빠가 사라지는 것을 보며 손을 흔들었다. 상담심리센터를 운영하는 엄마, 아빠는 우주 엘리베이터를 타러 갔다. 엄마 생일을 맞아 하루 휴가를 낸 것이다. 작년 생일에는 엄마 영국 유학 시절 친구인 에릭 부모님 초청으로 온 식구가 영국에 갔었다.

"에릭 오빠도 참! 책마을이 뭐가 좋다고? 촌스럽게."

채움이가 태어나기 수 십 년 전에 인류는 책을 버렸다. 2070년인 지금은 책을 읽는 사람이 거의 없다. 아니 읽을 필요가 없다. 얻고 싶은 지식이 있으면 컴퓨터가 보여주고, 읽어주고, 원하는 대로 알려준다. 굳이 컴퓨터가 아니더라도 워치팡으로 바로바로 알 수 있다. 세상에 있는 지식이란 지식은 모두 새끼손톱보다 작은 칩 하나에 다 들어있다.

아침에 눈을 뜨면 새로운 첨단 기술이 발표되고 있는 요즘 이상한 기운이 일었다. 종이책에 대한 관심이 조금씩 높아지기 시작한 것이다. 자연스럽게 세계에서 가장 체계적이고 규모가 큰 군포 미월 책마을도 떠오르고 있었다. 미월 책마을은 대야미에서 반월 저수지까지 이어져 있어서 붙여진 이름이다. 아빠 말로는 2020년 이후 더 이상 찍어내지 않는 종이책에 대한 추억이 살아나는 것이라고 했다.

'에릭 오빠도 종이책에 대한 추억이 있나?'

채움이는 고개를 저었다. 에릭과 5살 밖에 차이가 안 나니 채움이와 다를 게 없는 세대이기 때문이다. 채움이는 의상 부스로 들어가 활동하기 편한 옷을 떠올렸다. 곧 신축성 좋은 진노랑 셔츠에 갈색 반바지가 입혀졌다. 허리에 찬 스파이더맨 벨트는 그대로 두었다. 벨트가 마치 자기 몸처럼 느껴져야 레벨을 올릴 수 있기 때문이었다. 채움이는 만족한 얼굴로 의상 부스를 나왔다.

"호릇호릇."

워치팡이 울렸다. 에릭이 현관에 도착한 것이다. 채움이는 얼른 현관으로 나갔다.

"채움!"

에릭이 두 팔을 활짝 벌리며 다가왔다. 채움이는 에릭을 살짝 피해서 옆으로 섰다. 그리고 오른손을 번쩍 올렸다. 에릭이 머리를 긁적이며 하이파이브를 했다.

"나, 열두 살이거든! 아무나 안 껴안아."

채움이는 어깨를 으쓱해보였다. 만능 워치팡이 말을 통역해 뇌파로 연결해 주기 때문에 에릭도, 채움이도 서로의 말을 바로 알아들었다.

"알았어. 와아, 정말 엄청 컸네! 인정할게. 스파이더 걸!"

"탱큐! 구슬맨!"

에릭은 나이보다 훨씬 어려 보였다. 콧등에 난 주근깨와 움푹 들어간 보조개 때문이었다. 유치원 아이들이나 갖고 노는 구슬치기를 좋아한다니 마음도 어린 것 같았다. 역시 구슬이 들어 있는 바지 주머니가 불룩 나와 있었다.

식사 로봇이 챙겨준 점심을 먹은 후 채움이는 에릭과 함께 집을 나섰다. 군포 동쪽 지구에 있는 집 앞에서 자동시스템 길에 올랐다. 이 길에 오르면 시가지와 맑은 금정천을 편안하게 바라보며 미월 책마을까지 갈 수 있다. 사람들 틈에서 채움이와 에릭은 길가에 이어진 안전 지지대를 잡고 섰다. 맑은 물이 흐르는 금정천 가장자리엔 갖가지 들꽃들이 피어 있었다. 여기저기서 뛰어오르는 물고기들로 금정천은 보석처럼 빛났다. 물총새가 사냥을 하느라 바삐 움직이고 있었다.

"아, 드디어 미월 책마을에 가는구나."

에릭이 흥분된 목소리로 말했다. 채움이는 엄마, 아빠 성화에 못 이겨 책마을에 한 번 간 적이 있었다. 하지만 엄마, 아빠 뒤만 졸졸 따라다니다 나왔다. 고리타분한 책밖에 더 볼 게 없었다. 이런 곳을 에릭은 6개월 전부터 예약하고 기다렸다. 하루에 딱 500명밖에 관광객을 받지 않기 때문에 예약은 필수였다지만 뭘 그렇게 기대하는지는 이해가 안 됐다.

"오빠는 책 좋아해?"

"좋아하니까 여기까지 왔지."

"으응. 당연한 답이네. 특별히 좋아하는 까닭이라도?"

채움이는 어색하게 웃으며 물었다.

"너, 종이책을 넘길 때 손가락에 침을 살짝 묻혀 넘기는 거 모르지? 어느 책에서 읽었는데 그대로 해보니 누군가와 소통하는 것 같아 기분 정말 좋더라. 컴퓨터로 읽는 맛과는 하늘과 땅 차이지."

"침을 묻힌다고?"

채움이는 고개를 절레절레 흔들었다. 구슬치기를 좋아하는 에릭다운 생각이었다.

"그리고 말이야. 김찬주 박사님 고향이 군포라서 더 오고 싶었어. 김찬주 박사님이 쓴 책을 볼 생각을 하니 가슴이 뛰어. 내가 존경하는 분이거든."

채움이는 고개를 끄덕였다. 김찬주 박사님이라면 채움이도 알고 있었다. 한국인으로는 처음으로 노벨물리학상을 받은 분이었다.

철쭉동산을 넘어 아치형 하늘 다리로 올라갔다. 아래로 책마을이 보이기 시작했다. 도로를 가운데 두고 양쪽으로 이어진 건물이 마치 거대한 책을 펼쳐 놓은 것 같은 모양이었다. 하늘 다리를 내려가니 '미월 책마을'이라고 쓰인 태양전광판이 보였다. 그 옆에는 동상이 우뚝 서 있었다. 자동시스템 길에서 내리자 에릭은 단숨에 동상 앞으로 갔다.

"이 책마을을 만든 주인공인가 보네?"

"응, 그 당시 군포시장님이셨대."

채움이도 동상을 올려다보았다. 한 손엔 책, 한 손엔 하트를 들고 있는 동상이 환하게 웃고 있었다. 책 안내 캐릭터인 다람쥐 복장을 한 사람들이 입구에서 인사를 했다. 알밤을 모으는 다람쥐처럼 책을 모았음을 상징하는 캐릭터 '낭낭이'였다. 채움이와 에릭이 그들 앞을 지나자 바닥 인식 장치가 딩동댕~ 밝은 종소리를 내며 통과시켰다.

서양식과 한국식을 섞은 건물들이 눈앞에 들어왔다. 지붕은 모두 기와를 얹은 한국식이었다. 각 건물마다 분야별 책 안내 전광판이 반짝였다. 채움이가 물었다.

"에릭 오빠, 가장 보고 싶은 분야가 뭐야?"

"과학!"

"맞아. 오빠 꿈이 과학자라 했지. 그런데 동선 상 미술관과 음악관을 거쳐 가면 좋겠어."

채움이 말에 에릭도 고개를 끄덕였다. 곧 눈앞에 책마을 안내 캐릭터 낭낭이가 홀로그램으로 떴다.

"미월 책마을에 오신 것을 환영합니다. 높은 곳에 있는 책을 보실 때는 날개의자를 이용할 수 있습니다. 이곳 책들은 인류문화유산입니다. 소중하게 다루어 주시면 감사하겠습니다. 아울러 비상시에는 화살표를 따라 각 층 동편에 마련된 안전지대로 이동해주십시오."

인사를 마친 낭낭이는 채움과 에릭을 미술관으로 안내하고 사라졌다. 천정까지 닿은 책꽂이에는 미술과 관련된 책들이 빽빽하게 꽂혀 있었다. 책꽂이는 방사선 모양으로 뻗어 나갔다. 사람들은 앉거나 엎드리거나 곳곳에서 책을 보고 있었다. 날개의자를 타고 높은 곳을 살피기도 했다.

"와, 놀랍다. 이렇게 많은 책이 한곳에 있다니."

에릭은 감탄사를 계속 외쳤다.

음악관에 가서도 에릭은 입을 다물지 못했다. 음악관은 책꽂이가 모두 악기로 되어 있었다. 고전 악기인 피아노 책꽂이, 색소폰 책꽂이, 플루트 책꽂이……. 책꽂이들이 낮았기 때문에 음악관은 미술관보다 훨씬 공간이 넓어 보였다.

다시 낭낭이가 나타나 과학관으로 안내했다. 입구에서 채움이는 모자를 푹 눌러쓴 남자와 부딪쳤다. 에릭이 얼른 채움이 팔을 붙잡아주었다.

"뭐 저런 사람이 다 있어?"

채움이가 투덜거렸지만 남자는 벌써 저만치 앞서 가고 있었다.

과학관 책꽂이도 미술관과 비슷했다. 에릭 눈빛이 빛나기 시작했다. 에릭은 날개의자에 앉아 높은 곳에 있는 책들도 일일이 살폈다. 채움이는 눈높이에 있는 책 제목만 훑어보았다. 따분했지만 에릭이 좋아하는 걸 보니 나쁘지 않았다.

"넌, 어느 나라에서 온 거냐?"

콧수염을 단정하게 기른 관리자 아저씨가 에릭에게 물었다.

"영국에서요."

"이제 책은 책장에 꽂혀 있기만 해도 훌륭한 볼거리가 되었지. 책이 생활화 되어야 하는데, 이런 시대에 산다는 게 조금은 서글프구나. 하지만 책이 잊혀진 시대에 이곳에서 책과 함께 살고 있으니 난 행운아가 분명하지. 또 너희들같이 책에 관심을 가지고 있는 아이들이 있다는 것도 기쁘고."

"전 아니에요."

채움이가 손을 저었다.

"음, 너도 때가 되면 좋아하게 되겠지."

아저씨가 빙그레 웃었다.

"50년 전엔 우리나라 헤이온리 책마을이 세계적으로 유명했대요. 그런데 시대에 뒤떨어진다고 나라에서 책방을 디지털화 시켰대요. 이제 우리나라에서는 책 구경하기가 힘들어요. 책이란 책은 모두 지식 칩에 넣었죠. 이렇게 될 줄 몰랐던 거지요. 그런 면에서 군포는 멀리 보는 눈이 있었나 봐요."

에릭이 엄지손가락을 높이 올리며 말했다.

"그렇지. 한 때 모든 나라가 종이책을 경시했지. 우리나라도 그랬단다. 국가가 정책적으로 종이책을 버렸어. 이곳에서도 우여곡절이 많았단다. 책마을 조성 찬성파와 반대파가 격돌했지. 마치 6.25 시절 공산주의와 민주주의 이념 대결처럼 말이야. 하지만 시장님의 끈질긴 설득으로 책마을 조성이 시작되었지. 각 나라뿐만 아니라 우리나라 모든 지역에서 책을 없애는 작업을 하는 동안 오직 군포에서만 책을 모았던 거야. 각 분야 전문가들이 모여 분야별 책을 모았지."

아저씨가 책들을 둘러보며 자랑스럽게 말했다.

"김찬주 박사님 책을 따로 모아 놓은 곳이 있다던데요?"

에릭이 묻자 아저씨 눈이 커다래졌다.

"김찬주 박사를 좋아하니? 내가 김찬주 박사 제자였단다."

"정말요? 제가 가장 존경하는 분이에요."

에릭도 덩달아 눈이 커졌다.

"자, 나를 따라오너라. 이름이 뭐니?"

아저씨는 한 층 위로 올라가며 물었다.

"전 채움, 오빠는 에릭이에요."

"그래, 채움, 에릭 반갑구나."

2층 한편엔 나선형 책장이 즐비했다. 달팽이집처럼 뱅뱅 돌아 어지러울 지경이었다.

"여기는 스승님과 관련된 책을 모아두었지. 특별히 스승님과 내가 함께 만든 곳이란다."

"우와, 김찬주 박사님의 책들을 직접 볼 수 있어서 행복합니다."

에릭은 어쩔 줄을 몰라 했다. 아저씨는 나선형 책장 옆에 있는 유리로 덮인 책장을 가리켰다.

"여기 있는 건 단 한 권 밖에 없는 책들이야. 스승님의 사인이 들어 있는 1쇄 본이지."

"역시 '아그네스를 위하여'도 이곳에 있군요."

유리장을 들여다보며 에릭이 침을 삼켰다.

"아그네스를 위하여? 아그네스999랑 관련 있나?"

채움이는 고개를 갸웃거렸다. 아그네스999는 사람하고 똑같은 감성을 가진 로봇이었다. 많은 과학자들이 만들고 싶어 하지만 아직 완성하지 못했다. 사람의 감성을 갖게 하기에는 아직 역부족이라고 했다.

"나는 다른 일 좀 봐야겠구나."

아저씨가 간 후 에릭은 유리장 앞에서 한참을 서 있었다. 그런데 어떤 사람이 책장 뒤에서 에릭을 훔쳐보고 있었다. 아니 유리장을 보고 있었다. 채움이와 부딪쳤던 남자가 분명했다. 하지만 순간 거짓말처럼 사라지고 없었다.

에릭은 어느새 찬찬히 나선형 책장을 둘러보고 있었다. 책 방향에 따라 에릭

고개도 돌아갔다. 그러더니 책 한 권을 빼서 읽기 시작했다. 채움이는 책장 옆에 놓인 의자에 앉아 에릭을 쳐다보았다. 정말 넘길 때 침을 묻히나 안 묻히나 살폈다. 다행히 침은 묻히지 않았다. 심심해진 채움이는 좀 둘러보기로 했다. 저만치서 콧수염 아저씨는 사람들에게 설명을 하고 있었다.

"휴, 완전 책뿐이군."

채움이는 발길 닿는 대로 돌아다녔다. 이리 봐도 저리 봐도 책이어서 딱히 구경할 게 없었다. 그래도 미로 같은 통로를 걷는 일이 나쁘지 않았다. 이런 곳에서 스파이더맨 놀이를 하면 스릴이 넘칠 것 같았다. 채움이는 악당이 미로 어디쯤 숨어 있다고 상상하며 이리저리 걸었다.

그때였다. 비상벨이 요란하게 울렸다. 순간 캄캄해졌다가 환해졌다. 낭낭이가 나타나 급히 말했다.

"누군가 침입해 전력을 차단했습니다. 비상전력을 가동시켰으니 손님 여러분은 각 층 안전지대로오오오……."

낭낭이는 말끝을 잇지 못하고 사라졌다. 전등도 다시 꺼졌다. 사방이 캄캄해졌다. 채움이는 제 자리에 꼼짝 않고 서 있을 수밖에 없었다. 햇빛으로부터 책을 보호하기 위해 이곳엔 창문이 없다는 말을 들은 적이 있었다. 하지만 이런 일은 생각조차 해보지 못했다. 가만히 있으니 바닥에 화살표가 떴다. 어둠 속에서 스스로 빛을 내는 장치였다.

"화살표를 따라 안전지대로 가요!"

이곳저곳에서 사람들이 외쳤다. 화살표 덕분에 주변이 희미하게 보이기 시작했다. 채움이는 안전지대로 가려다 발길을 돌렸다. 그제야 에릭이 떠올라서였다.

"에릭! 에릭 오빠!"

"채움! 채움!"

다급한 에릭 목소리가 들려왔다. 아직 나선형 책장 쪽에 있는 게 분명했다. 채움이는 에릭 목소리를 쫓아갔다. 저만치서 두 사람이 엎치락뒤치락하고 있었다. 그러다 한 명이 일어나 도망쳤다.

"책을 훔쳐가는 거야!"

에릭이 소리치며 뒤따라갔다. 채움이도 쫓아갔다. 에릭이 주머니에서 구슬을 힘껏 던졌다. 도망치던 자가 구슬을 밟고 휘청거렸다.

"그래, 이거야!"

채움이는 벨트에 있는 버튼을 만졌다. 그리고 그 사람을 향해 힘껏 버튼을 눌렀다. 그물이 좌악 소리를 내며 그를 덮쳤다.

"어이쿠!"

그가 앞으로 고꾸라졌다. 하지만 곧 일어났다. 그물망이 덮어씌우지는 못했지만 등을 세게 쳤는지 비틀거렸다.

에릭이 달려가 그를 넘어뜨렸다. 그가 에릭을 뿌리치려고 발버둥을 쳤다. 다시 비상벨 소리가 요란하게 들려왔다. 곧 전등이 환하게 켜지고 보안 경찰들이 그를 제압했다. 그는 채움이랑 부딪쳤던 남자였다. 놀란 마음을 쓸어내리며 채움이는 그물망을 벨트에 거둬들였다. 비록 실력 발휘를 다하지 못했지만 뭔가 해낸 것 같아 위로가 되었다. 에릭도 놀라운 눈빛으로 바라보았다.

"채움이 스파이더맨 놀이 대단한데?"

"오빠 구슬 놀이도 그렇던데?"

채움이도 엄지를 올렸다.

"너희들이 큰일을 해냈구나."

어느새 콧수염 아저씨도 달려왔다. 보안 경찰이 남자에게서 책 한 권을 빼앗아 콧수염 아저씨에게 건넸다.

"손님 여러분 약간의 사고가 있었지만 진압되었습니다. 안전지대를 벗어나 편안하게 관람하십시오."

홀로그램으로 나타난 낭낭이가 사람들을 안심시켰다.

"에릭, 너 불독처럼 물고 늘어지더라. 손등 상처는 치료해야지? 사무실로 가자."

아저씨가 앞장섰다.

"다행히 스친 상처구나."

아저씨는 에릭 손등에 약을 바르고 밴드를 붙여주었다. 그리고 채움이를 보며 물었다.

"너도 오늘 대단한 활약을 했구나. 스파이더맨 클럽이니?"

"네. 이제 막 가입했어요. 그런데 이렇게 쓰일 줄 몰랐네요."

채움이는 쑥스러웠지만 칭찬을 받으니 기분이 좋았다. 아저씨는 남자에게 빼앗은 책을 들여다보았다. '아그네스를 위하여'였다.

"비상 전력까지 차단하고 보안시스템을 마비시킨 걸 보니 이 책을 훔치려고 오래전부터 계획한 모양이야. 너희들이 아니었으면 큰일 날 뻔했구나. 단 한 권밖에 없는 책인데."

"김찬주 박사님이 이 책 어느 행간에 아그네스999를 만드는 비법을 숨겨두었다는 이야기를 들었어요."

에릭이 눈을 반짝이며 말했다.

"그런 잘못된 소문 때문에 이 책을 노렸겠지. 이 책은 부르는 게 값이 될 테니까. 하지만 이건 과학의 한계에 대한 책이란다. 인간의 감성은 오직 인간만이 가질 수 있다고 주장하고 있어. 오히려 아그네스999에 반대하는 책이라고 할 수 있지."

아저씨 말에 에릭이 고개를 갸웃거리며 물었다.

"왜 반대하죠? 저는 아그네스999가 평화를 가져올 거라 생각되는데요."

"넌 아직도 과학이 세상을 바꿀 수 있다고 생각하니? 한때 원자력 덕분에 사람들은 전기를 마음껏 썼지. 하지만 원자력으로 생명을 잃은 사람이 몇이더냐? 환경 파괴는 또 얼마나 많았느냐. 과학은 모든 것의 정점이라는 서양 학자들의 말은 틀렸어. 스승님은 더 이상 과학이 발전해서는 안 된다고 하셨지."

아저씨가 긴 한숨을 쉬며 말을 이었다.

"정말 박사님이 그렇게 말씀하셨어요?"

에릭이 심각한 표정으로 물었다.

"그렇단다. 박사님은 노벨상을 받은 후 아그네스999 연구를 중단하셨어."

채움이도 아저씨 말에 놀랐다. 김찬주 박사님에 대해 너무 모르고 있었다.

"박사님이 이 책을 쓰신 것은 인간을 이롭게 하는 책을 강조하기 위해서야. 지금 과학은 너무 비약적으로 발달했어. 여기서 멈추어도 충분해. 우리는 기계 때문에 점점 생각하기를 싫어하게 되었지. 모든 걸 기계가 해주니까 말이야. 사색하는 일이야말로 인간을 가장 인간답게 해주지. 책은 지식 칩이 할 수 없는 사색의 길로 안내하지. 모든 인간을 평등하게 해주고 자유롭게 하는 게 바로 책이야."

아저씨가 진지한 얼굴로 말했다. 채움이는 사색이라는 단어가 낯설었지만 궁금해졌다. 지식은 그냥 지식일 뿐인 줄 알았다. 그런데 아저씨 말을 들으니 혼란스러웠다.

"오늘은 시간이 늦었으니 다음에 한 번 더 방문할 수 있도록 해주마. 너희들에게 김찬주 박사님 유품실을 보여주고 싶구나. 박사님이 너희 만할 때 봤던 책들도 있단다. 자, 워치팡 번호 좀 알려 줄래? 방문허가칩을 넣어줄게."

"우와! 정말이요?"

에릭은 신이 났다. 아저씨는 채움이에게도 물었다.

"넌? 너도 다시 올 거지?"

"네? 전……. 저도 올게요."

채움이도 고개를 끄덕였다.

집으로 돌아가니 엄마, 아빠가 와 있었다.

"어, 에릭 왜 다친 거야?"

엄마, 아빠는 똑같이 에릭 손등을 바라보았다.

"별거 아니에요. 조금 다쳤어요."

"이거, 별거예요. 영광의 상처죠. 오늘, 우리가 무슨 일을 한 줄 아세요?"

채움이는 낮에 있었던 활약상을 늘어놓았다. 엄마가 놀란 얼굴로 말했다.

"세상에! 그 책값이 어마어마하다는 말은 들었지만 훔칠 생각을 하다니. 어쨌든 너희들이 이렇게 돌아왔으니 다행이다."

"대신 언제든 다시 방문할 수 있는 칩을 받았어요. 채움이 덕분에."

에릭이 채움이를 바라보며 활짝 웃었다.

"제 스파이더맨 놀이가 얼마나 쓸모 있는지 알았죠?"

채움이가 어깨를 으쓱했다.

"흠! S12 빨리 사달라고 조르게 생겼군."

엄마는 이렇게 말했지만 얼굴은 함빡 웃고 있었다. 채움이도 지지 않고 말했다.

"당연히 얼른 사주서야죠. S12였으면 책도둑을 바로 덮쳤을걸요. 그런데 우주 엘리베이터 여행은 어땠어요?"

"햐, 말로는 설명할 수 없이 아름다워. 어릴 때 말이야 우리들 꿈이 하늘로 올라가서 별이 되었다는 말을 들었는데 정말 그런 것 같더라. 아무리 과학이 발달되었어도 과학으로만 해석할 수 없는 무엇이 있는 것 같아."

엄마는 꿈속을 걷는 표정을 지었다.

"다음 방문 때 과학관 관리자 아저씨가 김찬주 박사님 어린 시절에 읽던 책들도 보여 준대요. 군포 미월 책마을 멋져요! 영국에 가서 엄청 자랑할거예요."

에릭이 들뜬 목소리로 말했다.

"에릭 오빠 덕분에 우리 군포가 화악 뜨겠네! 흠, 나도 에릭 오빠 덕분에 책에 대해 좀 알아볼까?"

채움이 말에 엄마, 아빠가 똑같이 말했다.

"듣던 중 반가운 소리구나."

"반갑죠? 그럼 그런 의미에서 우리 금정 타워에 저녁 먹으러 가요."

채움이가 엄마, 아빠 손을 잡아끌었다. 엄마가 활짝 웃으며 말했다.

"좋지. 에릭, 거기가면 책마을의 환상적인 야경도 볼 수 있단다."

네 사람은 곧 집을 나섰다. 은하수처럼 아름다운 책마을 야경이 에릭 가슴에 반짝 떠올랐다.

산본에서 영화를 찍다

오은희 소설가

    오늘도 4호선 산본역과 수리산역 개찰구에서는 끊임없이 사람들이 쏟아져 나오고 있었다. 전철역을 빠져 나온 사람들은 삼삼오오 모여 택시를 타기도 하고 곧장 중심상가지역으로 걸어 들어가기도 했다. 혹은 수리산 산책코스를 택한 이들도 있다. 어떤 것을 먼저 하든 그들은 오늘 하루 이곳, 군포의 신도시 산본과 주변 곳곳을 둘러보며 영화 속 주인공이 되어 행복한 시간을 보내게 될 것이다.

    일 년 전 개봉한 영화 '수리산에 가을 지다'가 이렇게까지 큰 파장을 몰고 올지 아무도 예측하지 못했다. 저예산에 신인감독이었다. 지금은 다소 시들해졌다고는 하지만 역시 아름다운 남자 장동건이 순애보의 역할을 맡았던 것이 많은 여성들의 심금을 울려서였을까. 아니, 그의 내면연기가 깊어진 까닭도 있으리라. 여자배우는 한때 그와 모회사 커피광고를 찍었던 수애였다.

    영화 속에서 그들은 산본 신도시에 사는 젊은 부부로 등장한다. 영화 속 배경은 온통 수리산과 반월호수, 철쭉꽃이 활짝 피어있는 동산과 중심상가의 야경, 숲 속에 자리 잡은 중앙도서관이었다. 아기자기 예쁘게 꾸민 그들의 보금자리는 도서관 앞 스물세 평 설악아파트. 도서관 사서로 근무하는 나윤(영화 속 수애의 이름이다)이 근무지를 옮기면서 그들은 산본으로 이사를 온다. 서울 교보문고

도서마케팅과 대리인 승조는 매일 한 시간 넘게 걸리는 출근시간이 조금 부담스럽긴 하지만 나윤과 함께 이곳으로 온 것이 매우 만족스러웠다. 전철에서 그날 그날 들어오는 신간서적을 읽어보는 것이 업무에도 도움이 되었고 눈을 감고 나윤과의 연애사를 반추하다 보면 저절로 입가에 미소가 돌았다. 사실, 업무 일로 그녀를 만났을 때 그는 운명이 있다는 것을 떠올렸다. 초등학교 6학년이었던 승조가 아버지의 일곱 번째 근무지 문경에서 마음속에 담아두었던 아이가 나윤이었다. 승조가 중학교 3학년이 되었을 때 잦은 이사에 진력이 난 승조의 엄마는 서울로 옮겨와 붙박이로 살자고 했고 다행히 아버지가 KT서울본사로 발령이 났다. 그로부터 15년이 흘러 그녀를 다시 만났을 때 승조는 나윤을 대번에 알아보았다. 나윤의 속눈썹은 고개를 숙이고 있으면 마치 마음을 가려버리는 커튼처럼 길고 짙었다. 승조는 무던히도 그 안을 들여다보고 싶었다. 그 속눈썹은 여전하였다.

영화 속 산본의 모습은 너무나 아름답고 멋졌다. 산본 전철역을 풀샷으로 찍고, 단풍과 은행잎이 바람에 연속적으로 날리는 롱테이크 기법을 과감히 시도하기도 한 감독은 이곳에서 나고 자란 이였다. 러시아의 안드레이 타르코프스키를 좋아한다는 감독은 그처럼 자신도 풍경을 사람 마음 안으로 옮겨놓는 작업을 하고 싶었다며 다른 곳을 헌팅할 필요도 없이 산본을 적격지로 꼽았다. 이십 년 전 '겨울연가'나 '가을동화'라는 드라마가 그랬던 것처럼 '수리산에 가을 지다'는 남녀의 아름다운 사랑과 더불어 영화 속 풍경이 보는 이들의 가슴 속으로 스며들어 오게 하는 영화였다. 이른 아침 아파트 베란다까지 밀려들어오는 안개를 손에 담아 승조의 목덜미에 넣어 잠을 깨우는 나윤, 그런 나윤에게 이불을 덮어 씌우는 승조. 승조와 나윤이 직접 페인트칠한 연두빛 벽에는 그들의 결혼식 사진이 걸려 있다. 나윤의 뺨에 입맞춤을 하고 있는 승조의 상기된 얼굴빛에서 그들의 깊은 사랑을 느낄 수 있었다. 그야말로 영화는 달콤하고 풋풋한 사랑의 모습으로 화면을 가득 채웠다.

영화 속에서 그녀와 손을 잡고 벚꽃나무가 터널을 이루고 있는 산책로를 지날 때 승조는 검지로 그녀의 속눈썹을 밀어올려 보다가 등짝을 한 대 맞기도 한다. 승조가 도착하는 시간에 맞춰 산본역 개찰구 옆에서 책을 읽는 나윤의 모습이 보인다. 군포에는 누구나 자유롭게 책을 뽑아 읽을 수 있는 작은 도서관이 곳곳에 널려있다. 수 년 전부터 시에서 내건 '책 읽는 도시'라는 캐치프레이즈가 자리를 잡았다는 걸 영화 속 풍경은 자연스럽게 보여주고 있다. 특히나 여자주인공의 직업이 도서관 사서라 책을 읽는 모습이나 그녀가 손에 들고 있는 책 제목을 클로즈업해서 보여주는 것이 책에 대한 간접광고의 역할도 했다. 군포의 책 여덟 번째로 선정된 김영애 시인의 시집 『카스트라토』가 십만 부 이상 팔렸다니 영화의 힘이 참 대단하다는 것을 알 수 있었다. 아니, 시집이 좋아서 선정도서가 된 것이겠지만 말이다. 도서관 풀샷도 자주 등장하고 작가들의 강연회를 보여주기도 해서 영화는 말없이 관객들에게 문학적 분위기를 느끼게도 해 준다. 전철역에 도착한 승조가 책을 읽는 그녀의 등 뒤로 가서 눈을 가리는 씬은 70년 대 영화처럼 진부해 보이기도 했지만 두 배우의 무르익은 감성연기가 그것을 가시게 해 주었다. 그들은 손을 잡고 전철 역사를 빠져나와 불빛이 휘황한 상가지구로 내려간다. 그들은 일주일에 한 번, 도서관 휴관인 금요일에 바깥에서 저녁을 먹는다. 그리고는 이마트에서 장을 봐서 마을버스를 타고 집으로 돌아간다.

사실, 실제의 중심상가는 아름다운 풍경은 아니다. 여기저기 널려진 쓰레기며 울뚝불뚝 솟아나온 블록, 즐비하게 불법주차한 자동차 등이 눈살을 찌푸리게 하는데 영화 속의 그곳은 야경이 예쁜 곳 전국 3위 안에 들 정도로 거듭났다. 영화 속 장소를 찾아오는 사람들이 늘어나자 상가협회에서는 거리며 간판들을 재정

비하기도 했다. 덕분에 상가 중심지구는 깨끗하고 쾌적하게 변해갔고 불황이라 가게를 내놓았던 사람들은 다시 장사를 시작하였다. 일본이며 대만 중국 등, 동남아 각지에서도 관광객들이 영화촬영지인 이곳으로 몰려들었다. 상가지구는 연일 호황을 누리게 되었고, 더불어 도시는 활기를 띠게 되었다. 물론 사람들이 많이 몰려들다 보니 복잡하고 불편한 점도 있긴 했다. 하지만 타도시에 비해 인지도가 높아져 부동산 가격까지 상승한 덕분에 이곳 주민들은 그것도 감수하며 다른 곳에 사는 지인들에게 영화 속 공간에서 사는 즐거움을 은근히 자랑하였다. 호텔과 백화점이 없었던 산본에 H그룹에서 발 빠르게 대형백화점과 호텔을 지어 고객들을 유치했다. 가까운 안양, 의왕, 안산에서뿐만 아니라 분당과 용인, 수지, 동탄지구 주민들까지 산본으로 몰려왔다. 수리산을 마주보는 영어마을엔 헌책방 거리와 카페촌이 형성되어 주말이면 다른 도시에서 온 사람들로 북적였다. 연인들은 영화 속 두 주인공처럼 북카페에 나란히 앉아 책을 읽거나 커피를 마셨다.

영화는 그들이 이사 온 가을에서 시작하여 두 해 뒤의 가을까지 이어진다. 화사한 철쭉동산에서 찍은 임산부 나윤의 모습은 그지없이 행복하다. 철쭉축제가 열리고 있는 그곳에서 음악회가 열리고 북콘서트가 펼쳐진다. 아이들을 위한 어른들의 동극 '작은 숲 속 나라' 공연을 보며 나윤은 아이가 태어나면 자신도 저런 걸 함께 해봐야지, 하고 생각한다. '우리의 소리' 동아리에서 배운 실력을 발휘하는 승조의 대금산조 연주를 들으며 나윤은 승조가 그렇게 멋진 사람이었나, 하며 카메라에 그의 모습을 담는다.

대야미에 있는 반월호수에는 외로운 오리 한 마리가 계속 호숫가를 맴돌고 있다. 아마 영화의 결말을 암시하는 장치이리라. 반월호수에 노을이 지는 모습은 영화 속 풍경 중에서 백미다. 승조와 나윤의 등 뒤로 감귤빛의 석양이 지고 나윤은 승조의 어깨에 머리를 기댄다. 아름다운 모습은 거기까지다. 소설이나 영화가 마냥 예쁘고 평화롭기만 해선 안 되는 것이다. 갈등이나 치열함이 없는 스토리는 보는 이들로 하여금 재미가 없다고 느끼게 하니까. 나윤이 아이를 낳으며 의료사고가 일어난다. 산모와 아이 모두 죽게 되는 영화의 중반 이후부터는 승조의 고군분투가 시작된다. 수도권에서 몇 손가락 안에 꼽히는 대형 산부인과와의 의료분쟁이 갈등의 주가 되지만 그 전개과정에서도 끊임없이 승조는 나윤과의 지난 시간을 떠올리는데 영화는 몽타주 기법으로 그것을 잘 표현했다. 승조가 병원을 상대로 힘겨운 싸움을 하고 나윤과 아이를 잃은 슬픔에 잠겨 있을 때 영화 속 산본의 거리엔 단풍과 은행잎이 지천으로 깔려있다. 겨울을 재촉하는 비가 내린 후 자동차 위에 찰싹 붙어있는 붉고 노란 빛은 승조의 처연함과 대비되어 관객들은 주인공의 치밀어 오르는 분노와 슬픔에 공감할 수밖에 없었을 것이다. 비극적인 결말 부분에서도 감독은 미학적인 면을 놓치지 않았다. '시민의 날' 전야제 축포소리와 함께 불꽃놀이는 시작되었고 승조는 병원 옥상에서 그 축제의 불꽃을 바라보며 투신한다. 곁에는 병원을 상대로 일인 시위를 하던 피켓이 놓여있고 병원 폭파에 필요한 설계도와 폭약상자도 있었지만 개봉도 하지 않은 상태다. 그가 아래로 뛰어내리는 순간 바닥에 깔려있던 낙엽들이 일제히 휘몰아 날린다. 엔딩 화면은 승조의 처참한 모습을 보여주지 않고 나윤과 승조가 다녔던 산본의 거리와 반월호수에 바람이 부는 걸로 처리했다. 엔딩자막이 끝나는 순간까지 바람이 불고 있다. 영화를 본 사람들은 너도나도 그 엔딩장면을 이야기 했다. 그 바람이 자기 가슴 속으로 들어오는 것 같다, 지금도 그 바람소리가 들리는 것 같다고.

산본에서 올로케이션한 영화 '수리산에 가을 지다'는 처음에는 몇몇 영화관에서만 개봉을 했다. 결혼 후 장동건이 한물 갔다는 설도 작용했지만 무엇보다 유명감독이 아닌 신인 감독이라 검증이 되지 않는다는 영화관의 횡포 때문이었다. 군포시에서도 영화가 만들어진 뒤에서야 후원금을 내야 하지 않았나, 말들이 많았지만 그것도 영화가 입소문을 타고 성공한 다음의 일이었다. 아무튼 영화 한 편으로 얻어낸 것은 기대 이상이었다. 지난 연말에 있었던 각종 시상식에서 감독상, 각본상, 남녀 주연 배우상을 비롯하여 미술과 음악상까지 휩쓸었으니 말이다. 그러나 무엇보다 영화의 파장이 크게 미친 것은 영화 속 배경인 이곳 산본과 수리산, 반월호수 등이 각광받는 장소가 되었다는 것이다. 그리고 이곳 지역주민들이 산본에 살고 있음을 뿌듯하게 여긴다는 것, 수리산에 둘러싸여 있는 이곳을 안락한 삶의 붙박이터로 생각한다는 것이다. 감독은 〈씨네21〉과의 인터뷰에서 '수리산에 가을지다' 제2편 '산본에서 퍼즐 찾기'를 준비 중이라고 밝혔다.

군포를 스토리텔링하다

2

글씨에서 바라온
산봉.   mij

철쭉 꽃비가 내리면
— 군포예총회장에서 실용음악과 교수로 변신한 강신웅

편집부

　해마다 5월이 되면 군포의 철쭉동산에서 들려오는 노래가 있다. 군포시의 노래 '철쭉 꽃비가 내리면'이 그것이다. '나 그곳에 가리라/ 철쭉꽃이 곱게 물드는/ 산본 가는 전철을 타고/ 옛사랑의 추억을 찾아서/ 이렇게 그리운 밤에는 철쭉 꽃비가 내린다/ 수리산역 모퉁이 돌아서 나 그곳에 가리라' 퍽 서정적인 가사와 다정감한 음률이 듣는 이로 하여금 마음을 편안하게 해 준다. 이 노래의 작사, 작곡자가 80년대 인기를 끌었던 '벗님들'의 멤버로 활동했으며 오랜 기간 안양, 군포지역에서 연주가와 작곡가로 활동한 강신웅 교수이다.

　그의 SNS에서는 세한대 실용음악과의 학생들과 친구처럼 혹은 큰형이나 오빠처럼 자유롭게 교류하는 모습이 포착된다. 종강 후의 뒤풀이 모습, 공연 리허설 장면, 스승의 날 깜짝 파티 하는 흐뭇한 광경들이 펼쳐지고 그곳에 달리는 친근한 댓글들이 그가 얼마나 제자들을 아끼고 사랑하는지를 말해 주고 있다.

　"대중음악을 하는 친구들의 생명력이 짧은 게 참 안타깝습니다. 너무 어려서 발탁해 트레이닝을 시켜 2~3년 반짝하다 자취도 없이 사라져 가는 현실이 무심하지요. 주기가 너무 빨라요. 그렇다고 그 친구들의 미래를 사회가 책임져 주는 것은 아니거든요."

다행히 세한대에서 배출한 서인국 같은 가수는 음악과 연기 다방면으로 잘 적응하고 있다고 한다. 세상이 금방금방 변하고 다양화 되어 시대에 적응하기 위한 노력을 끊임없이 해야 하는 게 오늘날의 현실이다. 특히 대중음악은 빠르게 진화되어 가는 장르라 더욱 그렇다.

연주자 및 작곡가에서 군포예총회장으로, 다시 실용음악과 교수로

강신웅 교수의 행보 또한 변화가 많은 편이다. 1980년대에는 대중 앞에 선 연주자 및 작곡가였으며, 군포예총 연예협회 지부장을 거쳐 2008년부터 2011년까지는 군포예총 회장으로 예술경영에 참여했으며 그 후에는 후진을 양성하는 세한대 실용음악과의 조교수로 재직 중이다. 군포예총회장 재임 시 각 지부의 화합과 발전을 위해 많은 일을 하였지만 특히 새롭게 기획해서 시작한 '일요 예술무대 ―언제나 그 자리에'는 산본 중심상업지역의 경제 활성화와 생동감 넘치는 문화도시로의 도약에 많은 기여를 했다. 2001년부터 아파트 단지나, 지역 복지센터, 공원, 공장 등에서 펼쳐졌던 '찾아가는 우리 마을 음악회'가 시민의 생활터전을 찾아가는 공연이라면 '일요예술무대'는 다양한 문화예술 콘텐츠를 선보여 시민들의 문화적 감수성에 부응하기 위한 공연이었다. 또한 군포예총에서 나오는 기간지 〈군포예술〉을 창간하기도 했으며 국립문학박물관 군포시 유치를 위해서 모든 행사에서 서명운동을 벌이기도 하는 등 적극적인 활동을 펼쳤다. 그 결과 연예예술발전 특별상(2008)을 비롯하여 군포시민대상(2012), 실용음악대상(2013), 군포문화예술상(2014년) 등 적잖은 상을 받기도 했지만 스스로는 본인의 노력에 비해 운이 좋은 편이었다고 말했다.

그는 지역축제에 대한 논고로 박사학위 논문을 써서 대중음악계에서 이론이 탄탄하게 갖춰진 몇 안 되는 인재로 음악과 예술경영. 후진양성가로서의 면모를 굳게 다지고 있다.

"이 모든 일들이 내가 음악을 쭉 해 왔기에 가능했던 일이고, 지금도 가장 행복한 순간은 음악으로 대중 앞에 섰을 때, 즉 작곡을 하거나 기타 연주를 하거나 그럴 때지요. 좋은 음악을 듣고 연주를 할 수 있다는 것은 참 축복받은 일이라고 할 수 있습니다."

가슴으로 듣는 음악

중학교 2학년 때 처음 기타를 손에 잡은 그는 친구들과 놀기보다는 기타 치는 게 더 좋았다. 지금 생각해 보면 착하고 순진하고 음악만 좋아하는 모범생이었다는데 그 당시 좋아했던 아티스트는 에릭 클랩튼이었고 나이가 들면서 성향도 바뀌고 좋아하는 아티스트도 바뀌었다. '벗님들'로 활동하던 시기에는 장발에 특이한 민소매셔츠를 입고 시계를 발에 차고 다니는 등 당시로서는 첨단 유행의 차림으로 젊음을 구가하였다. '벗님들' 멤버들과는 지금도 교류하고 있다.

"나이가 이만큼 되니 기성의 때가 많이 묻어서 아련한 느낌이 없어졌어요. 좋아했던 노래 를 잊고 살고 있어요. 음악을 가슴으로 들어야 하는데 요즘은 음악이 일이라 머리로 듣고 있다는 생각이 듭니다. 퇴근할 때 들리는 라디오 소리에도 귀가 피곤해져요."

학교 학생들에게 가르치려고 듣는 음악이다 보니 자신이 좋아하는 음악을 만나기가 쉽지 않다는 것이다. 옛날에는 비트가 강한 음악이 좋았지만 요즘은 포크 쪽, 비트가 강하지 않고 잔잔한 통기타 음률이 마음에 와 닿는다고 한다.

군포와의 인연

강신웅 교수는 안양에서 태어나 쭉 살다가 군포에 살던 아내와 연애를 했고 신혼집을 마련할 때 군포시로 이주하였다. 처음 산본에 와서 본 몇몇의 길들이 그를 매료시켜 지금까지 군포시민으로 살고 있다고. 고등학교 1학년인 아들과 중학교 1학년 딸을 둔 아버지로 아이들에게 음악을 좋아했고 잘 했던 아빠로 남고 싶다고 했다.

후세에게도 대중음악을 시키고 싶다는 그는 자신이 지금까지 음악을 했던 것을 후회 해 본 적도 없고 앞으로는 음악 하는 환경이 더 좋아질 것이라 믿기 때문에 아들이 음악적 재능을 보이는 데 대해 반가운 마음이 든다고 했다.

"나는 상대 음감만 있는데 우리 아들은 절대음감을 타고 난 것 같아요. 같이 음악을 듣다가도 나보고 아빠는 이것도 몰라요, 그러는데 대단하더군요. 그래서 기대해 볼 만하기도 합니다."

그는 우리나라의 기형적 대중음악 구도에 대해 이야기했다.

"매스미디어와 자본을 가진 자들이 음악 산업을 움직이지요. 수요자가 거의 10대 위주로 흘러가다보니 다양한 음악이 양산되고 있지 않은 현실이라 안타깝습니다. 각 계층의 음악 선호도가 다변화되어야 합니다. 물론 시장의 다변화도 꾀해야 하겠지만 지금은 소비 위주로 흐르는 경향이라 많은 것을 바랄 수 없어요. 대중음악도 학문적 영역이 반드시 있고 각 장르마다의 토대가 있어야 합니다. 대중음악은 진화가 빠른 장르입니다. 리메이크도 활발하고 없던 장르도 생기는 것이 대중음악 시장인데 정작 모두가 그것을 누릴 수 없는 게 아쉽지요."

강 교수는 젊었을 때 같이 음악 했던 친구들을 떠올리며 함께 시작했지만 지금은 다 어디서 무엇을 하고 있는지 모르겠다고 했다. 대중음악 하는 사람들이 한 길로 매진할 수 없는 것은 아직까지 우리나라 대중음악의 토대가 탄탄하지 못하기 때문이라며 요즘 각 대학에 많은 실용음악과가 생기지만 정작 그들이 나가서 무대에 설 수 있는 길은 많지 않다고 한다.

철쭉 꽃비가 내리면

'철쭉 꽃비가 내리면'의 서정적 가사에 대해 질문을 던졌다. 요즘 나오는 노랫말들에 비해 문학적이고 의미가 깊은 것이라 주의 깊게 듣는 노래이다. 한 번 들으면 저절로 따라 부를 수 있을 정도로 음률도 다정하다

"우리 아들딸도 여기서 살아가는데 아빠가 만든 노래를 물려주는 게 좋겠다 싶어서 가사를 쓰고 작곡한 것입니다."

처음에 5월 철쭉축제 때 가수 신나 씨의 음반 타이틀곡으로 불러졌고 이제는 군포시를 대표하는 노래로 인식되고 있다. 철쭉 동산에 노래비까지 따로 세워져서 그곳을 찾는 많은 시민들에게 즐거움을 주고 있다.

철쭉 꽃비가 내리면

작사 작곡/강신웅
노래/신나

1.
바람의 향기 불어와 철쭉 꽃비가 내리면
잊혀져가는 추억이 있네
빨간 우체통 그곳에 감춰두었던
그 옛날의 사랑이 그리워지네
나 그곳에 가리라
철쭉꽃이 곱게 물드는
산본가는 전철을 타고

옛사랑의 추억을 찾아서

이렇게 그리운 밤에는 철쭉 꽃비가 내린다

수리산역 모퉁이 돌아서 나 그곳에 가리라.

2.

사랑의 향기 불어와 철쭉꽃비가 내리면

잊혀져가는 추억이 있네

낡은 사진첩 그곳에 간직해 놓은

그 옛날의 사랑이 그리워지네

나 그곳에 가리라

철쭉꽃이 곱게 물드는

산본가는 전철을 타고

옛사랑의 추억을 찾아서

이렇게 그리운 밤에는 철쭉 꽃비가 내린다

수리산역 모퉁이 돌아서 나 그곳에 가리라

문화예술인들의 처우 개선과 복지 증진

문화예술 경영에 관심이 많은 강신웅 교수는 2011년 국회본회의를 통과한 예술인 복지법에 대한 의견을 피력했다. 10년을 넘게 끌어오던 이 법이 한 예술인의 죽음을 계기로 통과되었지만 실질적으로 예술인들이 법률적으로 대우를 받는 길은 요원하다는 것이다. 문화예술인들의 국가 발전에 대한 기여도는 매우 큰 데 비해 지위향상과 복지증진을 위한 법적 제도는 미비한 실정에 안타까움을 나타냈다.

"문화예술은 창의력이 중시되는 지식정보화 사회에서 매우 중요한 분야입니다. 문화예술인 들이 지역사회에 공헌하고 조화와 상생을 추구하기 위해서는 반드시 예술인에 대한 법적, 경제적 뒷받침이 이루어져야 합니다."

그는 또한 순수예술인의 범주와 생활예술인들, 즉 직업을 갖고 있으면서 취미로 예술을 하는 사람들과의 혼동을 경계해야 한다고 말했다. 공연이나 창작활동 등의 질이 다른데 그들이 공연이나 예술진흥기금의 분배 시장에 끼어들면서 순수하게 문화예술 활동에 전념하던 사람들과 같은 대우를 바란다는 것은 어불성설이라는 것이다. 즉, 그들로 인해 평생을 외롭게 예술발전에 기여하던 이들을 소외시키는 일이 없어야 한다고 했다.

마지막으로 책 읽는 군포와 문화예술에 대한 강신웅 교수의 생각을 듣고자 질문을 던졌다. 그는 군포시의 주요시책인 '책 읽는 군포'는 문화예술 하는 이들에게도 마음의 자양분이 되는 책을 가까이 할 수 있게 해 준다는 점에서 매우 좋은 정책이며 제 1회 대한민국 독서대전에서 보여준 바와 같이 책 축제와 더불어 공연예술이 꽃을 피울 수 있는 토대가 되는 것이므로 앞으로도 계속 밀고 나가야 할 소중한 가치라고 답했다.

최고의 기타리스트로 무대에서 보여준 연주 실력과 군포시민을 비롯한 많은 이들에게 다양한 공연예술을 펼쳤던 예술인에서 이제는 대중음악을 선도할 후진양성에 주력하고 있는 강신웅 교수. 대학과 지역에서 문화예술인들을 위한 권익증진에도 힘쓰는 그의 행보가 앞으로 또 어떻게 이어질지 자못 기대가 크다.

긴장된 서정의 세계
— 시인 박정희

편집부

들어가며

2014년 제6회 군포문학상을 수상한 박정희 시인을 만나기 위해 군포중앙도서관으로 가는 길이었다. 20여M 앞서 정장 투피스 차림에 털코트를 팔에 끼고 걸어가는 단아한 뒷모습이 멀리서 뵙기에도 박정희 시인이신 것 같아 서둘러 뒤를 따라가 인사를 드리니 환하게 웃으셨다. 중앙도서관에서 사진 몇 장 촬영하고 문예창작실에서 시인을 인터뷰하기로 약속되어 있었다. 이날 사진 촬영은 쉬는 날임에도 불구하고 이상훈 미협지부장이 맡아주었다.

우리 시의 군포중앙도서관은 산 밑에 입지하여 풍광도 아름답고 건물 자체의 건축미도 뛰어난 곳으로 많은 시민들에게 문화적 공간으로 자리매김하고 있으며, 문예창작실이 있어 최근 몇 해 동안 문학상 수상자의 인터뷰를 이곳에서 하였다. 인터뷰에 앞서 중앙도서관의 이곳저곳을 옮겨가며 사진촬영을 했는데 카메라 앞에서 주저함 없이 멋진 포즈를 취하는 선생님의 모습을 보면서 젊은 시절 KBS아나운서 출신이라는 것이 새삼 떠올랐다.

자신에 대한 당당함과 타인에 대한 배려로서 겸손함을 모두 지닌 모습이라고나 할까.

아름다운 가곡 '오늘'을 작사

　문예창작실에 자리하자 박정희 시인은 오래된 음반 한 장을 꺼내신다. 젊은 시절 쓴 「오늘」이란 시를 테너 엄정행이 불러 녹음한 음반인데, 일전에 인터넷에서 오래된 LP판을 찾아 구매했지만 아쉽게도 재생해줄 전축이 없어서 들어볼 수가 없다고 하신다. 이 말을 듣고 이상훈 미협지부장이 유튜브를 검색하여 엄정행이 부른 오늘을 찾았다. 참 좋은 세상이다. 유튜브에서 엄정행이 부른 「오늘」을 재생하여 함께 듣는데 감개무량하였다. 박정희 시인에 의하면 가끔 FM방송에서 이 가곡을 틀어준단다.

　이 곡은 박정희 시인이 춘천 KBS 근무 당시에 예술제를 하기 위해 춘천고등학교 음악교사인 한성식 선생이 작곡하였는데 월남에서 방송을 할 때 그 곡이 흘러나와 이렇게 불리고 있다는 것을 알았다 한다. 젊어서 쓴 작품인지라 감상적인 치기가 드러나 부끄럽다 하시지만 아름다운 노랫말이었다.

　　　뽀얗게 피어난 오늘을 위하여
　　　터지게 익은 보랏빛 아쉬움
　　　긴긴 너울을 깔아 놓아요
　　　눈부신 새벽의 이슬길 위에
　　　영원히 맘 고여 머물고 가자던
　　　고향의 향긋한 배추밭 이랑 길
　　　서로가 서로를 예쁘게 닮아요
　　　숨어서 엿보던 수줍은 전설로
　　　하얗게 말없는 가슴이 있어요
　　　타는 듯 새빨간 꽃잎이 있어요

꽃수레 넘어간 산 너머

고갯길 뽀얗게 피어난

오늘을 위하여

—「오늘」 전문

박정희 詩의 발원지

박정희 시인은 초등학교 시절부터 작문시간에 동시나 위문편지를 쓰면 잘 된 글이라고 선생님께서 읽으라 하여 읽거나 국어 시간에 책을 읽으면 목소리가 좋으니 이다음에 아나운서가 되어라 하던 것이 계기가 되어 청주 여중·고 시절 내내 문예반과 방송반으로 활동하였다.

박정희 시인은 일찍부터 자신의 존재가 무거웠고 늘 아프고 나이에 비해 조숙했던 탓인지 처음 여원을 통해 당선된 작품에 '어디선가 어느 누군가가 서러운 결심을 하나보다.'라는 구절을 썼는데 당시 심사위원이며 대학시절 (동대 국문과)은사이신 미당 선생께서 어린 나이에 세상도 제대로 살아보지 못한 것이 체험이 아니라 체념이라니 하면서 마땅치 않아 하셨지만 결국은 몇 년에 걸쳐 미당 선생께서 〈현대문학〉을 통해 추천을 완료해 주셨다.

박정희 시인의 이런 정한은 짝사랑하던 선생님에 대한 그리움과 이루어 질 수 없는 사랑에 대한 안타까움이기도 했지만 당시 나라 잃은 민족으로, 남북이 나뉜 이산의 그리움으로 애상의 정한이 작품 세계에 대한 반영되었으리라. 박정희 시인은 제3시집인 『문풍지』의 후기에 보면 첫 시집 『내실』은 '햇빛 모르고 방안 구석에서 습작으로 얼룩진 시편이 대부분이었다.'고 술회하였다.

요즘 동국대 시절 친구들을 만나면 당시를 술회하기를 '박정희는 고개를 꺾고 다니는 우울한 여학생이어서 말도 걸기 어려웠다.'는데 사실 그때 외로웠고 겨우 여중시절의 멋진 영어선생님을 짝사랑한 것이 고작이었던, 보기보다는 연애 한번 못해보았는데 남들은 으레 누군가 있으려니 했던 것 같다고 하신다.

군포에 자리잡다

박정희 시인은 이 군포에 자리 잡은 것은 얼마 되지 않았다. 요즘은 군포의 원로문인모임인 '산수회' 회원으로 참석하며 군포에 닻을 내리고 정박 중이다.

처음 군포에 이사 와서 오래 인연을 맺었던 박순녀 소설가가 계셔서 낯설지 않았는데 최근에 따님댁 근처로 이사를 가서 서운하고, 그 외에도 조병무 시인과는 같이 근무하였던 처지라 군포가 낯설지 않았다. 먼저 살던 곳에서 군포로 이사 온 가장 큰 이유는 화가로 활동 중인 아들의 권유와 숲이 많은 군포가 좋아서였다.

워킹맘으로 살아와서 아들 하나뿐인데 그 아들이 꽁지머리를 하고 알루미늄 철판에 그림 그리는 힘든 작업을 하는데다가 지금도 김장훈밴드에서 드럼을 치는 아티스트란다. 입시 때 공부는 안하고 헤비메탈을 한다고 하여 속을 좀 태웠지만 그가 지닌 예인 기질은 어쩌면 박정희 시인을 닮은 것이리라.

월남전 종군 아나운서로, 다시 대학 강단으로

1969년 당시 월남전 말기에 KBS에서 KBS 출신의 여자 아나운서 중에 종군방송 아나운서를 찾는다 하는데 자신도 모르게 뜨거워져서 박정희 시인은 그 일을 지원하였다. 실은 결혼을 하고 군인이었던 남편도 파월되었지만 간난아이의 엄마였는데 무슨 용기였는지 모르겠다. 다들 기어들어가는 성격에 어찌 그렇게 다양한 체험을 하였는지 용감하다 하는데 어쩌다 보니 그렇게 되었을 뿐이다.

사이공에서(지금의 호치민시) 맹호부대 주둔지를 따라 가서 군복을 입고 방송을 했다. 전쟁터에서 내보내는 뉴스는 접전이 있었던 작전에 관한 것이라든지 그 와중에 몇 명이 부상하고 몇 명의 사상자가 나왔다는 그런 뉴스들이어서 마음이 불편했고 귀국 후까지 그 일들을 마음에서 내려놓을 수가 없어 시를 쓰고 『주둔지』라는 제목으로 시집을 묶었다. 이 일로 신문에 종군 아나운서를 한 일이 소개되면서 중앙일보에 특채가 되어 기자생활을 시작하였다.

여성중앙에서 일을 할 때는 의상특집이나 웨딩특집을 기획하며 지내다보니 나오는 상관없이 늘 쫓기는 일이어서 어쩌다 시 청탁을 받아도 마음이 메말라 시 쓰기가 어려웠다. 방송이나 잡지 일은 모두 시장판처럼 복잡하고 늘 뛰어 다녀야하는 일이어서 10여년의 세월이 어떻게 지났는지도 모르게 빨리 지나갔다. 그러다보니 많은 아쉬움이 생겼다.

이제는 여자로소의 아름다움도 끝나고 뛰어 다녀야하는 직장인으로 지쳤다는 생각 때문에 직장을 그만두고 대학원에 진학하여 석사를 마치고 강사자리도 생겨 학교에 나가게 되었다. 화려한 방송국이나 잡지사와는 달리 학교란 곳은 춤고 허기진 곳이었다. 이곳저곳으로 보따리장사 같은 강사노릇을 하느라 고달픈 그 시절, 고맙게도 시가 다시 나오기 시작했다.

한양여대에 문창과가 생기면서 뒤늦게 전임이 되어 정년까지 했는데, 그 후에도 좀 더 강의할 수 있으면 나와 달라하여 선문대에 출강을 10년 더 하니 거의 삼십 년을 대학 강단에서 후학을 양성하는 일을 했다.

워킹맘으로서의 삶

박정희 시인은 어린 아들을 두고 베트남전쟁에 참여하였을 뿐만 아니라 돌아와서도 평생 일을 해 온 여성으로서 많은 어려움이 있었고 아들에 대한 미안한 마음을 늘 가지고 있었지만 그나마 어머니가 든든하고 열성적인 후원자가 되어

주셨기에 가능한 일이었다.

어릴 적 기억을 더듬어 보면 당시 두만강 강폭이 좁아 북간도까지 잦은 왕래가 있어서 일직이 어머니는 윤동주가 다녔던 북간도의 명동여자보통학교를 다니셨는데 아쉽게도 여러 가지 형편으로 졸업은 못하셨지만 머리가 깨인 신식여성이었다.

그때 이미 『몬테크리스토 백작』 같은 프랑스 작가의 번역물을 읽고 나서 나에게 이야기로 들려주시고 아궁이에 불을 지피면서도 책을 읽으셨다. 그런 어머니였기에 사회 활동하는 딸의 기회를 열어 주고 싶어 기꺼이 희생을 마다 않으셨는데 93세에 세상을 떠나셨다.

시인으로서 삶을 담아 낸 시집

박정희 시인은 첫 시집 『내실』을 내놓았지만 별로 알려지지 않았다. 시집을 누구에게 선뜻 내보이지도 못하여 그냥 싸놓고 지낸 시집을 본 사람도 거의 없었지만 누군가 그의 시집의 노을 이란 시가 좋다 하기도 했다. 두 번째 시집 『문풍지』를 시문학사에서 내고도 그 시집을 누군가에게 선뜻 나눠주지도 못하고 출판사 역시 보급에 큰 힘을 쏟지 않았다. 세 번째 시집으로는 『주둔지』를 내놓았는데 늘 자신이 부끄럽고 존재 자체가 무거워서 그 시집도 그냥 끌어안고 지냈으며 시인으로서 늘 그 무게에 짓눌려 제대로 날개를 펴보지 못했으니 그 또한 생긴 대로 사는 탓이었다.

그 이후에도 『술래의 편지』 『그에게만 들키고 싶다』 『다시 만날 그날까지』 『꽃웃음』 『이별이 아니면 몰랐으리』를 냈고 끝으로 낸 시집이 아 두만강인데 함경북도 길주에서 내려온 월남민으로 어머니가 들려주는 고향이야기와 이산의 가족사가 담겨 있어 의미가 있다.

박정희 시인은 함경북도 길주에서 태어나 열 살 전에 내려와서 전쟁의 어려움을 겪은 것은 없지만 가족사와 두고 온 고향에 대한 그리움으로 시 속에 혈육에 대한 살 냄새와 북풍의 한기 같은 것이 담겨 있다는 평가를 받았고 시인 스스로 그런 자신의 시세계에 대한 애착이 있어서 그런 시들과 이야기 시들을 모아 시선을 만들 생각이라 한다. 그리고 베트남 전쟁 당시의 여러 가지 경험과 아픈 기억의 사이공 편지를 시집으로 묶어볼 계획도 가지고 있다.

사실 박정희 시인은 종군 아나운서를 했다는 그 일로 주변의 반전주의자들에게 비난을 받아 위축되었고 시단활동에도 한동안 지장을 받았는데 당시 오직 전쟁터에서 고난 당하던 병사들을 위로하고 소식을 전하는 일을 누군가 해야 한다는 생각만으로 한 일이었을 뿐이다.

문단에서의 동인활동

문학이란 길을 '여류시' 동인들과 오랫동안 함께 해왔다. '여류시'는 '청미회'와 쌍벽을 이루는 모임이다. 동인으로 신동춘, 김지향, 박현령, 김윤희, 왕수영, 김송희 등으로 모두 활발한 활동을 해왔지만 '청미회'에 비하면 회원들이 적극적으로 화합하지 못했다. 신

경림, 이경철, 조병무 등은 동대 동인으로 인사동 동국대 모임이라 '인동회'라 불리는 모임을 가졌고 그 외에도 박순녀 작가, 신봉순 극작가, 안영희 작가 등이 모이는 '원로회'가 있다. 다들 전후세대로 20대부터 문학을 해온 빛나는 우리 문단의 별들이다.

박시인은 이제까지 여러 차례 문단에서 적극적으로 활동할 기회가 있었음에도 불구하고 한사코 사양했던 것은 내게 그런 일이 어울리지 않는다고 생각해왔기 때문이고 이제 남들도 그런 성정을 아는 까닭에 조용히 지낼 수 있었다. 시인

은 결국 시로 말할 뿐이다.

나가며

박정희 시의 변화는 자연발생적인 서정시에서 나름 감상을 깎아왔고 모더니즘 쪽으로도 관심을 가져보았고 역사적 인식을 바탕으로 쓴 시들로 변화를 모색하였지만 근본적으로 한국적 이별의 정한이라던가 존재에 대한 모색이었다. 박정희 시인은 그 중에 첫 시집 『내실』에 대한 애착이 제일 큰데 남아 있는 것이 한 권뿐인데다 낡아서 손을 대기가 어려워 아쉽다 하였다.

박정희 시인은 시력 50년을 훌쩍 넘긴 시단의 원로지만 '예민하고 풋풋한 감수성과 냉철한 이성의 자제로 긴장된 서정의 세계를 펼쳐나간다.'고 두만강의 해설에서 이경철 평론가가 덧붙이기도 했다.

이제 박정희 시인은 많은 것을 내려놓아 새처럼 가벼워졌다고 했지만 그 가벼움의 이면에는 여전히 냉철한 이성의 자제로 존재에 대한 객관성을 잃지 않고 꾸준히 시를 쓰며 꿋꿋함과 단아함을 지켜가고 있다. 이런 박정희 시인의 모습에서 우리는 문학의 진정성은 무엇인가를 생각하며 평생 자신을 지키는 방법을 배우게 되니 많은 후배들의 귀감이 되는 원로 시인이다.

上歌手의 소리
― 군포예술상 수상, 엄창용 선생

편집부

 엄창용 선생은 지난 13년간 한국국악협회 군포지부에서 부지부장, 수석부지부장으로 회원 상호 간의 화합과 전통문화예술의 발전을 위해 노력해왔으며 모든 행사에 솔선수범 참여하였다.

 그 중에도 군포시의 대표적인 전통민속놀이인 '둔대농악'의 보존과 전승을 위하여 2004년부터 제1회 둔대농악발표회를 시작으로 2011년까지 제6회 둔대농악발표회를 계속 이어옴으로써 시민들이 함께 즐길 수 있는 생활 속의 문화로 자리 잡게 하고자 힘써왔다.

 또 시민축제인 철쭉축제, 예인예술제, 거리축제 등 각종 지역행사에 참여하면서 시민들의 정서함양과 문화의식 고취, 지역예술발전에 최선을 다하여온 공로를 인정받아 2013년 예인예술제 개막식에서 제5회 군포예술상을 수상했다.

 얼굴 주름이 하회탈처럼 해학적이고 유쾌한 엄창용 선생은 개량한복이 잘 어울리는 분이다. 가끔 뵈올 때마다 먼저 환하게 웃어주던 선생에 관한 글을 쓰겠다고 마음먹는 순간, 시 한 편이 머릿속에 떠올랐다.

질마재 上歌手의 노랫소리는 답답하면 열두 발 상무를 젓고, 따분하면
어깨에 고깔 쓴 중을 세우고, 또 喪輿면 喪輿머리에 뙤약볕 같은 놋쇠
요령을 흔들며, 이승과 저승에 뻗쳤습니다.

그렇지만 그 소리를 안 하는 어느 아침에 보니까 上歌手는 뒤깐 똥오줌
항아리에서 똥오줌 거름을 옮겨내고 있었는데요. 왜, 거, 있지 않아, 하
늘의 별과 달도 언제나 잘 비치는 우리네 똥오줌 항아리, 비가 오나 눈
이 오나 지붕도 앗세 작파해버린 우리네 그 참 재미있는 똥오줌 항아리,
거길 明鏡으로 해 망건 밑에 염발질을 열심히 하고서 있었습니다. 망건
밑으로 흘러내린 머리털들을 망건 속으로 보기 좋게 밀어 넣어 올리는
쇠뿔 염발질을 점잖하게 하고 있어요

明鏡도 이만큼은 특별나고 기름져서 이승 저승에 두루 무성하던 그 노
랫소리는 나온 것 아닐까요?

— 「上歌手의 소리」 전문, 서정주

미당 서정주 시인의 『질마재 神話』에 실린 시다. '똥오줌 항아리'를 '明鏡'으
로 삼을 줄 알고 '특별나고 기름져서' '이승과 저승에 두루 무성한 노랫소리'를
낼 줄 아는 사람처럼, 혹은 뻔히 죽을 줄 알면서도 전염병이 도는 베니스에서 미
소년 '타치오'를 탐하다가 죽어가는 '아셴바흐' 처럼 미에 탐닉하는 사람. 예술
가의 길이란 죽음까지 파고드는 아름다움에 대한 집중일 게다.
　이런 생각들을 하면서 엄창용 선생의 연습실이 있는 대야미로 찾아간다. 같은
군포시면서도 대야미는 아직도 흙의 정취가 물씬 풍기는 곳이어서 그곳으로 가

는 동안 벌써 마음이 푸근해진다.

둔대초등학교 옆 산자락 끝에 둔대노인정이 있는데 엄창용 선생께서는 이미 마중을 나와 기다리다가 환하고 어진 표정으로 반기시는데 건물 이층에서는 풍물소리가 들린다. 이층 계단을 올라가 문을 여니 현관에는 아이들 신발이 조르르 놓여 있다. 둔대초등학교 아이들이 풍물을 연습하는 중이다. 좁은 어깨를 흔들어가며 흥과 가락을 만들어내는 아이들이 대견하다. 연습실 옆 작은 방에는 장구며 북이며 여러 국악기들이 보관되어 있고 바닥은 미리 덥혀 놓아 따뜻하다.

이날의 방문객인 한국국악협회 군포지부 이영미 지부장과 이숙진 군포예총사무국장, 문협의 김영애, 오은희 등 미인들에 둘러싸인 엄창용 선생께서 따뜻한 커피를 손수 타주신다. 커피를 마시며 내다본 창밖 풍경은 가을걷이를 끝낸 계절이라 조금 쓸쓸해 보인다.

엄창용 선생께서 먼저 말문을 여신다.

"국악협회 연습실은 이층이고 일층은 둔대농악보존회와 둔대 노인정을 겸하고 있지만 주변에 주택가가 없어 연습장으로는 눈치 볼 일이 없어 편안합니다."

필자는 먼저 요즘은 무슨 일을 하고 계신가 여쭈었다.

"진도굿을 오래 사사받아오는 중에, 겸하여 태평소를 배우는 중입니다. 장구, 소북, 민요 등 여러 가지를 공부하고 있는데 나이가 들어 스피드를 요하는 것은 딸리지만 맛을 내는 것은 연륜이 더해감에 따라 그 소리가 더 무르익어간다는 느낌이 듭니다. 저는 충남 홍성에서 태어나 어린 시절을 보내면서 농악이라든지 노동요 같은 민요와 마을의 잔치 자리나 심지어는 장사를 치를 때 상여를 메던 상두꾼의 노랫소리를 들으며 자연스럽게 우리의 가락을 익혀왔습니다. 그러나 고향을 떠나 직장을 가지고 살면서 잊고 지내다가 향우회에서 고향에 놀러갔다가 그런 풍물들이 모두의 관심 밖으로 밀려나 먼지 쌓인 채 뒹구는 것을 보며 안타까운 생각이 들었어요. 그래서 50대에 들어 취미로 장구를 배우기 시작하였습니다. 퇴직 후에는 제2의 인생을 새롭게 가꾸기 위해 국악협회에도 가입하고 국악에 몰두하기 시작했습니다. 처음에는 국악에 대한 이해부족에다가 기독교인인 아내의 정서가 많이 달랐습니다. 아내는 풍물 농악 굿 같은 것들을 미신이라 생각하여 마땅치 않아했지만 이제는 많이 이해합니다. 요즘에는 성당에서 국악 미사를 보거나 교회 안에서도 국악인들이 봉사를 하고 있지 않습니까. 사실 저는 뒤늦게 국악을 시작한지라 전문 공연인이 되기에는 부족하지만 젊은 국악인들과 신명나게 어울리는 마당을 열고 시민들과 함께 국악을 즐기며 나누는 일에 큰 보람을 느낍니다."

이영미 지부장이 옆에서 선생의 말씀을 거든다.

"엄창용 선생은 큰 어려움이나 과오 없이 정년을 마치시고 정년 이후 무엇으로 소일할지 몰라 고민하는 사람들과는 달리 민요 장구 설장구 진도북춤 태평소 등을 섭렵하고 동아리활동을 하시며, 한편 국악협회가 이곳에 연습실을 마련, 이 공간 자체가 둔대농악 보존차원에서 풍물이 들어왔는데 어르신들과 젊은 국악인들의 가교 역할을 하십니다. 모범적으로, 본이 되는 정년 이후의 시간을 가꾸고 계시는 모습을 우리도 본받아 배워야 합니다."

군포 같은 수도권 도시는 관심을 가지고 조금만 발품을 팔면 쉽게 최고 수준의 공연을 경험할 수 있기 때문에 지역문화예술단체의 위상이 더욱 위태롭다. 문화 소비자들의 경험과 안목의 수준이 높으니 지역문화예술의 수준이 다소 실망스러울 수도 있다.

그러나 문화예술의 저변확대를 위해서나 온 국민이 관람자로만 만족하지 않고 스스로 문화 창출자가 되고자 하기 때문에 지역문화예술인들은 그런 욕구를 만족시키도록 교육하고 활성화시키는 일에 앞장서 문화예술의 지역기반을 공고히 하고 저변확대에 이바지해주어야 한다. 선산지기가 문중을 지켜내는 것처럼 지역문화예술인들이 그런 역할을 하도록 관에서는 우선적으로 지원해주고 믿어주고 격려해주어 시민들과 함께 지역의 문화예술발전에 이바지하며 함께 즐기고 힐링해야 할 것이다.

"무대에서 무엇을 해보겠다는 생각보다는 내가 속한 단체에서 걸림돌이 되지 않을 생각입니다. 감투나 자리에 연연하지 않고 늘 힘이 다하는 때까지 군포의 국악인으로 남고 싶습니다."

엄 선생의 말씀에 이어 이영미 지부장이 입을 연다.

"엄 선생님께서는 전문가들의 공연에서 스탭 역할이며 관객동원은 물론이고 관객들의 호응을 리드해내시죠. 엄선생님이 추임새를 해주시면 추임새에 따라 분위기가 달라집니다. 공연자만 공연을 하는 게 아니죠, 언제부터 브라보, 부라비 했습니까? 우리가 지화자, 얼씨구, 좋다하는 추임새를 통해 대동단결하는 분위기를 만들어가도록 아버지처럼 도와주시니 늘 감사하죠."

"앞으로 내가 할 일은 이것뿐이라고 생각합니다. 숨 쉬는 일처럼 비록 전문분야는 없지만 국악협회에서 나의 역할을 찾아내서 봉사하고 스스로를 단련시키고 마당도 쓸어주고 뒤에서 치다꺼리를 해주면서 젊은 국악인들과 호흡을 함께 할 수 있다는 것에 긍지를 느끼고 만족합니다."

그렇다. 그저 입에 발린 말이 아니라 늘 궂은일을 마다 않으시는 엄창용 선생이시다.

"믿어주고 크게 봐주시는 것에는 감사한 마음을 가지면서도 다소 당황스럽기도 했습니다. 더 열심히 봉사하라는 뜻으로 알고 군포예술상을 받아들였습니다. 예총 감사를 2년 지내며 국악협회 뿐 아니라 예총의 모든 일에도 열심히 봉사하려했지만 책임감이 더욱 커집니다. 우리 국악은 큰 선생을 찾아가 그 집 마당을 쓸어가며 한 자락 배우고 익혀 인정받으면 본격적으로 사사받아 개인적으로 자연스럽게 전승되던 것인데 전문적인 교육기관이 생기면서 졸업장을 가진 전문인들이 배출되어 자연스럽게 전승받은 국악인들이 설 자리를 잃어가기도 하는 것 같아요. 우리 소리는 소리만이 아니라 누구나에게 내재된 민족혼을 끌어내는 일이기도 합니다. 또 국악의 경우 악보보다는 기억에 의존해야하므로 치매 같은 것도 예방할 수 있다고 봅니다. 요즘은 녹음을 하거나 동영상으로 찍어 소리만이 아니라 운지법, 표정, 입모양, 춤사위, 아니리 등을 연습합니다."

선생의 지칠 줄 모르는 배움의 열정에 대하여 이영미 지부장이 말을 잇는다.

"국악의 가장 기본이 되는 장구를 배우니 태평소를 배우기가 쉽고 민요를 배우니 무용도 배워야합니다. 국악 공연도 알고 보면 종합예술이 되니 이것저것 배우지 않을 수가 없습니다. 그런데 모두 생각만 하다 마는 것을 엄창용 선생께서 모두 섭렵을 하시는 중입니다. 대단한 열정이시지요. 젊은 저희들이 본을 받아야 할 일입니다."

군포에는 누리 설악 같은 풍물 전문가들과 한소리 예술단 등이 있으며 국악협회는 민요 풍물 기악 삼개 분과로 구성되어 있다. 작은 도시에서 이런 단체들이 긴밀하게 잘 지내며 서로의 창작활동을 도와야할 것이다.

그리고 둔대농악을 군포지역에서 내세우고 보존하고 확대하는 역할을 국악지부가 이바지해야할 일인데 문화원과 관계가 정리되지 못하여 활동이 제대로 이루어지지 못하고 있으니 안타깝다. 이런 모든 일을 국악협회의 이영미 지부장과 수석부지부장이신 엄창용 선생이 협력하여 잘 헤쳐 나가길 기대해본다.

이런저런 이야기를 듣다보니 어느새 바깥에는 저녁 해가 하늘을 붉게 물들이고 있다. 사진을 몇 장 찍겠다고 하니 엄창용 선생은 공연의상으로 갈아입고 태평소 연주를 시작하시는데 그 진지한 모습이 우리 소리를 사랑하는 예인다운 풍모를 지녀 이승 저승을 넘나드는 특별하고도 기름진 소리를 내는 上歌手임을 다시 상기시켜준다.

영화와 연극, 뮤지컬을 넘나들다
— 명품 배우 한기중

편집부

    관객들이 영화를 선택할 때 고려하는 요소 가운데 한 가지는 그 영화의 주연이 누구인가 하는 것이다. 주연 배우는 영화가 성공했을 때 가장 먼저 스포트라이트를 받지만 한편으로는 흥행에 대한 부담과 세상 사람들의 평가에 온통 신경을 곤두세울 수밖에 없다. 하지만 영화나 연극, 뮤지컬의 무대는 주연 혼자서 고군분투한다고 되는 것이 아니다. 감독과 스텝, 연기자가 모두 하나가 되어 좋은 작품을 만들고자 노력할 때 비로소 그 작품이 빛난다. 그러므로 어느 작품에서건 든든한 조연배우들의 연기가 뒷받침되어야 함은 두말할 나위가 없다.

    언제부터인가 명품 조연이란 말이 쓰이기 시작하더니 MBC '1박2일'이란 프로그램에서 웬만한 주연보다 더 주목받는 명품조연배우 특집을 하기도 했다. 소위 말하는 명품 조연배우들. 그들은 어느 날 갑자기 나타난 혜성 같은 존재도, 잠깐 등장했다가 사라지는 반짝 스타도 아니다. 연극무대와 영화판, 뮤지컬 쪽에서 오랜 동안 갈고 닦은 단단한 내공의 소유자들이다.

    여기 또 한명의 명품 배우가 있다. 영화배우이자 연극, 뮤지컬 배우인 한기중. 그의 필모그래피를 보면 '부러진 화살', '풍산개', '적과의 동침' 등의 영화에 조연으로 출연했음을 알 수 있다. 또 '조용한 식탁', '굿모닝 파파', '쉬 러브즈 미'

등의 연극과 뮤지컬 무대에서도 주연과 조연으로 왕성한 활동을 보여 주었다. 한 해 동안 쉴 틈 없이 세 개의 무대에 연속적으로 오른 셈이다.

"작년에는 정말 정신없이 보냈어요. 어느 날은 대본과 시나리오를 함께 챙겨 가지고 다녔죠. 나 같은 사람도 이런데 흔히 말하는 스타들은 얼마나 힘들까 싶더군요."

필모그래피에서 본 한기중의 이미지는 중후한 아버지의 느낌이 강했다. 아마 인터뷰 장소에 가기 전에 본 영화 '신도시인'에서 김태희의 아버지로 나온 때문이기도 했을 것이다. 그 영화는 2003년에 만들어진 15분짜리 단편영화로 김태희라는 배우가 유명해지기 전의 작품이다. 또한 배우 한기중이 미국에서 돌아온 지 얼마 되지 않았을 때 출연한 영화이기도 하다. 신도시를 배경으로 일어난 뺑소니 사고, 우연히 그 사고 현장을 지나쳐 가다 죽은 사람을 발견하지만 경찰에 알릴 생각을 하지 않는 주인공. 왜냐하면 그 사고 현장에는 자신의 아버지의 것으로 보이는 넥타이핀이 떨어져 있었기 때문이다. 얼마 전 아버지의 생일 선물로 준 것이라 더욱 잘 아는 주인공은 아파트 주차장에서 아버지를 만나지만 아무렇지 않은 듯 넥타이핀을 차 안에서 주웠다고 말하며 진실을 외면한다. 짧은 영화였지만 섬뜩한 메시지를 담고 있는 영화였다.

"그때만 해도 나는 김태희가 그렇게 잘 될 줄 몰랐습니다. 조금 예쁘다는 생각은 했지만 별로 강한 인상을 받지는 못 했거든요. 물론 워낙 짧은 영화라 같이 찍은 장면이 몇 안 되지만 말입니다."

배우 한기중은 서울예대 방송연예과를 졸업하고 시립가무단과 서울 예술단에 소속되어 5년간 뮤지컬 활동을 하다 93년, 미국 뉴욕으로 떠났다. 귀국할 때까지 7년을 뉴욕에 머물며 그는 HB스튜디오에서 연출과 연기를 배웠다. 그곳은 이미 배우가 된 사람들이 자신이 부족하다고 느끼는 부문에 집중 트레이닝을 하거나 새로운 캐릭터를 탄생시키기 위해 세공(細工)을 거치는 곳이었다. 한편으로는 그와 비슷한 '끼' 있는 이민자들을 모아 극단 '뉴욕민예'를 창단, 〈유랑극단〉 등 워크숍 공연을 가지기도 했다. HB액터스 스쿨 과정과 생활인으로서의 병행은 결코 녹록하지 않았다. 처음에는 설렁탕집 웨이터로 시작하여 관광가이드, 한인 방송 작가, 공연기획 등 생업에 종사하며 자신을 단련한 기간이었다.

아내 정성화(백제예술대 실용댄스과 교수)와 함께 그는 '그로서리'를 인수하여 뉴욕에 정착을 할지, 배우로서의 꿈을 계속 이어가야 할지 기로에 서 있었다. 그의 선택은 돌아오는 것이었다. 그는 무대를 잊을 수 없었다. 서른둘에 떠나 뉴욕에서 7년을 보내고 서른아홉에 돌아온 것이다. 귀국 두 달 후 그는 마흔이 되었다. 하지만 다시 돌아왔을 때 영화나 연극무대 모두 그를 기다려 주지 않았다. 게다가 IMF가 지난 지 얼마 안 되어 영화나 연극 쪽 동료들 모두 고전을 면치 못하고 있었다. 그가 한 일은 당시 〈씨네21〉에서 8개 영화사가 공동 주최한 사상 최대의 오디션에 참가한 것이다. 김기덕, 임순례 감독 등이 자신의 영화에 필요한 배우를 직접 찾기 위해서 열었던 행사였다.

"브로드웨이나 헐리웃 등에서는 오디션 문화가 활성화되어 있어요. 경험이 많은 배우나 교수, 음악가들이 늘 자신의 가방에 프로필 사진을 들고 다니면서 언제 어디서든 오디션을 볼 준비가 되어 있죠. 우리나라 무대는 엔터테인먼트나 메니지먼트 소속이 아니면 역할을 따 내기가 힘든 풍토입니다. 그 오디션 때 배우로서 가장 나이가 많다고 인터뷰를 하기도 했지 뭡니까."

임순례 감독의 '와이키키 브라더스'에서 그가 맡은 역할은 고향인 수안보를 떠나지 않고 약국을 하며 현실적으로 살아가는 민수였다. 수안보는 실제로 그가 20대에 백코러스를 하며 얼마간 머물렀던 공간이기도 하다. 임순례 감독이 그를 선택한 것은 아마 오랜 동안 갈고 다듬어진 자연스러운 연기와 수안보와의 추억 때문이었을 것이다. 그것이 장편, 상업영화와의 첫 인연이었다.

배우에게 주어지는 가장 기본적인 질문, 어떻게 이 길로 들어서게 되었느냐는 말에 그는 "고등학교 때만 해도 배우가 될 생각은 전혀 하지 않았습니다. 지원한 대학이 되지 않아 낙담하고 있을 때 우연히 신문광고를 보았죠. '전문예술인을 양성합니다'란 서울예술대 3단짜리 광고였어요." 한기중은 지원을 해 놓고도 친구를 따라 부산에 가느라 합격자 발표가 난 줄도 몰랐다. 그가 방송 쪽으로 해 보았던 일은 단지 동아리 활동으로 방송반을 하면서 15분짜리 꽁트도 만들고 뉴스도 구성하곤 했는데 재미있었다는 것이다. 아마 그가 방송연예과를 지원하는 데 그 경험이 한몫했을 것이라고 본다. 방송연예학과에서 임학송 교수로부터 연출도 배우고 방송 쪽의 매커니즘을 공부했지만 그는 연극과 뮤지컬 쪽으로 선회했다. 처음 뮤지컬을 접한 것은 서울예대 방송연예과를 졸업하고 시립 가무단에 들어가고 나서였다. 처음에는 방송국 탤런트 공채를 지원했는데 2차에서 떨어졌다. 그 후 연극무대로 갈 기회가 있었다.

"당시 연극무대에 서면서 기라성 같은 배우들이 많은데 어느 세월에 주목을 받을 수 있을까, 라는 조급한 마음도 있었어요. 그래서 당시로서는 불모지라고도 할 수 있는 뮤지컬을 시작했고 거기서 남경주, 남경읍 등을 만나기도 했습니다. 그들이 지금은 우리나라 뮤지컬을 이끌어간다고 해도 과언이 아니죠."

그는 시립 가무단과 에 있었던 5년 여 동안 '판타스틱스', '한여름 밤의 꿈', '못다한 사랑' 등 다수의 뮤지컬에 출연했다. 그가 첫무대에 대한 감회를 이야기했다.

"시립가무단 소속단원이었던 1987년도에 세종문화회관에서 대작 뮤지컬 '양반전'을 공연했습니다. 그때 배역이 동네 거지 1이었고, 나와서 각설이타령을 불렀어요. 비록 큰 배역은 아니었지만 제 뮤지컬 인생의 첫 무대였지요. 무대에

올랐는데 관객석의 끝이 안 보이더군요. 3층까지 꽉 들어찬 관객들 앞에서 설레기도 하고 무척 흥분되기도 한 공연이었습니다."

배우는 자신의 첫무대에서 긴장으로 실수를 하거나 무대울렁증이 생기면 많이 힘들다고 한다. 그는 다행히 첫무대에서 큰 실수 없이 공연할 수 있었고 트라우마 없이 계속 배우의 길을 갈 수 있었다. 지금도 후배들에게 첫무대의 중요성을 피력한다는 배우 한기중은 아내와 함께 탭퍼스라는 스쿨을 운영하며 탭댄스 공연단을 만들어 활동하기도 한다. 미국에서 돌아와 두 사람이 함께 연습할 장소가 필요해서 조그맣게 만든 공간이었다. 그것이 알음알음 알려지고 인터넷 매체에 소개되어 제자들이 생겼다. 그 제자들과 함께 탭댄스 공연을 기획 연출하기도 하는 그는 탭댄스와의 인연을 이렇게 회상했다.

"뉴욕 HB 액터스쿨 과정에 춤을 배워야 하는 과목이 있었습니다. 현대무용을 할까 고민하다가 탭댄스를 하게 되었죠. 집사람은 탭댄스를 전공했고 나는 부전공을 했는데 사실, 아내를 보기 위해서 그쪽을 했다고도 할 수 있습니다. 지금 탭퍼스에서는 내가 기초적인 걸 가르치고 과정이 높아지면 집사람에게 넘기고 하는 식으로 운영을 합니다. 여기에서 배운 사람들이 모여서 무용단을 만들어 공연도 하고 협회도 구성하고 했지요."

아내인 정성화 교수는 우리나라 탭댄스의 대중화에 기여했을 뿐만 아니라 예술성과 상업성을 겸비한 완성도 높은 공연으로 인정받고 있다.

배우 한기중은 군포예총 연극협회 회원이기도 하다. 해마다 열리는 전국연극제 경기도대회나 예인예술제에 참여하기도 하며 국내 유일의 순수 창작뮤지컬 육성 축제인 수리뮤지컬 인큐베이팅 페스티벌과 경기도 국제 아마추어 연극제 등에서 많은 활동을 하고 있다. 영화와 연극, 뮤지컬을 넘나들고 있는 그에게 장르 간 특성을 질문했다.

"영화는 일상적인 느낌이 묻어나는 캐릭터를 연기해야 하지만 연극은 좀 더 도드라진 캐릭터가 필요하죠. 뮤지컬은 연기 외에도 부가되는 요소들이 있습니다. 연극이나 뮤지컬 공연 기간 내내 배우는 평범한 일상을 살지 못 합니다. 다른 일을 할 때도 연극을 생각하고 누군가를 만나고 있을 때도 캐릭터를 떠올리지요. 또 무대 위에서 연기를 하는 동안 그 연극이 끝날 때까지 긴장을 느낍니다. 저는 아마 그 긴장감을 즐기는 것인지도 모르겠습니다."

그가 출연한 '조용한 식탁'은 2011년 한국문화예술위원회 공연예술창작기금 선정작으로, 제한된 공간 안에서 대부분 대사만으로 극을 이끌어가는 작품이다. 그러므로 연출가와 작가는 최고의 기량을 지닌 배우들을 찾아내려고 고심했고 마침내 대학로의 연기파 배우인 한기중과 연극배우이자 호서예술대 교수인 박리디아, 영화와 연극에서 두각을 나타내는 신인배우 민준호가 캐스팅 됐다. 세 사람의 배우는 식탁에서 서로를 마주보며 15년의 시간을 넘나드는 연기를 한다. 세 사람이 식사를 하는 동안 서서히 떠오르는 15년 전의 일들과 자신들이 마주하고 있는 사람들을 보면서 각자, 혹은 서로에게 하는 이야기가 이 작품을 이끌어 간다. 다른 무대에서보다 절대적으로 최고의 연기를 필요로 하는 '조용한 식탁' 공연 후 '굿모닝 파파'에서도 두 배우와 호흡을 맞추었다. 뮤지컬인 'SHE LOVES ME'는 헝가리 아름다운 도시 부다페스트의 두 남녀 조지와 아말리아가 오직 편지를 주고받으며 서로의 사랑을 키우는 내용이다. 한기중은 마라첵 역을 맡아 15년 만에 다시 뮤지컬 무대에 서게 됐다.

소속사에서는 그의 이미지를 중후한 아버지 역으로 밀며 길게 가자고 한다지만 사실은 김태희의 상대배역도 할 수 있을 정도로 젊은 느낌이었다. 눈이 맑고 입매와 인중이 또렷한 배우가 중년의 배우 역할만 한다는 게 믿어지지 않았다. 주제넘게도 인터뷰이에게 매니저를 통해 프로필 사진만 보낼 게 아니라 직접 연출가나 제작자를 찾아 나서라는 조언을 했다. 필모그래피보다 실제의 모습이 훨씬 나은 배우였다. 어쩌면 배우로서 가장 왕성한 활동을 해야 할 때 국내에 없었기 때문에 덜 알려졌을 것이라는 생각이 든다. 그의 이미지를 잘 살릴 수 있는 적절하고 획기적인 배역만 주어진다면 앞으로 승승장구 할 것 같은 배우다.

무대 위에서 다른 사람의 삶을 살아볼 수 있는 배우라는 직업은 분명 매력 있는 일임에 틀림없다. 요즘에 배우는 많다. 연극이나 뮤지컬, 영화 그리고 방송 등 아주 많은 곳에서 배우는 탄생한다. 하지만 언제 어디서든 연출가나 감독이 원하는 연기를 해낼 수 있는 명품 배우는 그리 흔치 않다. 훗날 어떤 배우로 남고 싶으냐는 질문에 그는 예의 따뜻한 미소를 지으며 대답했다.

"60대에도 멜러 드라마의 주인공이 되고 싶은 게 저의 로망입니다.(웃음) 우리는 일상에서 특정한 상대와 대화하는 동안 겉으로 표현하는 말보다, 속에서 더 많은 말들을 쏟아낸다고 합니다. 저는 그 속에 있는 말을 표현하는 배우가 되고 싶습니다."

머지않아 우리는 영화 '은교'의 이적요 교수보다 훨씬 멋진 연기를 펼치는 배우 한기중을 스크린 속이나 무대 위에서 만나게 될 것이다.

군포를 스토리텔링하다

어어령차 수릿골

초판인쇄 _ 2015년 9월 30일

초판발행 _ 2015년 10월 1일

지은이 _ 김영애 외

편집위원_오은희 이희숙 한명숙

발행인 _ 홍순창

발행처 _ 토담미디어

서울 종로구 돈화문로94, 302(와룡동, 동원빌딩)

전화 02-2271-3335

팩스 0505-365-7845

출판등록 제2-3835호(2003년 8월 23일)

홈페이지 www.todammedia.com

편집미술 _ 김연숙

ISBN 979-11-86129-27-2 *03810